KB037079

응크라테스의
직장인
손자방법

응크라레스의
직장인
손자방법

김정응 **지음**
모두출판협동조합(이사장 이재욱) **펴냄**
초판 1쇄 발행 2023년 6월 15일
디자인 오신환 / **표지디자인** 이효룡
ISBN 979-11-89203-31-3(03810)
ⓒ김정응, 2023
modoobooks(모두북스) **등록일** 2017년 3월 28일 / **등록번호** 제 2013-3호 /
주소 서울특별시 도봉구 덕릉로 54가길 25(창동 557-85, 우 01473) /
전화 02)2237-3316 / **팩스** 02)2237-3389 /
이메일 ssbooks@chol.com

응크라테스의
직장인
손자방법

modoobooks
모든 사람의 모두(冒頭) 가치를
지향하는 협동조합출판사

프롤로그

오늘 내가 남긴 발자국이 뒤에 오는 사람의 길이 되리니

'글을 쓰고 책을 출간하는 일은 일종의 용기다.'

책을 출간하고자 할 때면 이 문장을 곱씹어보곤 합니다. 바로 용기라는 단어 때문입니다. 실제로 책을 쓴다는 것은 이기적이면서 동시에 이타적인 일입니다. 쓰는 사람의 욕망 분출이기에 이기적이고, 또한 사람들에게 도움이 될 것이라는 생각도 하게 되니까 이타적입니다. 그러기에 여간한 용기가 없으면 한 발을 내딛기가 어려운 것이 사실입니다.

때로는 책을 쓰고자 하면 용기와 더불어 일종의 사명감이나 소명의식까지도 느끼게 됩니다. 특히 젊은 직장 후배들을 생각하면 더욱 그렇습니다. 그 시절의 좋은 추억이나 아쉬웠던 일이 새록새록 생각이 나니까요.

타산지석이라는 말을 좋아합니다. 여러분이 잘 아는 바와 같이 타산지석은 〈시경〉 소아 편에 나오는 글입니다. 못난 돌도 나름대로 쓸모가 있다는 뜻입니다. 이 책도 마찬가지입니다. 여러분이 따르면 좋을 내용과 따르지 않아도 좋을 내용이 반반쯤 될 것입니다. 나름대로 여러분께 쓸모 있는 책이 되었으면 좋겠습니다.

'shop in shop'이라는 말을 들어보았는지요? 네, 그렇습니다. 그것은 매장 안의 매장이라는 의미입니다. 이 점에 착안해서 책 내용을 'book in book'의 형태로 꾸며보았습니다. 독립적인 4권의 내용을 한 권의 책으로 모아 엮었습니다. 각 권으로의 만남도 의미가 있지만 한 묶음으로 세트가 되어야 더 큰 도움이 될 듯해서입니다.

직장생활의 고민은 개인마다 다양할 것입니다. 지금 여러분은 어떤 고민을 하고 있는지요? 여러 직장인들의 의견을 들어보았습니다. 물론 저의 경험도 참고했습니다. 쓰기, 발표하기, 이직하기, 자기관리하기 등 4가지의 과제를 추려낼 수 있었습니다. 이런저런 강연이나 기고문에서 그에 대한 방법론을 제시했었습니다. 그 현장 내용을 가급적 그대로 옮겨 담았습니다.

하나, 쓰기 기술.

직장생활을 하다 보면 건너고 넘어야 할 강이나 산이 많습니다. 쓰기의 강이 그 중의 하나였습니다. 특히 기획서를 본격적으로 써야 했는데 제대로 쓰기가 쉽지 않았습니다. 쓰기의 본질에 대한 저의 경험과 노하우를 담았습니다.

둘, 발표 기술.

직장생활에서 최고의 발표 형식은 아마도 프레젠테이션일 듯합니다. 이 스킬에 숙달하지 못하면 직장생활을 제대로 할 수 없었습니다. 생존을 위한 좌충우돌의 프레젠테이션 경험과 노하우를 적었습니다.

셋, 자기관리 기술.

직장에서 잘 나간다고 하는 사람들은 그들만의 공통점이 하나 있었습니다. 자신을 하나의 '브랜드'로 생각하고 자신의 가치를 만들고자 노력한다는 점이었습니다. 여러분과 함께 개인 브랜딩의 소중함을 공유하고 싶었습니다.

넷, 이직 기술.

이직(離職)도 경쟁력이라고 합니다. 선배가 운영하는 헤드헌팅 회사에서 일을 한 적이 있습니다. 많은 직장인들이 이직에 대한 고민을 하는 것을 지켜보았습니다. 그들의 이직 갈증을 해소하는 데에 도움을 주고 싶었습니다.

"눈 덮인 들판을 걸어갈 때 함부로 어지러이 발걸음을 내딛지 말라.
오늘 내가 남긴 발자국이 뒤에 오는 사람의 길이 되리니."

인생 함부로 살지 말라는 경구로 서산대사의 이 말보다 더 멋진 표현이 있을까 싶습니다. 누군가는 생명을 걸고 내가 남긴 발자국을 따라올 수도 있으니까 말입니다.

직장인 여러분의 건승을 기원합니다.

"직장생활 내비게이션-헌법 위에 국민! 헌법 옆에 방법!"
이 책을 이렇게도 표현해보고 싶습니다.

이태원 글 농장에서

차례

제1권. 어떻게 쓸 것인가?

■ 시작하며

- 우리는 꼭 독후감을 써야만 합니다.

안녕하세요. 만나서 반갑습니다.

저는 2023년 7월 현재, 만 62세입니다. 재작년에 환갑을 지냈습니다. 글을 쓰기에는 비교적 늦은 나이라고 할 수 있는 56세부터 매일 책을 읽고 글을 쓰고 있습니다. 덕분에 지금까지 매년 1권씩 총 5권의 책을 출간했습니다. 이번 책을 포함한다면 총 6권이 되겠네요. 앞으로도 계속해서 지금껏 해온 것처럼 '1년 1책'의 목표 달성을 위해서 최선을 다할 참입니다.

- 당신은 특별합니다(새로운사람들 펴냄)
- 북두칠성 브랜딩(모두북스 펴냄)
- 편지, 쓰고 볼 일입니다(나남 펴냄)
- 이젠 휘둘리지 마!(모두북스 펴냄)
- 이태원 러브레터(새로운사람들 펴냄)

그리고 인터넷 신문에 격주 1회 기명 고정 칼럼을 연재하고 있습니다.

- 문학뉴스(김정응의 독서편지)

저는 예전에는 LG그룹 광고대행사(HS애드)에서 임원을 지냈고 헤드헌팅회사(FN executive)에서 부사장을 역임한 바 있습니다. 그러한 경력을 살려서 지금은 브랜딩, 그 중에서도 특히 사람을 브랜드로 보는 '퍼스널브랜딩'을 전문적으로 연구하고 있습니다. 글쓰기와 책 쓰기를 퍼스널브랜딩 구축의 핵심 전략으로 삼아 실행중이고 이를 통한 성취감이나 성공체험을 만끽하고 있습니다.

언제부터인가 주위로부터 작가로 불리고 있고 저 자신도 약간은 어색하지만 저의 정체성을 작가라고 밝히는 것을 주저하지 않게 되었습니다. 남들은 저의 이러한 변신에 대하여 놀라움을 표시하곤 합니다.

"비결이 무엇이냐?"
"어떤 특별한 계기가 있었던 것이냐?"

저는 이러한 질문을 받을 때마다 '독후감 쓰기'를 그 답으로 대신하곤 합니다. 물론 이러한 저의 대답에 대부분의 사람들은 실망의 빛을 감추지 않습니다.

"엥, 독후감 쓰기라고?"

그렇습니다. 극적이라면 극적일 수 있는 저의 이러한 인생 변화는 바로 '독후감 쓰기'에서부터 시작되었습니다. 그래서 저는 독후감 쓰기 전도사를 자임하고 있습니다. 감히 말하고 다닙니다. 독후감을 쓰면 쓰기의 기본은 물론이고 인생이 달라진다고 말입니다.

"우리는 꼭 독후감을 써야만 합니다."

프랑스 철학자 사르트르가 말했지요. 인생은 선택이라고 말입니다.

"Life is C between B and D (Life is Choice between Birth and Death)"

그런데 좋은 선택을 하기란 쉽지 않습니다. 이 글을 쓰면서 저 자신의 선택에 대한 이력을 살펴보았습니다. 아쉬운 선택과 좋은 선택이 반반 정도였습니다. 주위에 물어보니 이런 수준은 괜찮은 성적이라고 하더군요. 참 다행입니다.

특히 좋은 선택 중에서 제가 제일 잘한 선택은 바로 '독서클럽 활동하기'였습니다. 인생의 전환점을 만들어준 것이 바로 책이었기 때문입니다. 책을 읽는 것 그 자체가 삶의 기쁨이자 의미가 되었습니다. 책이 있는 서점은 삶의 에너지를 충전하는 공간이 되었고 책을 함께 읽는 사람들은 소중한 스승이 되었습니다.

물론 책과 함께 무조건 행복했던 것은 아닙니다. 저를 '북토피아'라는 신세계로 이끈 결정적 계기가 된 것은 바로 '쓰기의 의무화(책을 읽으면 의무적으로 쓴다)'였습니다. '독서록' '독후감 쓰기' '서평 쓰기' 등 그 어떤 형식이든 상관없습니다. '읽으면 반드시 쓴다.'는 것이 몹시도 중요한 전제임을 깨달았습니다. 그 중에서 저는 '독후감 쓰기'를 저의 글쓰기 형식으로 정하고 글을 썼습니다.

제게 한 권의 책을 읽었다는 것은 그 책에 대한 독후감이 하나의 결과물로 나와야 한다는 의미였습니다. 독후감이 없는 독서는 반쪽짜리 독서였습니다. 책읽기를 음식물 소화에 비유할 수 있는데 독후감을 남겨야 비로소 책 한 권을 소화했다고 말할 수 있었습니다. 소화가 잘 된 음식처럼 좋은 독후감을 남긴 책은 제게 행복감을 안겨 주었습니다.

결론적으로 제가 지금도 여전히 실천하고 또한 체험하고 있는 독후감 쓰기와 그것의 장점은 이런 것들이었습니다. 이것이 여러분의 인생에 작은 변화를 일으키는 착한 나비효과가 되었으면 좋겠습니다.

하나, 독서에 대한 접근법이 확연히 달라집니다.

반드시 독후감을 쓴다는 것을 원칙으로 세워 놓으면 책을 읽기 시작하는 순간부터 자세나 태도가 달라집니다. "어떻게 독후감을 쓸 것인가?" 하는 질문을 염두에 두게 되기 때문입니다. 자연스럽게 그 질문에 대한 해답을 찾는 독서를 해야 하기에 꼼꼼하게 제대로 읽게 됩니다. 모든 일이 그렇듯이 이러한 독후감 원칙도 다른 사람이 시켜서 쓰기보다 자기 스스로 정해놓고 실천할 때 그 효과는 극대화됩니다.

둘, 독서의 효과가 생생하게 느껴집니다.

독후감을 쓰게 되면 저축이 되는 독서가 됩니다. 즉 자신만의 독후감 저수지를 갖게 되는 것입니다. 또한 독후감의 내용이 온몸으로 퍼져서 피가 되고 살이 됩니다. 나아가 현실적으로 요긴하게 쓰이는 실사구시(實事求是)의 독서가 됩니다. 글을 쓰는 기술은 물론이고 말이나 글로 표현하고 정리하는 기술도 몰라보게 향상됩니다. 아마도 학생들에게는 최고의 논술 대비책이 될 수 있고 직장인 여러분에게는 최고의 보고서 작성 비법이 될 수 있습니다.

이와는 반대로 독후감을 쓰지 않는 독서는 휘발성 독서가 되고 맙니다. 제 경험상 독후감을 염두에 두지 않은 독서란 당장은 알 것 같았지만 하루 이틀만 지나도 머리에 남는 것이 별로 없게 되더군요. 보약 같이 내게 도움이 되는 독서와 읽은 흔적도 찾아볼 수 없는 허무한 독서의 차이는 간단한 데서 갈립니다. 바로 독후감을 쓰느냐 쓰지 않느냐에 달려 있습니다.

셋, 스스로 성장하는 자기 자신을 발견하게 됩니다.

축적된 교양과 지식은 어떤 동력으로 작용하여 사람을 변화시킵니다. 그것도 아주 긍정적인 모습으로 변화시킵니다. 우선 몰라보게 글을 잘 쓰는 자신을 발견하게 됩니다. 동시에 말솜씨도 향상됩니다. 이러한 효과는 정작 본인 자신보다는 주위 사람들이 먼저 알아차립니다. 물론 나중에는 본인도 알게 됩니다. 눈덩이 효과가 발생하여 성장의 가속도가 붙기 시작합니다. 더욱 책을 열심히 읽고 더욱 독하게 독후감을 쓰게 됩니다. 그 시작은 독후감을 쓰느냐 쓰지 않느냐에 달려 있습니다. 독후감은 무조건 쓰고 볼 일입니다.

그렇다면 독후감을 쓰기만 하면 이와 같은 독후감의 장점을 온전히 누릴 수 있을까요? 물론 쓰지 않는 것보다는 좋겠지만 성취하는 큰 기쁨을 맛보려면 제대로 독후감을 써야 합니다.

"어떻게 하면 더 좋은 독후감을 쓸 수 있을까요?"

가장 큰 배움이나 발전의 동기부여는 스스로의 깨달음에서 나옵니다. 더 좋은 독후감을 쓰기 위해서 스스로 공부를 더 하게 되더군요. 저는 수시로 '나의 독후감 정석(定石)' 같은 것을 만들고 업데이트를 했습니다. 이 책은 그러한 노력의 일환으로 탄생하게 되었습니다.

앞서 언급했듯이 저는 56세부터 글쓰기를 시작해서 매년 1권의 책을 출간하고 있습니다. 비교적 늦게 시작했기에 고생도 많이 했습니다. 그래서 글쓰기나 독후감 쓰기로 고민하는 사람들의 고민과 갈증을 누구보다도 더 잘 이해할 수 있다고 생각합니다. 그러하기에 이 글을 읽는 당신과 저, 그러니까 우리 같은 보통 사람들이라면 누구나 겪을 수 있는 과정을 적었기에 썩 쓸모가 있는 내용일 것이라는 확신을 갖게 됩니다.

여러분이 독후감 쓰기와 함께 글쓰기 실력도 대나무처럼 쑥쑥 올라가서 더욱 행복하고 내공이 충만한 사람으로 성장할 수 있기를 진심으로 소망합니다.

방법1. 용기의 법칙에 따르라

모든 일에 있어서 성공과 실패는 마음먹기에 달려있다고 하지요. 마찬가지로 독후감을 잘 쓰는 데 있어서도 가장 우선적으로 필요한 것이 바로 '용기(勇氣.Bravery)'라는 마음가짐입니다. 독후감을 쓴다는데 웬 뚱딴지 같은 소리인가 하고 반문할 수도 있을 테지요.

그런데 독후감 등 글을 쓰는 데 있어서 뛰어넘기 가장 어려운 장애물은 다름 아닌 이런저런 '걱정꺼리'입니다. 독후감 쓰기를 제대로 진행하기 위해서는 그 무엇보다도 먼저 '걱정' 그놈을 제압해야 합니다. 그래서 독후감 쓰기에도 용기가 필요하다고 말하는 것입니다.

어떤 용기가 필요할까요?

하나, 나를 과감하게 드러내는 용기

글을 쓴다는 것은 나의 생각을 드러내고 나의 느낌을 드러내고 나의 지식을 드러내고 나의 주장을 드러내는 일입니다. 그런데 멋진 모습만 드러나면 좋겠는데 안타깝게도 나 자신의 무식함과 어리석음도 함께 드러나게 되어 있습니다. 이런 무식함의 드러남은 마치 실오라기 하나 걸치지 않은 알몸을 드러내는 것과 같은 부끄러움을 느끼게 합니다.

저도 그러한 상태가 너무나 거추장스럽게 느껴졌기에 본격적으로 글을 쓰거나 독후감을 쓸 때 몹시 힘이 들었던 것이 사실입니다. 그러나 이것을 견뎌내야 합니다. 아니 누구나 이겨내야 하고 또한 이겨낼 수 있습니다. 얼굴과 심장에 두꺼운 철판을 깔면 됩니다. 미움 받을 용기가 필요하듯이 쪽팔림 받을 용기 또한 필요합니다. 남들을 해코지하는 일도 아니니까요.

둘, 악성 댓글 등 비판에 무심할 용기

자신의 독후감 쓰기는 자신의 글을 타인에게 적극적으로 공개함을 원칙으로 해야 합니다. 그래야 독서 효과도 높고 자신의 글쓰기 실력도 향상시킬 수 있습니다. 저는 처음에는 SNS 등을 통하여 제가 쓴 글을 공개했습니다. 그런데 공개적으로 글을 쓰니까 악성 댓글들을 만나게 되더군요. 또한 평생 글 한 줄 써 보지도 않은 사람들로부터 당신의 글이 이러니저러니 하는 꾸지람도 듣게 됩니다. 속도 상하고 자존심에 상처도 많이 입었습니다.

"무슨 말을 하는지 잘 이해가 되지 않아요."
"내용은 좋은 거 같은데 너무 '올드'한 것 같습니다. 요즘 애들한테는 그런 거 안 먹혀요."

그런데 악풀보다 더 심한 상처가 무풀이라는 말이 있듯이 악풀이나 말도 안 되는 꾸지람도 나에 대한 관심이라고 생각하니 마음이 한결 편해지더군요. 뿐만 아니라 이 모든 것들이 나의 성장에 필요한 소중한 자극이나 재료로 여겨지게 되더군요. 좋은 약은 입에 쓰지만 병 치료에 도움이 된다는 말처럼 남들의 이러한 고약한 지적질도 자신의 글쓰기 발전에 도움이 됩니다. 아니 반드시 도움의 디딤돌로 삼아야 합니다.

셋, 다른 사람들과의 비교에 견디는 용기

공개적으로 글을 쓰다 보니 다른 사람들과의 상대적인 비교도 따라왔습니다. 남들은 이렇게 말하곤 했습니다.

"이 글은 누구 짝퉁 아니야?"

또한 저 스스로도 이렇게 말하곤 하더군요.

"저 사람은 글을 어떻게 저렇게 잘 쓰는 거지?"

사실 우리가 인생을 살아가면서 가급적 마주치지 않았으면 하는 불청객 중의 하나가 바로 '비교'라는 불청객입니다. 그런데 나이 60세 즈음에 쓴 글이 남과 비교가 된다고 하니 이것 또한 차원이 다른 괴로움이었습니다. 남의 떡이 더 커 보이기 때문입니다.
어떻게 극복해야 할까요?
그러나 안타깝게도 타인과의 비교를 견디거나 극복하는 데에는 특별한 묘수가 없더군요. 오직 스스로의 '용기'만이 유일한 해결책이었습니다. 또한 이러한 상대적 비교를 통한 아픔의 단계는 나의 실력이 한 단계 업그레이드되기 위한 통과의례라고 긍정적으로 생각하니 마음이 한결 가벼워졌습니다. 결국 용기라는 것은 남의 눈치 보지 않고 소신껏 자신의 이야기를 써내려 가는 일입니다. 즉 마음먹기에 달렸다는 말입니다.
우리가 잘 아는 이야기를 다시 한 번 상기해 보며 글쓰기, 독후감 쓰기의 용기를 다져보면 좋겠습니다.

• '일체유심조 (一切唯心造)'

"세상일은 오로지 마음먹기에 달려 있다."

원효대사가 당나라로 유학을 가던 중에 동굴 속에서 하루를 지내게 됩니다. 한밤중에 목이 말라 바가지에 담긴 물을 마셨습니다. 다음날 아침에 원효는 지난밤에 마셨던 그 물이 해골에 담긴 물이었다는 것을 알고서 구역질을 합니다. 그리고 깨닫습니다.

"해골에 담긴 물은 오늘이나 어젯밤이나 똑같은데 어이하여 어제는 그렇게도 달았던 물이 오늘은 왜 구역질이 나는가? 어제와 오늘 사이에 달라진 것이라곤 내 마음뿐이다. 진리는 멀리 있는 것이 아니라 바로 내 마음 속에 있구나!"

원효대사는 미련 없이 당나라 유학을 포기하고 돌아옵니다.

얼마 전에도 친구와 글쓰기, 책 쓰기에 대해 이야기한 적이 있습니다. 그 친구도 책을 출간하고 글을 쓸 수 있기를 희망하고 있었습니다. 그는 지금 당장이라도 책 한 권은 꾸려낼 수 있을 정도의 많은 콘텐츠를 가지고 있습니다. 그런데 막상 책을 내려고 하면 주저하게 된다고 하였습니다. 제가 이미 책을 출간했기에 저한테 어떻게 하면 좋을지 물었던 것입니다.
저는 오늘의 주제인 '용기'에 대해 이야기해주었습니다. 그 친구는 공감한다며 고개를 끄덕이더군요. 그 친구도 조만간 글을 쓰고 책을 출간하는 또 다른 모습으로 변화하리라는 기대감을 갖기에 충분했습니다. 용기란 그런 것이고 그 시작은 무조건 마음먹기에 달린 것입니다.

방법2. 결론부터 생각하라

직장생활을 하다보면 공부머리도 중요하지만 특히 일머리가 중요하다는 사실을 실감하게 됩니다. 저는 다행히도 일머리가 괜찮다는 평가를 받으며 직장생활을 했던 것 같습니다. 무엇이 그것을 가능하게 했을까요? 여러 가지 요인이 있을 텐데, 그 중에서도 가장 중요한 것은 바로 일처리 방식이 아닌가 합니다.

제가 적극적으로 활용했던 일처리 방식의 하나는 '결론부터 생각하기'입니다. 즉 기·승·전·결이라는 일반적이고 습관화된 방식도 좋지만 그것보다는 결·전·승·기의 역(逆)흐름으로 일을 처리하면 더욱 더 효율적이라는 것입니다. 어떤 프로젝트이건 간에 결국에는 의미 있는 결론을 만들어내는 것이 그 프로젝트의 핵심 목표일 터이니까요.

'결론부터 생각하기'는 독후감 쓰기에서도 매우 효과적인 방법일 수 있습니다. 따라서 그 무엇보다도 먼저 결론, 즉 독후감의 아웃풋 이미지(Output Image)의 설정이 중요합니다. 저는 이것을 집을 짓는 방식으로 비유해서 일명 '독후감 모델 하우스 짓기'라고 부르기도 합니다. 좀 더 부연설명을 드리겠습니다. 이는 먼저 독후감 모델 하우스를 세워 놓은 다음에 책을 읽으면서 독후감 하우스에 있는 각각의 방에다 해당되는 가구나 살림살이 즉 콘텐츠를 채워 넣는 방식이라고 말씀드릴 수 있습니다.

독후감 모델 하우스 방식은 시험을 보는 것으로 치자면 시험 예상문제를 미리 알고 답안지를 작성하는 일과 같습니다. 시험에서 예상문제를 미리 알 수 있다면 그 답을 찾기란 너무도 쉬운 일입니다. 사실 독후감의 예상문제는 미리 정해져 있습니다. 저는 이것을 일명 '독후감 쓰기의 표준 예상문제'라고 부르고 있습니다. 제가 파악하고 있는 독후감 쓰기의 예상문제는 대체로 다음과 같은 내용으로 구성되어 있습니다.

- 독후감의 제목은 무엇인가?
- 내용 구성을 〈서론, 본론, 결론〉의 3단계로 구성하는가? 아니면 〈기, 승, 전, 결〉의 4단계로 구성하는가? 아니면 그 밖의 또 다른 방법으로 할 것인가?
- 첫 문장은 어떻게 시작하며 첫 문장이 독후감 쓰기의 전체에 미치는 중요성을 인식하고 있는가?
- 책을 읽게 된 동기나 배경은 무엇인가?
- 책에 관련된 흥미로운 에피소드나 스토리는 무엇인가?
- 작가에 대한 의미 있는 발견 사항은 무엇이 있는가?
- 작품의 제작의도, 탄생배경 등 의미 있는 발견 사항은 무엇인가?
- 작품의 핵심 줄거리는 무엇인가?
- 작품이 당신에게 또는 현재 우리 사회에 제공하는 가치나 영향력은 무엇인가?
- 작품의 콘셉트는 무엇인가?
- 작품을 비교, 비유할 대상은 무엇인가?
- 책읽기에 대한 Before & After가 무엇인가? 명확하게 골라낼 수 있는가?
- 책을 읽은 후 당신의 내적 변화(정신, 마음), 외적 변화(행동, 실천)는 무엇인가?
- 읽은 책을 누구에게 전파, 추천, 권유할 의향이 있는가?

- 마지막 문장은 무엇이고 매혹적인가?
- 전체적인 마무리(Packaging) 전략은 무엇인가?

"저희보다 저희를 더 잘 아시네요."

광고업계의 최대 이벤트는 경쟁 프레젠테이션(Presentation)입니다. 다시 말해 광고 대행권을 놓고 공개적으로 경쟁 설명회를 하는 것입니다. 'PT'라 쓰고 '피튀'라 읽고 '피가 튀는'이라고 해석을 합니다. 그만큼 어렵고 힘이 든다는 이야기입니다.

이러한 PT에 있어서 마지막 순서는 '질의응답' 시간입니다. 당시 업계 최대 경쟁 PT에 참석한 적이 있었습니다. 예의 질의응답 시간이 있었는데 광고주가 질문을 하는 족족 멋지게 대답을 했습니다. 뭐 제 개인이 했다기보다는 저희 회사를 대표해서 참여한 프로젝트 팀이 그렇게 답변을 했다는 이야기입니다.

비결이 무엇이냐고요? 네, 미리미리 예상 질문 리스트를 만드는 등 사전에 준비를 철저하게 했기 때문이었지요. 예리한 질문을 마구 던졌던 광고주 최고경영자께서 칭찬의 말씀을 해주셨습니다. 당연히 경쟁 프레젠테이션 승리라는 좋은 결과를 얻을 수 있었습니다.

"와~~대박!"

잠시 동안 대학교에서 겸임교수로 일한 적이 있습니다. 중간고사를 치러야 할 즈음이었습니다. 학생들에게 미리 예상 문제를 준비해 보라고 사전에 귀띔을 했습니다. 시험 당일 날 시험 문제를 발표하니까 '우와' 하는 함성 소리가 들렸습니다. 그런가 하면 풀 죽은 모습의 학생들도 있었습니다. 무엇 때문에 소리를 질렀을까요? 예, 그렇죠. 예상 문제가 적중했기 때문에 그랬지요. 당연히 예상 문제를 준비했으니까 시험도 잘 보았겠죠? 그래서 그런지 그때 시험을 잘 본 학생들은 오랫동안 연락도 하고 또 개인적으로 만나서 맥주도 마시고 그랬던 적이 있습니다. 이렇게 질문이나 문제를 미리 준비하는 것은 비단 시험이나 글쓰기뿐만 아니라 우리가 생활을 하는 데 있어 매우 중요한 삶의 전략이 아닌가 싶습니다.

독후감 쓰기도 그렇습니다.

자기 스스로 독후감 예상문제를 철저히 준비하고 책을 읽으면서 그에 대한 답을 채워 넣은 독후감이 된다면 많은 사람들에게 칭찬받는 독후감이 될 수 있습니다. 독후감의 노스트라다무스, 바로 독후감 잘 쓰는 당신의 별명입니다.

방법3. 쪼개고 또 쪼개라

"독후감 쓰기 뭐 별것 아니야!"

이와 같이 용감무쌍함으로 마음을 충만하게 다진 다음에는 무엇을 해야 할까요? 네, 이제부터 본격적으로 책을 읽어야 하겠지요. 저는 지금 단계부터는 앞장에서 소개한 '독후감 예상 문제지'를 머릿속에 그리며 책을 읽어갑니다. 그러면서 그때그때 문제에 대한 답을 취사선택하여 채워 넣습니다. 밑줄도 치고 메모를 하고 읽은 분량만큼의 정리도 하면서 말입니다.

세상만사 한 번에 되는 일은 단 하나도 없습니다. '천리 길도 한걸음부터'라고 했습니다. 저는 빠른 속도로 한 번에 훅 읽어가는 '엘리베이터식 책읽기'보다는 상대적으로 느림의 미학이 담겨있는 '계단식 책읽기'를 선호합니다. 더 실용적이고 현실적인 책읽기라고 생각하기 때문입니다. 책을 읽는 것도 쪼개고 나누어 진도를 나가는 것이 좋습니다. 이것은 독후감 쓰기의 전체 스케줄을 세워 놓고 하루에 얼마를 읽어야 할지 목표를 정하는 것이기도 하지요.

읽어야 할 하루의 목표는 개인에 따라서 또는 어떤 책을 읽느냐에 따라서 다르기 때문에 표준화를 할 수는 없겠습니다. 저의 경우는 세계문학 소설을 읽는다고 했을 때 하루에 읽기 진도를 나갈 수 있는 최고치의 분량은 60페이지, 즉 30장 수준이더군요. 그래서 통상 이 정도를 하루에 소화할 기준으로 정해놓고 책의 전체 분량을 나누어 읽습니다. 그러니까

60페이지 하루 분량을 읽고 그만큼 정리해 놓고 다음 날 또다시 60페이지 분량을 읽고 정리하고 하는 작업을 반복합니다. 그리고 나중에는 이것을 종합해서 최종 정리하는 것입니다. 이렇게 하면 어렵지 않게 그리고 제대로 된 독후감을 쓸 수 있었습니다.

일명 장안의 책 도사들은 책읽기를 음식 먹는 것에 비유하곤 합니다. 같은 속성이 있다는 뜻이죠. 그러기에 소화를 잘 시키는 일이 중요합니다. 음식을 잘 소화시키지 못하면 뱃속이 거북하듯이 책의 내용을 완벽하게 소화하지 못하면 머릿속에서 탈이 납니다. 따라서 좋은 독후감을 쓰기가 더욱 더 어렵게 됩니다.

음식은 적당량을 꼭꼭 씹어 먹을 때 더욱 소화가 잘 될 수 있습니다. 책읽기도 마찬가지입니다. 한꺼번에 무리해서 읽지 말고 자신이 소화시킬 수 있는 분량을 정해놓고 그것을 충분히 이해하면서 읽으면 훨씬 효과적입니다. 물론 많은 사람들이 이같이 소화가 잘 되는 독서를 하고 있을 줄 믿습니다.

- 하루에 읽을 목표 분량을 정하세요.
- 읽은 내용을 그때그때 정리하세요.
- 매일 짧게 알차게 읽고 쓰는 것이 최고의 독서 및 독후감 쓰기 방법입니다.

박경리 선생의 〈토지〉

세상은 〈토지〉를 읽은 사람과 〈토지〉를 읽지 않은 사람으로 구분된다고 합니다. 그만큼 〈토지〉를 완독하기가 어렵다는 말이지요. 세상을 살아가면서 제 개인적으로 가장 기뻤던 일 중의 하나에 〈토지〉를 완독했다는 사실이 자랑스럽게 놓여 있습니다. 〈토지〉 읽기에 수없이 많은 도전을 했지만 수없이 많이 중도 포기를 했습니다. 이런 제가 안타까웠는지 아니면 한심해보였는지 어느 날 책 도사 선배가 제게 한 마디 하더군요.

"뭐 뾰족한 방법이 없어, 쪼개서 읽는 수밖에. 천 리 길도 한 걸음부터이고, 63빌딩도 벽돌 하나부터 시작한 거야."

네, 그렇습니다. 저는 그 말에 자극을 받아서 읽을 목표를 세부적으로 쪼개서 읽고 또 읽었습니다. 그렇게 1년 반을 보냈습니다. 태산 같았던 20권의 〈토지〉라는 산(山), 마침내 그 정상에 올랐습니다. 그 성취의 보람은 그 무엇보다 컸습니다. 책 읽기는 그 책이 두껍든 얇든 간에 일정 분량을 쪼개서 읽는 것이 효과적입니다.

그 이후로도 방대한 분량의 책들을 하나하나 정복해 갔습니다. 특별한 비결이 무엇이겠습니까? 다름 아닌 아주 단순한 방법, '쪼개서 읽기'입니다.

톨스토이 〈전쟁과 평화〉
호메로스 〈일리아스 오디세이아〉
허먼 멜빌 〈모비딕〉
······

방법4. 세 번을 읽어보라

3이라는 숫자는 그 어느 숫자보다도 더 우리의 생활과 아주 긴밀하게 연결되어 있습니다. 이른바 우리가 잘 아는 '3의 법칙' 때문입니다. 저는 평소에 특히 말하는 방법에 있어서 '3의 법칙'을 많이 적용하고 있었던 것 같습니다. 이렇게 말이죠.

"오늘, 여러분께 하나, 둘, 셋, 이상 세 가지를 말씀드리겠습니다."

그런데 책을 읽을수록 고민이 생겼습니다. 몇 번 정도 읽어야 책 내용을 제대로 소화하고 또 그에 따른 좋은 독후감을 쓸 수 있을까? 뭐 이런 고민이었습니다. 물론 이것도 사람마다 책마다 또 그 밖의 상황적인 변수에 따라 모두 다를 테지요.

퇴계 이황 선생은 '반복독서'를 강조했다고 합니다. 말하자면 책이 닳도록 읽고 또 읽어야 한다는 것이죠. 그래야 읽은 내용이 마음속에 제대로 간직될 수 있다는 뜻입니다. 그것도 좋은 방법으로 보입니다.

그런데 결론적으로 제게는 '3회 읽기'가 딱 맞는 듯합니다. 최소 3회 읽기를 해야 제대로 된 독서를 했다고 스스로 결론을 내릴 수 있었습니다. 솔직히 말씀드려서 저는 정독하면서 한 번을 읽고는 대부분의 책 내용을 제대로 파악하기가 어려웠습니다.

어찌 보면 저의 미련함과 우둔함이 3회 읽기를 습관화시켰는지도 모르겠습니다. 예, 그렇습니다. 한 번 읽기도 어려운데 3회를 읽으라니 기가 차다고 비판하는 사람들도 많습니다. 그럼에도 저는 3회 읽기를 고집하고 있습니다. 제게 맞는 방법 같으니까요.

물론 단순히 횟수만을 강조한 경우는 아니지만 신영복 선생도 '서삼독(書'三讀)'이라 하여 책에서 텍스트, 필자, 독자 자신 등 세 가지를 읽을 것을 강조했지요. 여러분의 경우는 몇 번 읽기가 적합한 횟수인지 생각해본 적이 있는지요? 단순히 3회 읽기가 무슨 의미가 있겠느냐고 반문할 수도 있을 터입니다. 그러나 책 한 권을 세 번 읽어 보십시오. 정말 다른 차원의 세계가 보입니다.

신영복의 '서삼독(書'三讀)'

"책을 읽을 때는 반드시 세 가지를 읽어야 한다는 뜻입니다. 첫째 텍스트를 읽고, 다음으로 필자를 읽고, 그리고 마지막으로 독자 자신을 읽어야 한다는 뜻입니다. 일단은 텍스트를 충실하게 읽는 것이 필요합니다. 그러나 모든 글자는 당대의 사회역사적 토대에 발 딛고 있습니다. 그렇기 때문에 그 텍스트의 필자를 읽어야 합니다. 최종적으로 독자 자신을 읽어야 하는 까닭도 독자 역시 당대 사회의 문맥(文脈)에 갇혀 있기 때문입니다. 독서는 책상 위에 올라서서 더 먼 곳을 바라보는 조망입니다. 그리고 '저자의 죽음과 독자의 탄생'으로 이어지는 끊임없는 탈주(脫走)입니다."

모택동이라는 중국의 지도자도 책을 많이 읽었다고 합니다. 그의 독서법 원칙도 3회 읽기와 맥락을 같이하고 있어서 흥미롭습니다. 모택동은 세 번 반복해 읽고 네 번 익힌다는 '삼복사온(三復四溫) 독서법'의 원칙을 굳게 지켰다고 합니다. 마땅히 이러한 독서법은 그가 중국 대륙의 지도자가 되는 데 큰 밑바탕이 되었을 것입니다. 왜 하필이면 모택동이냐고요? 좋은 독서법을 찾는 데에는 국경도 이념도 시대도 초월해야 할 테니까요.

첫 번째 읽을 때의 주안점

저는 첫 번째 책을 읽을 때는 책의 전체 줄거리를 잡는 것을 목표로 삼습니다. 그리고 이 책의 탄생 배경이나 전달하고자 하는 요지나 주제가 무엇인지 비교적 가벼운 생각을 하면서 읽습니다. 또한 그 느낌을 가급적 이미지로 연상해 보려고 노력합니다. 물론 대부분 제목에 담겨 있지만 말입니다. (알베르 카뮈의 〈시지프 신화〉)

저는 1회, 즉 첫 번째 읽기를 조감도에 비유합니다. 〈어린왕자〉의 저자인 생텍쥐페리는 조종사의 경험을 살려서 비행기에서 지구를 내려다보는 관점으로 세상을 보았다고 합니다. 저도 1회 읽기에서는 나무 하나하나에 신경을 쓰는 것보다는 숲 전체를 보려고 노력합니다.

제가 1회 읽기에서 주안점을 두는 또 다른 항목은 바로 읽는 속도입니다. 3회 읽기를 한다면 1회 읽기는 워밍업 단계라고 볼 수 있습니다. 비행기는 활주로를 힘차게 달린 후에 그 힘을 바탕으로 공중으로 이륙합니다. 저는 1회 읽기의 의미가 그것이라고 생각합니다. 2단계의 힘찬 이륙을 위해서 목표를 단순화해서 속도감 있게 읽어 가는 것입니다. 이렇게 다져놓은 1회 읽기는 본격 읽기 단계인 두 번째 읽기를 더욱 충실하게 뒷받침할 수 있게 됩니다.

1회 읽기에는 자세한 메모보다는 연필을 사용해서 밑줄을 긋거나 빈 공간에 간략한 의미를 적어 놓습니다. 그리고 중요한 페이지나 의미 있는 대목에는 포스트잇이나 색종이 스티커를 붙여서 구분을 해놓습니다.

두 번째 읽을 때의 전략

제 경험으로 볼 때 책을 읽는 데는 두 번째 읽기가 가장 중요한 단계일 성싶습니다. 책속에 담겨있는 보물 같은 것들이 이 단계에서 주로 발견되기 때문입니다. 한 번 읽은 바탕이 있기 때문에 보다 높고 깊은 시선으로 정밀 독서나 심화 독서가 가능해집니다. 2회 읽기의 구체적인 목표는 '독후감의 초안' 작성입니다. 이것은 저의 표현 방식으로는 독후감 예상문제지에 처음으로 답을 채워 넣는 일이기도 합니다. 이제 숲보다는 나무를 보는 단계입니다. 디테일을 챙기면서 읽습니다. 또한 메시지의 취사선택을 하면서 읽습니다.

2회 읽기에서는 책의 주제나 메시지를 '현재화'시키는 노력 또한 매우 중요합니다. 메시지의 현재화는 책의 주제 등 주요 발견점이 지금의 나와 또는 오늘날 시대 상황과 어떤 관계가 있는지를 연결해서 그 의미를 발견하는 일입니다. 결국 이러한 의미들을 다양하게 발견할수록 독후감은 새롭고 풍성하게 작성될 수 있습니다.

2회 읽기에서는 연필 대신에 형광펜 등을 사용해서 중요 내용을 압축해 나갑니다. 즉 1회 읽기 때 밑줄을 쳐 놓았거나 메모를 해두었던 부분을 취사선택하는 것입니다. 이 책을 한 단어로 정의한다면 무엇일까? 아니면 한 문장으로 표현한다면 어떻게 하지? 키워드로 표현한다면 무엇일까? 이런 식으로 압축해 나가는 것입니다.

세 번째 읽을 때의 포인트

2회 읽기를 마치면 독후감 모델 하우스에 들어갈 내용들이 어느 정도 선정이 됩니다. 다시 말해 초안이 완성되는 것입니다. 이것을 바탕으로 해서 3회 읽기 단계에서는 지속적인 업데이트 작업을 합니다. 저는 가끔씩 세 번째 읽기는 뒤에서 앞으로 거꾸로 읽기를 하면서 새로운 내용을 발견하고 보강하기도 합니다.

3회 읽기 단계는 마무리에 해당합니다. 그래서 정확성에 보다 더 주안점을 두고 읽습니다. 책의 내용과 관련된 자료를 철저하게 확인하면서 읽는 것입니다. 고전 등 많이 알려진 책들은 영화나 연극으로도 만들어집니다. 당연히 찾아서 함께 보고 분석을 해서 독후감 쓰기에 참조합니다. 또한 책속에 어떤 의미 있는 지역이 등장한다면 직접 현장을 찾아가보는 것도 좋은 방법입니다. '우리의 문제는 현장에 있다.'는 우문현답은 독후감 쓰기에도 적용됩니다.

혹자는 할 일도 많은데 책을 세 번씩이나 읽느냐고 나무랄 수도 있겠습니다. 그런데 오히려 3번 이상 읽는 사람도 많다는 사실을 상기해야 합니다. 물론 읽는 횟수가 중요한 것은 아닙니다. 자신이 책을 소화시킬 수 있는 능력이 어떠냐가 관건입니다. 이는 사람마다 읽는 책마다 다를 테지요. 제가 제시한 3회를 기준으로 해서 당신 나름대로 편리하게 활용하면 됩니다.

고은 시인의 시집 '순간의 꽃'에는 제가 좋아하는 절창(絕唱)이 있습니다. 올라갈 때 보지 못한 그 꽃을 내려갈 때 보았다고 읊은 대목이죠. 물론 여러 상황에 적용하여 패러디를 많이 하기도 했고요. 책을 세 번 읽는 3회 독서도 마찬가지입니다.

두 번 읽을 때 보았다. 한 번 읽을 때 보지 못했던 그것을
세 번 읽을 때 보았다. 두 번 읽을 때 보지 못했던 그것을

좀 과장해서 말하면 세 번 읽기는 신세계를 만날 수 있는 가장 쉬운 방법입니다. 힘들고 비능률적인 것 같지만 한 번 도전해보세요. 글쓰기, 독후감 쓰기가 확 달라지는 것을 체감할 수 있습니다.

방법5. 크게 소리 내어 읽어라

책읽기에 있어서 몇 번을 읽어야 하는지의 횟수도 중요하지만 어떻게 읽느냐 하는 방법 또한 매우 중요합니다. 저는 입으로 소리를 내서 읽는 방법을 권합니다. 이름을 붙이자면 음독 독서법, 낭독 독서법 또는 낭송 독서법입니다. 물론 저도 예전에는 주로 눈으로 읽는 묵독 독서를 했습니다.

그런데 그렇게 조용히 책을 읽는 방법은 지루하고 재미가 없었습니다. 그래서 그런지 수시로 졸음과 잡념이라는 불청객이 찾아와서 독서를 방해했습니다. 제대로 된 독서가 되지 않았습니다. 이런저런 궁리 끝에 찾은 방법이 바로 낭독 독서, 낭송 독서, 음독 독서입니다. 결과적으로 효과 만점이었습니다. 어떤 효과인지 구체적으로 소개해보겠습니다.

낭송(朗誦)이란?

크게 소리를 내어 유창하게 글을 외우거나 음률에 따라 감정을 불어넣어 유창하게 읽거나 외우는 것이다.

낭독(朗讀)이란?

글자 그대로 소리를 내어 읽는 것을 말한다.

하나, 낭독 독서는 집중력을 증강시켜줍니다.

낭독을 하게 되면 책 속의 글자를 한 자 한 자 빠짐없이 발음해서 읽어야 하기 때문에 다른 생각을 할 겨를이 없습니다. 자연스럽게 책의 내용에 집중하게 되는 효과를 얻을 수 있습니다. 또한 낭독을 하게 되면 타인이 앞에 있다고 가정하고 그들에게 책 내용을 들려준다는 생각을 하게 됩니다. 어린 시절에 선생님이 "김정웅 책 읽어 보렴." 하고 지명하면 우물쭈물하며 일어서서 책을 읽던 그런 기분도 들게 되어 덜 지루하고 졸음도 덜 오는 듯합니다.

둘, 낭독 독서는 이해력을 증진시켜 줍니다.

소리를 내서 읽는 낭독 독서는 고스톱의 1타 3피 같은 효과가 있습니다. 말하자면 한 번에 세 번 읽는 효과를 얻을 수 있다는 것입니다. 눈으로 읽고 입으로 읽고 그리고 귀로도 읽게 되기 때문입니다. 이런 입체적인 책 읽기는 중단 없는 전진을 가능하게 하여 읽어야 할 목표 진도를 계획대로 추진하는 데에도 아주 효과적입니다.

셋, 낭독 독서는 독서의 자기화(내 것으로 만들기)에 좋습니다.

낭독은 드라마 대사 리허설 리딩과 같은 효과를 경험할 수 있습니다. 감정과 상황 연상이 풍부하기에 독서의 몰입 정도나 흡수력이 좋아집니다. 낭독은 또한 소리를 내어 읽기에 그 내용이 입에 잘 붙습니다. 따라서 책을 읽은 후에 독후감을 타인에게 전달하거나 또는 발표할 때에도 큰 도움을 얻게 됩니다. 따라서 낭독 독서는 전달력이나 표현력을 향상시키는 데에도 도움을 얻을 수 있는 좋은 독서법입니다.

캐나다 워털루대 콜린 매클라우드 교수팀

·소리 없이 읽기
·남이 읽어 주는 것 듣기
·자신이 읽고 녹음해서 듣기
·직접 소리 내어 읽기
→'직접 소리 내어 읽기'가 10% 이상 높은 기억력 보임.

일본 도호쿠대학의 연구결과

"60세 이상의 노인들에게 6개월간 꾸준히 '낭독'을 시켰더니, 그렇지 않은 노인들에 비해 기억력이 20%가 향상됐다고 합니다. 치매 예방과 치료에도 낭독이 중요한 역할을 한다는 거죠."

방법6. 밑그림을 신속히 그려라

이제 3회 읽기, 낭독 독서 등의 읽는 단계를 지나서 본격적으로 독후감을 쓰는 단계에 도달했습니다. 독후감 쓰기는 말 그대로 책을 읽고 나서 그 감상을 적는 과정입니다. 제가 하는 표현으로 하자면 미리 그려놓은 독후감 하우스의 빈 방 한 칸 한 칸에 콘텐츠를 채워 넣어 하나의 안(案)으로 만들어내는 일입니다. 그 흥분되고 떨리는 작업의 첫 걸음은 이른바 '초안'을 잡는 것입니다.

초안(草案·draft)

글쓴이가 글을 발전시키기 위해 맨 처음 대강 정리하여 낸 글을 가리킵니다. 유의어로는 원고(原稿), 초고(草稿) 등이 있습니다. 초안 문서란 쓰기 과정의 초기 단계에서 글쓴이가 작성한 글을 말합니다.

제 경험에 의하면 독후감 쓰기의 핵심은 초안 잡기에 있습니다. 시간 단축이나 최종 완성도 측면 모두에서 그렇습니다. 따라서 초안은 빠르면 빠를수록 좋습니다. 이것은 비단 독후감 쓰기에만 해당되는 것은 아닙니다. 자기소개서, 사업계획서, 광고기획서 등 모든 글을 쓰는 데에도 공통적으로 해당됩니다. 시작이 반이라는 말이 있는데 글쓰기에 있어서도 초안을 잘 잡으면 글쓰기의 반을 완성한 것이나 진배없습니다.

"초안을 언제 잡나요?"

초안의 중요성을 강조하다 보면 이러한 질문을 많이 받게 되더군요. 저는 3회 독서를 강조하고 있는데 통상 초안은 책을 두 번째 읽고 나서 작성합니다. 제 실력으로는 한 번 읽은 후에는 도저히 초안을 잡을 수가 없더군요. 물론 사람의 능력에 따라 다를 테지요. 그 초안을 기준으로 3번째 읽으면서 내용을 업그레이드하는 방식입니다.

"초안을 어떻게 잡나요?"

저는 '독립적 초안 잡기'를 합니다. 물론 독립적 초안 잡기란 제가 개인적으로 하는 초안 잡는 방식을 말합니다. 즉 자료나 책을 보지 않고 또는 의지하지 않고 온전히 자신의 머릿속에 있는 내용을 가지고 우선 써내려가는 방식입니다.

기승전결(起承轉結) 또는 서론 본론 결론 등 큰 흐름을 가지고 상대방에게 이야기를 하듯이 중얼거려봅니다. 어느 정도 흐름이 잡혔다고 생각하면 노트북에 그 내용을 옮겨 적습니다. 이 작업이 완성되면 초안이 잡혔다고 판단할 수 있습니다. 저는 이 방법이 대단히 효과적이라고 생각합니다. 처음부터 자료에 의존하다 보면 자기중심을 잡지 못하고 이리저리 허둥대면서 제 갈 길을 잡지 못하는 글쓰기가 될 가능성이 높습니다.

신화적 디자이너의 초안 잡기 비결?

신화(神話)적(?)이라는 평을 듣던 광고 디자이너가 있었습니다. 그 디자이너의 별명이 그렇게 된 이유는 그의 광고 시안 작업이 너무나 빠르고 정확했기 때문입니다. 여기서 광고 시안은 광고 아이디어의 스케치라고 생각하면 됩니다. 글쓰기로 치면 초안에 해당되고요.

그는 회의가 끝나면 그 즉시 수십 개의 아이디어 스케치를 제시했습니다. 그렇게 되기 위해서는 제작 회의를 하면서 그때그때 시안 스케치를 해야만 했을 것입니다. 당연지사 그와 함께 일을 하는 파트너인 기획 담당자, 나아가 광고주들도 그에 대해서 입에 침이 마르도록 칭찬을 하는 등 대만족 그 자체였습니다.

그 디자이너에게 물어봤습니다. 어떻게 왜 그렇게 하느냐고 말입니다. 그랬더니 그는 묘한 생각이나 아이디어가 떠오를 때마다 그것을 기록해두면 자기가 일하는 데 훨씬 더 효율적이더라는 대답이 돌아왔습니다. 그래서 그렇게 일한다는 것이었습니다.

이러한 사례를 놓고 봤을 때 독후감 쓰기의 초안 작업도 마찬가지일 듯합니다. 책을 읽으면서 그때그때 느끼는 어떤 감상의 포인트들을 적어서 초안을 신속하게 만들어내는 것이 대단히 중요한 셈이죠. 그리고 나머지는 또다시 고민을 하고 자료를 찾아가면서 살을 붙이면 될 테니까요. 하여튼 저도 이 디자이너의 영향을 받아서 외부 청탁의 글이나 독후감을 쓸 때 신속한 초안의 완성을 위해서 초(超)집중을 하고 있습니다.

방법7. 좋은 제목으로 화룡점정(畫龍點睛)하라

저는 독후감을 쓸 때마다 스스로 독후감 제목을 별도로 붙여 놓습니다. 여기에서 제목은 읽은 책 제목과는 별도로 독후감만의 제목을 말합니다. 물론 독후감 공모에 응시할 경우에는 반드시 제목을 달아야만 합니다. 그렇지만 스스로 독후감을 쓰는 경우에도 제목을 염두에 두면 훨씬 알찬 독후감 쓰기가 될 수 있습니다.

책 제목 〈어린왕자〉 – 독후감 제목 〈지혜의 왕자〉

독후감은 말 그대로 책을 읽은 후의 감상을 적는 글입니다. 어찌 보면 혼자 읽은 후의 느낌을 적은 글이죠. 그러나 생각을 바꾸어야 합니다. 독후감도 언젠가는 대중에게 공개될 수 있다고 전제해야 합니다. 나아가 늘 공모전에 응모해서 경쟁을 한다는 생각을 가지고 작성을 해야 합니다. 왜 공연히 사서 생고생이냐고요? 아닙니다. 비록 힘이 들더라도 이러한 원칙을 가지고 독후감을 작성해야 발전이 됩니다.

독후감 제목은 독후감을 하나의 집으로 비유하자면 문패이고 브랜드로 비유하자면 이름이나 슬로건에 해당합니다. 따라서 제목은 독후감의 전체 내용을 가장 잘 표현하고 있어야 합니다. 그러므로 제목을 만드는 일 역시 너무도 중요한 작업이 되는 것이기에 제목을 정하는 일에 심혈에 심혈을 기울여야 합니다.

그렇다면 좋은 독후감 제목을 만드는 원칙은 없을까요?
저는 다음과 같은 생각을 하면서 제목을 구상합니다.

하나, 제목 짓는 일은 콘셉트를 확정짓는 일입니다.

제목은 독후감의 전체 내용을 핵심적으로 응축한 엑기스와 같습니다. 또한 제목은 독후감의 한 줄 평을 만드는 일과도 같습니다. 사실 한 줄 평을 쓴다는 것은 독후감을 최종 마무리하는 일이나 마찬가지입니다. 그렇기 때문에 제목 정하기가 독후감 순서상 제일 앞에 와 있지만 실제로는 가장 나중에 해야 하는 작업이기도 합니다.

둘, 제목을 정하는 것이야말로 화룡점정에 해당합니다.

제목을 정하는 일은 독후감 쓰기의 최종 완성 작업에 해당합니다. 일반적으로 제목이 화룡점정 마무리로서의 의미를 가진다는 사실은 그만큼의 위험도 가지고 있다는 말입니다. 이것은 좋은 제목을 달지 못하면 본문 내용이 아무리 좋아도 좋은 평가를 받지 못할 수도 있기 때문입니다. 어찌 보면 독후감 첫 문장의 중요성만큼이나 독후감 제목의 중요성이 클지도 모르겠습니다.

셋, 제목은 곧 이름을 짓는 작업과 동일합니다.

좋은 제목을 정하는 방법은 브랜드 네이밍의 원칙에서 그 해답을 얻을 수 있습니다. 제가 좋아하는 ROI라는 광고 전략이 있습니다. 그것은 좋은 브랜드 네이밍을 만드는 데 필요한 원칙이기도 하지만 좋은 독후감 제목을 만드는 데에도 그대로 적용될 수 있기에 많은 참고를 하고 있습니다.

- 관련성(Relevance)
- 독창성(Originality)
- 임팩트(Impact)

하나, 관련성.

제목에서 독후감의 핵심내용이 심플하게 반영되어야 함을 나타냅니다. 또한 독자입장에서는 제목을 보고서 이 독후감은 나에게 훅 끌리는 무엇인가가 있구나 하는 기대감이나 궁금증이 유발되도록 표현해야 합니다.

둘, 독창성.

제목 짓기도 고도의 창조행위입니다. 가장 유념해야 할 부분 중의 하나가 바로 독창성입니다. 독창성은 말 그대로 어디서 본 듯한 느낌이 들게 하는 모방이 아니라 자신만의 유일한 제목을 말합니다.

셋, 임팩트.

독자들이 책을 선정하는 기준 중의 하나가 제목이 주는 인상입니다. 제목에서 시선을 잡아야 구매로 연결될 가능성이 높지요. 결론적으로 남다른 차별성을 확보하도록 해야 합니다. 독후감도 마찬가지입니다. 이러한 임팩트 있는 제목은 독후감이 지니고 있는 핵심 콘셉트와 독후감이 독자에게 줄 수 있는 이점이 잘 어우러지는 창조적인 작업을 통하여 탄생하게 됩니다.

저의 제목 만들기는 이처럼 다소 어렵거나 복잡한 과정을 거치면서 진행됩니다. 그래서 비효율적이라는 핀잔을 듣기도 합니다. 그러나 제대로 된 독후감을 쓰기 위한 과정이라 이 방식을 고집하고 있습니다. 당신은 당신만의 제목 만들기 기준을 가지고 있는지요?

글 내용이 좋으면 제목을 달기가 수월합니다. 국내 굴지의 신문사에서 오랫동안 편집 전문기자를 지낸 친구가 이런 얘기를 했는데 무척 공감이 되더군요.

"기사 즉 글을 잘못 쓰면 짜증이 난다. 왜냐하면 신문은 신속성, 정확성 모두를 충족시켜야 한다. 그런데 그런 촉박한 여건에서 나쁜 글은 제목을 달기가 어렵다."

어떤 기자의 글을 보면 제목이 딱 떨어지는데 어떤 기자의 글은 아무리 읽어도 제목 달기가 어렵다는 이야기입니다. 진땀을 흘릴 수밖에 없다는 말입니다.

독후감 쓰기에서도 마찬가지입니다. 본인 스스로 독후감을 써놓고 제목을 달려고 하는데 멋진 제목이 떠오르면 대체적으로 그 독후감 내용도 멋진 글로 채워져 있습니다. 왜냐하면 제목은 그 글의 콘셉트이고 주제이고 중심 내용이 되기 때문입니다. 제목이 퍼뜩 떠오른다면 그만큼 그 글의 주제가 분명하고 뼈대가 선명하다는 사실을 말해주고 있는 것입니다.

독후감의 멋진 제목은 두 가지 측면의 의미가 있습니다. 하나는 멋진 낚시 역할을 해서 다른 사람한테 읽기를 유도하는 역할을 합니다. 좋은 제목을 보면 끌리게 되는 법입니다. 또 한 가지는 자신의 글이 얼마나 내용이 충실한지 점검해볼 수 있는 방법이고 절차라고 얘기할 수가 있겠습니다.

꼭 독후감뿐이겠습니까?
모든 글이 다 그렇습니다.
지금 당신이 쓰고 있는 글 제목은 어떠한지요?

방법8. 매력 있는 첫 문장으로 시작하라

심리학 용어에 첫인상 효과라고 불리는 초두효과(Primary Effect, 初頭效果)라는 것이 있습니다. 이는 처음에 제시된 정보 또는 인상이 나중에 제시된 정보보다 기억 등 인식에 더 큰 영향을 끼친다는 현상을 말합니다. 마케팅 및 광고 전략뿐만 아니라 사람들을 만나고 대하는 대인관계 전략에도 효과적으로 사용되고 있습니다.

좋은 첫 문장은 독후감을 끝까지 읽고 싶게끔 유혹하고 유도하는 역할을 합니다. 어떤 책일까 하는 책에 대한 호기심이나 궁금증과 같은 초기 임팩트를 강화시켜 주는 동시에 뒤이어서 전개되는 독후감의 내용도 좋을 것이라는 생각을 갖게끔 하기 때문입니다.

따라서 좋은 첫 문장은 독후감을 읽는 사람들, 즉 독자든 평가자든 간에 이들이 보다 오랫동안 독후감의 세계에 머무를 수 있도록 도와줍니다. 때문에 이들로부터 독후감에 대한 더 좋은 평가가 나올 가능성 또한 높아집니다.

반면에 좋지 않은 첫 문장은 정반대의 경우가 발생합니다. 내던져 버리거나 아니면 읽더라도 삼천포로 빠지게 됨으로써 독후감을 쓴 사람이나 그것을 읽는 사람이나 모두가 심한 후유증에 시달릴 가능성이 높습니다.

어찌 보면 좋은 첫 문장을 만드는 일은 좋은 글쓰기의 기본입니다. 유명 소설이나 저명한 책은 좋은 첫 문장을 가지고 있다는 공통점이 있습니다. 이는 매혹적인 첫 문장이 독자로 하여금 책을 읽도록 하는 데, 또는 구입하도록 하는 데 큰 역할을 수행하기 때문이지요.

• 신경숙의 〈엄마를 부탁해〉

'엄마를 잃어버린 지 일주일째다.'

• 레프 톨스토이의 〈안나 카레니나〉

'행복한 가정은 모두 비슷해 보이지만 불행한 가정은 저마다 이유가 있다.'

• 카를 마르크스와 프리드리히 엥겔스의 〈공산당 선언〉

'하나의 유령이 유럽을 배회하고 있다. 공산주의라는 유령이.'

광고전략 중에 'AIDMA이론'이 있습니다. 소비자에게 하나의 제품이 구매라는 최종 단계에 이르려면 어떤 자극을 제공해야 하는지 나타내주는 이론입니다. Attention(주목), Interesting(흥미), Desire(욕구), Memory(기억), Action(행동) 등 이상 다섯 단어의 이니셜 조합입니다. 주목을 끌고 흥미요소를 제공해서 욕구가 일어나도록 하면 소비자는 그 상표를 기억하게 되고 궁극적으로는 구매라는 행동으로 이어진다는 것입니다.

이 이론에서 첫 번째 단계가 바로 '주목'입니다. 주목이라는 물꼬를 터야 구매의 물이 원활하게 흐르게 됩니다. 글쓰기나 독후감 쓰기에서의 첫 문장도 바로 '주목'의 역할을 해야 하기에 그만큼 그 임무가 막중한 셈입니다.

•생텍쥐페리의 〈어린왕자〉 독후감 첫 문장

'슬픈 소식 하나가 나를 아연실색케 했다. 대학 선배가 갑자기 세상을 떠났다는 것이다.'

저는 〈어린왕자〉를 이런저런 이유로 꽤 많이 읽었습니다. 가장 최근에 읽게 된 배경은 좀 특별했습니다. 대학 선배가 코로나로 갑자기 세상을 떠났던 것입니다. 그런데 그 선배는 생전에 술자리에서 〈어린왕자〉 이야기를 빼놓지 않고 했습니다. 어린왕자와 같은 그런 친구가 있는 사람은 행복한 사람이라고 하면서 말입니다.

그래서 다시 한 번 더 〈어린왕자〉를 읽었습니다. 그리고 독후감을 썼는데 위의 문장이 그때 쓴 독후감의 첫 문장입니다. 이와 같은 배경 속에 탄생한 첫 문장은 독후감의 내용이 본격적으로 시작되는 서문의 의미를 더욱 탄탄하게 만들어 주었습니다.

방법9. 서론에는 'Why?'의 철학을 담아라

독후감 작성 단계에 있어서 첫 문장과 함께 시작하는 서론은 본론 그리고 결론과 함께 독후감의 전체 내용을 구성하는 세 덩어리입니다. 저는 서론, 본론, 결론 각각의 덩어리마다 거기에 맞는 의미를 부여하고 있습니다. 그래야 각각의 방에 맞는 내용을 효과적으로 채울 수 있고 그 방의 성격도 개성 있게 보이기 때문입니다. 서론의 방에 채워 넣는 의미란 바로 'Why?'의 철학입니다. 즉 '왜?'라고 묻고 그것에 대한 대답을 채워 넣는다는 것입니다.

- 나는 왜, 이 책을 읽게 되었는가?
- 나는 왜, 독후감 대회에 응모하게 되었는가?

왜냐는 물음은 책을 읽게 된 동기나 배경이 무엇인지를 묻는 일입니다. 그런데 책을 읽게 된 동기나 배경은 책을 읽는 사람마다 모두 다를 테지요. 다만 저를 비롯해서 독서모임 회원 및 지인들의 사례를 분석해보면 대체로 다음과 같은 내용들이었습니다. 물론 당신만의 차별화된 동기나 이유, 배경을 적으면 됩니다.

첫째, 작가에 관한 것.

책을 선택하는 큰 이유 중의 하나는 작가의 명성이었습니다. 그 중에서 대표적인 경우는 이른바 전작독서를 하는 사람들입니다. '전작주의(全作主義) 독서법'은 특별히 좋아하고 관심을 가진 한 작가의 작품을 모조리 읽는 독서를 말합니다.

이러한 별난 독서법은 작가와 독자의 관계가 팬덤(fandom) 수준에 이르는 경우에 흔히 사용되고 있습니다. 아무튼 이렇게 밀착된 관계가 아니라 하더라도 작가의 지명도나 유명세가 책을 선택하는 큰 이유나 동기 중의 하나였습니다.

둘째, 작품에 관한 것.

작품의 유명세 또한 책을 구입하는 결정적인 이유 중의 하나입니다. 이 책이 탄생한 시대와 내력에 대한 이야기, 노벨상을 비롯한 수상 작품, 불후의 고전, 어느 대학 선정도서, 누구라면 꼭 읽어야 할 도서 등 책에 관한 명성이 독자들로 하여금 그 책을 선택하도록 이끕니다.

셋째, 삶의 양식에 관한 것.

독자들의 아주 현실적인 필요성 또한 책을 구입하는 중요 이유입니다. 진급 필독서라서, 내가 부족한 부분을 채워줄 것 같아서, 내 강점을 찾을 수 있어서, 자아성찰과 성장에 도움이 될 듯해서, 깨달음을 얻고 싶어서 등등.

이밖에도 책을 읽게 된 동기나 배경은 사람의 숫자만큼이나 다양하겠지요. 가치관에 따라서, 그냥 좋아서, 지적 호기심과 연관성이 있어서, 선물을 받아서, 누가 추천을 해줘서, 살다보니 읽고 싶어서, 고민 문제를 해결할 수 있을 것 같아서, 치유와 힐링을 위해서 등등.

저는 책을 읽게 된 동기나 배경을 극적으로 표현하기 위해서 에피소드나 스토리를 적극적으로 활용하고 있는데 결과적으로 매우 효과가 좋다고 판단하고 있습니다. 즉 독후감에서 그 무엇보다 가장 강력한 동기는 바로 에피소드나 스토리가 담겨 있는 경우입니다. 에피소드나 스토리는 재미도 전달할 수 있고 설득력도 높일 수 있고 궁금증도 유발시킬 수 있습니다.

특히 독후감 대회 응모 등 다른 사람들과 경쟁을 하는 상황이라면 더욱 더 스토리텔링에 의한 책을 읽게 된 동기의 표현이 절실히 요구됩니다. 독후감 쓰기도 결국 하나의 스토리를 만드는 일이기에 더욱 그러합니다.

저는 이렇게 구체적인 스토리를 가지고 마치 눈앞에서 영화나 드라마가 펼쳐지는 느낌이 들도록 작성하기 위해서 노력하고 있습니다. 물론 그럴수록 독후감의 경쟁력은 더욱 높아질 것이라고 확신하고 있습니다.

사례. 〈어린왕자〉 독후감 서론

지난 2월 마지막 토요일, 슬픈 소식 하나가 나를 아연실색케 했다. 대학 선배가 갑자기 세상을 떠났다는 것이다. 코로나 때문이었다. 인생의 무상함을 절절하게 느꼈다. 함께 했던 추억이 주마등처럼 지나갔다.

그 선배는 술과 이야기를 좋아했다. 유머와 해학이 넘치는 선배의 구라(?)는 가히 국보급이라는 평을 받았다. 그런데 특이한 것이 하나 있었다. 그 선배는 이야기를 할 때마다 늘 생텍쥐페리의 〈어린왕자〉를 언급했다. 어린왕자 같은 친구가 있어야 한다는 주장이었다.

또다시 〈어린왕자〉를 읽어보지 않을 수가 없었다. 사실 어린왕자는 누구나 한 번쯤은 읽어봤을 테고 들어 보기라도 했을 것이다. 그런데 〈어린왕자〉의 특징 중의 하나가 읽을 때마다 새로운 느낌이나 생각이 싹튼다는 점이다. 어린 시절의 〈어린왕자〉와 어른이 되어서의 〈어린왕자〉는 정말 달랐다. 더구나 선배가 영원한 이별의 흔적으로 남겨놓은 〈어린왕자〉를 읽는다는 것은 말로 표현하기 어려운 만감이 교차했다.

방법10. 본론에는 'What'의 의미를 담아라

서론이 'Why의 방'이라면 본론은 'What의 방'입니다. 저는 본문을 작성할 때 'What'을 염두에 두고 수시로 '나는 이 책을 읽고 나서 무엇을 얻었는가?'라고 질문합니다. 본문에는 단지 책 내용이나 줄거리를 요약하는 것이 아니라 책을 통해서 새롭게 알게 된 내용, 그리고 책에서 주장하는 주제가 나에게 어떤 변화나 깨달음을 주었는지를 담아야 좋은 독후감이 됩니다. 종합하면 본론에 담아야 할 핵심 내용은 책이 나에게 끼친, 그래서 나를 변화시킨 '모든 영향력'이라고 말씀드릴 수 있겠습니다.

혹자는 본론에 담을 내용을 '자기화'라는 표현으로 나타내기도 합니다. 저도 이 말에 동의합니다. 독후감은 작가가 쓴 책의 내용을 보고난 후에 그것과는 별개로 나 스스로 또 하나의 작품을 새로 창조하는 과정입니다.

그렇기 때문에 줄거리를 단순히 요약하는 수준에 그쳐서는 안 됩니다. 내용을 완전히 소화해서 내 것으로 만들어야만 합니다. 그래서 자기화라는 표현이 적합하다는 말입니다. 본론에는 이러한 자기화의 내용이 흥미진진하게 담겨야 합니다.

자기화는 나와의 관련성을 따져보고 의미를 추출하는 일입니다. 그러하기에 그 내용을 추출하는 기준이 있어야 합니다. 좀 과장되게 이야기하자면 저는 제 온몸의 모든 세포를 다 동원해서 그 의미를 찾아내려고 노력합니다. 그런 만큼 의미나 해석, 느낌, 깨달음, 문제의식, 비밀, 사명 등의 의미들이 대량으로 쏟아져 나오기도 합니다. 이러한 것들이 풍성하게 나오면 나올수록 독후감의 본론은 풍부해집니다.

• 오감(五感)을 통하여

-오감은 시각, 청각, 미각, 후각, 촉각 등 다섯 가지 감각

• 사단칠정을 통하여

-사단은 측은지심(惻隱之心)·수오지심(羞惡之心)·사양지심(辭讓之心)·
시비지심(是非之心)의 네 가지 마음(감정)
-칠정은 희(喜)·로(怒)·애(哀)·구(懼)·애(愛)·오(惡)·욕(欲)의 일곱 가지 감정

• 욕구 5단계를 통하여

-생리적 욕구, 안전에 대한 욕구, 애정과 소속에 대한 욕구, 자기존중의
욕구, 자아실현의 욕구

• Needs(욕구)와 Wants(필요)를 통하여

-배가 고프다.(Needs)/ 김치찌개를 먹고 싶다.(Wants)
-부산에 가고 싶다.(Needs)/ KTX로 가고 싶다.(Wants)

본론에 담을 수많은 'Whats'는 이와 같이 자신만의 자기화 프로세스
를 통하여 얻을 수 있습니다. 그런데 독후감에 이 모든 것들을 모두 집어
넣을 수는 없는 일입니다. 그 다음 단계의 작업이 필요합니다.

하나. 취사선택하기.
둘, 전체를 하나의 개념으로 엮기.

저는 추출한 의미들을 버리고 취하고 응축하는 작업을 통하여 알맹이 중의 진짜 알맹이를 선별합니다. 그리고 꿰어야 보배라는 말이 있습니다. 하나로 관통하는 개념을 실로 삼고 선별된 의미들을 구슬이라고 생각하며 전체를 엮어 정리합니다. 그래야 책을 읽고서 내가 얻은 것이 이런 것이구나 하는 사실을 쉽게 이미지로 받아들일 수 있고 타인에게도 쉽게 전달할 수 있게 됩니다. 여기서 하나의 관통하는 개념은 일반적으로 제목, 콘셉트, 주제, 키워드라고 불리는 그런 내용들입니다.

방법11. 결론에는 '나의 변화'를 담아라

결론에 담아야 할 핵심내용은 본론에서 발견한 영향력이나 가능성들을 통해서 구체적으로 나 자신이 어떻게 '변화'했느냐 하는 내용들입니다. 즉 'Before & After'의 구체적 사실이 극적으로 그리고 진정성 있게 표현될 때 좋은 독후감으로 평가받게 됩니다.

• Before & After
• 구체적인 계획, 실천, 변화

책을 읽고 난 후 나의 변화 모습은 내면적인 모습과 외면적인 모습이 함께 변할 때 가장 강력합니다. 내면적 측면의 변화는 정신이나 마음의 상태가 될 테고, 외면적 측면의 변화는 태도, 행동 그리고 구체적인 실천 사례 같은 것이 될 테지요. 물론 이러한 변화가 에피소드 형태로 전달되도록 하면 더욱 좋습니다. 구체적인 에피소드야말로 보통의 독후감과는 다른 차별적인 나만의 독후감이 되는 결정적인 요소로 작용합니다.

책을 읽고 난 후에 그 변화가 구체적인 행동으로 이어지기는 어렵습니다. 많은 사람들이 본론에서 이야기했던 느낌이나 생각에 머무르는 것이 사실입니다. 그렇기 때문에 이러한 변화가 구체적인 행동이나 삶의 방식으로 이어진다면 또 그것을 담은 독후감은 그렇지 않은 독후감보다 더욱 만족스럽고 매력적인 독후감으로 평가받을 수 있습니다.

정주영 현대 창업자의 〈이 땅에 태어나서 나의 살아온 이야기〉

저는 정주영 현대그룹 창업자의 자서전 〈이 땅에 태어나서 나의 살아온 이야기〉를 읽고 큰 감명을 받았습니다. 저 스스로 회장님을 닮겠다는 결심을 하고 스스로 '정주영 따라 하기' 프로젝트를 가동시켰습니다. 프로젝트의 슬로건을 'I can do it.'으로 정하고 매일 아침 스스로 이 슬로건을 복창하며 정 회장님처럼 생각하고 정 회장님처럼 행동하기로 다짐하고 있습니다.

이러한 저의 변화된 생활은 제가 하루하루를 흥분과 감동 속에 시작할 수 있게 하고 성찰, 성장, 성숙하는 저로 거듭나게끔 해주고 있습니다. 이러한 내용을 독후감의 결론에 담았는데 독후감을 읽어본 사람들이 좋은 평가를 해주더군요.

저는 독후감의 최종 결론은 책에 대한 종합 평가를 담습니다. 즉 책의 타깃에 관한 내용들입니다. 물론 첫 문장 만큼이나 매력적인 마지막 문장을 매력 넘치게 장식하면서 말입니다.

- '누구누구'에게 이 책을 추천해주고 싶다.
- '이러저러'한 사람들이 이 책을 읽었으면 좋겠다.

사례. 〈어린왕자〉 독후감 결론

"내 비밀은 이거야. 아주 간단해. 마음으로 보아야 잘 볼 수 있다는 거야. 중요한 것은 눈에 보이지 않아."

"네 장미를 그토록 소중하게 만든 건 네가 그 장미를 위해 소비한 시간이야."

"사람들은 이 진실을 잊어버렸어. 하지만 넌 그걸 잊으면 안 돼. 네가 길들인 것에 넌 언제나 책임이 있어. 넌 네 장미한테 책임이 있어. ……."

마케팅이나 브랜딩에 있어서 평생 고객을 만들기 위한 방법론도 이와 다를 바가 없다. 마음, 진실, 책임, 시간 등의 주옥과 같은 단어가 가슴을 콕콕 찌른다. 자신과 함께 성장하는 평생고객을 만들기 위해서는 고객을 진정한 마음으로 사랑해야 함을 일컫는 말이다. 자연스럽게 지금 나는 고객과의 관계가 어느 수준인지를 비교해 보게 된다.

"과연 길들여진 관계일까?"

한숨과 함께 반성 거리만 넝쿨째 딸려 올라올 뿐이다.

"아저씨가 밤에 하늘을 바라보게 되면, 내가 그 별들 중의 한 별에서 살고 있고, 그 별들 중의 한 별에서 내가 웃고 있을 거라는 말이에요. 그러면 아저씨에겐 마치 모든 별들이 웃고 있는 것처럼 보일 거예요. 아저씨는 웃을 줄 아는 별을 가지게 될 거예요!"

소설 끝부분에 나오는 조종사와 어린왕자가 나누는 헤어짐의 대화다. 그런데 그 말이 나에게는 하늘나라로 떠난 선배가 내게 전하는 말처럼 들린다.

"자네는 웃을 줄 아는 별을 가지게 된 거야."

그래서 나는 대답한다.

"졸지에 저 별의 왕자가 된 선배님, 그곳에서는 스트레스 덜 받으시고 편히 쉬세요."

방법12, 깔끔한 마무리 투수가 되라

저수지의 댐도 바늘구멍 같은 작은 흠을 막지 못하면 무너져 내립니다. 독후감 쓰기도 마찬가지입니다. 오탈자 하나가 독후감의 전체 품질을 한순간에 쓰레기로 전락시킬 수가 있습니다. 그간의 노력이 말짱 헛수고가 되고 맙니다. 너무나 억울한 일이 아닐 수 없습니다. 별도리가 없습니다. 최선의 마무리가 최선의 방법입니다.

하나, 마무리는 정확성입니다.

겉만 멀쩡하고 속이 엉망이면 최악의 상황이 벌어집니다. 독후감을 쓰든 책을 쓰든 간에 글쓰기에 있어서 정확성은 가장 핵심적인 기본 중의 기본입니다. 정확성은 1차적으로 본인 스스로의 노력이 있어야 합니다. 그런 다음 타인의 도움을 받아서 더욱 더 정교하게 가다듬어야 합니다. 훈수가 몇 단이라는 말이 있습니다. 몇날 며칠을 뒤져도 발견할 수 없었던 흠결이 타인의 시선에는 즉각 발견되는 일이 비일비재합니다. 특히 오타 등 교정 단계에서는 더욱 더 그렇습니다.

둘, 마무리는 간결함입니다.

마무리는 독자에게 남길 것을 구체화하는 일입니다. 그런데 여기서 주의해야 할 것이 있습니다. 욕심을 너무 많이 내면 안 됩니다. 딱 하나를 남긴다고 생각하세요. 그 하나를 남겨도 그마저 독자에게 원활하게 전달되기 어려운 것이 현실입니다. 그런데 사실 하나를 남기는 일이 가장 어렵습니다. 그럼에도 하나를 남기기 위해 노력해야 합니다.

셋, 마무리는 리듬감입니다.

리듬은 음악에서만 중요한 것이 아닙니다. 글쓰기에서도 지녀야 할 아주 중요한 속성입니다. 글에 리듬감을 부여하고 또한 점검하는 가장 좋은 방법은 소리를 내서 읽어보는 것입니다. 이 방법으로 오타, 문맥, 군더더기 같은 것들을 다 잡을 수 있습니다. 말이 되는 글이 가장 좋은 글이기 때문입니다.

넷, 마무리는 2%의 승부입니다.

끝까지 최선을 다해야 합니다. 더 이상 손을 댈 곳이 없을 때까지 읽고 다듬어야 합니다. 결국 승부는 2%의 마무리에 달려 있습니다. 특히 공모전 같은 경우는 최후의 마감시간까지 샅샅이 살펴봐야 합니다. 눈치작전이 쩨쩨한 것이라고 흉을 보는 사람들이 있습니다.

그런데 제가 보기에는 그러한 생각을 가진 사람이야말로 진짜 졸장부입니다. 눈치작전은 끝까지 최선을 다하는 전략 중의 하나일 수도 있습니다. 깔끔한 마무리는 보는 횟수만큼 업그레이드됩니다. 돋보기로 한 글자 한 글자 확인하듯이 살펴보아야 합니다.

다섯, 마무리는 역지사지입니다.

독후감을 읽는 사람의 입장에서 살펴보아야 한다는 뜻입니다. 특히 공모대회라면 심사의원의 입장에서 판단해야 합니다. 심사의원들의 면면에 따라서 독후감을 쓰는 전략도 탄력적으로 대응해야 합니다. 소설가, 문학평론가, 대학교수, 기업 CEO나 임원 등은 그 판단 기준이 똑같지는 않을 것입니다. 물론 이들의 기준에 100% 근접하기는 어렵지만 그 미묘한 차이점은 있기에 끝까지 최선의 방법을 찾아보아야 합니다. 이러한 노력을 한 사람과 하지 않는 사람은 확연하게 차이가 나게 마련입니다.

여섯, 마무리는 공휴일궤(功虧一簣)입니다.

공휴일궤는 산을 쌓아 올리는데 한 삼태기의 흙을 게을리 하여 완성을 보지 못한다는 뜻으로, 거의 이루어진 일을 마무리하지 못하여 오랜 노력이 아무 보람도 없게 됨을 비유적으로 이르는 말입니다. 출처는 ≪서경(書經)≫의 〈여오편(旅獒篇)〉입니다.

어려운 한자임에도 불구하고 저는 이 고사성어를 글쓰기나 강연에서 자주 인용합니다. 본질적으로는 이 성어가 마지막 마무리의 중요성을 강조하는 데 최적격이라는 생각 때문입니다. 한 삼태기의 흙이 모자라 태산이 무너지고, 말짱 도루묵이 되고, 십년공부 도로 나무아미타불이 된다고 의미를 전달할 수 있으니까요.

당신의 독후감 쓰기도 결국은 '완벽한 마무리'로 최종 완성이 가능합니다.

■ 마치며

– 독후감 쓰기가 인생을 뒤바꿀 수 있습니다.

"길을 가다가 돌이 나타나면 약자는 그것을 걸림돌이라고 하고 강자는 그것을 디딤돌이라고 말한다."

영국의 평론가이자 역사가인 토머스 칼라일이 한 말인데 제가 참 좋아하는 문구 가운데 하나입니다. 곱씹어 보면 인생의 지혜가 듬뿍 우러나오니까요. 저는 여기서 '돌'이라는 단어 대신에 우리가 인생을 살면서 만나게 되는 여러 '인연'들로 대체해 보는데, 그럴수록 이 말의 진가를 새삼 확인할 수 있습니다.

이 책이 여러분에게 하나의 디딤돌이 되었으면 좋겠습니다. 디딤돌은 긍정의 인생관입니다. 희망의 꽃은 긍정의 나무에서 피어납니다. 그러므로 디딤돌 철학은 더 큰 도약이나 창조를 위한 밑바탕이기도 합니다. 독후감 쓰기는 여러분의 인생을 바꾸는 또 하나의 디딤돌이 될 수 있다고 생각합니다.

제 인생을 정말 다르게 바꾸어 놓은 '독후감 쓰기의 마력'에 대하여 다시금 간략하게 소개해 봅니다.

하나, 진짜 독서는 독후감을 쓰고 나서야 비로소 완성되었습니다.

제가 독서클럽 활동을 막 시작할 때였습니다. 역대 급의 망신살이 뻗쳤습니다. 독서클럽의 주요 활동은 책을 읽고 그 내용을 발표하고 토론하는 것입니다. 저는 책을 한 번 휙 읽은 후에 발표나 토론이 가능하리라고 생각했습니다. 물론 그렇게 하는 사람도 있겠지요.

그런데 저는 그렇지 못했습니다. 땀을 비 오듯이 흘리고 쩔쩔맬 수밖에 없었습니다. 이럴 땐 어떻게 해야 할까요? 독후감을 쓰고 나서야 비로소 가능하게 되었습니다. 저는 이 소중한 체험에 대하여 독후감을 쓰고 나서 드디어 광명을 찾았다고 표현하고 있습니다.

둘, 독후감을 쓰면서 홀로서기가 가능해졌습니다.

평소 저의 궁극적인 목표는 자유인, 독립인이 되는 것이었습니다. 자유인은 타인으로부터의 영향을 최소화하는 사람을 말합니다. 그리스인 조르바처럼 말입니다. 그러기 위해서는 스스로를 지탱하는 힘이 필요했습니다. 그런데 그 힘은 어느 날 갑자기 하늘에서 뚝 떨어지지 않습니다. 그 힘은 바로 책에서 얻을 수 있었습니다.

지식 축적의 과정에도 눈덩이 효과가 적용됩니다. 책을 한 권 읽고 독후감을 쓰는 일은 마치 눈덩이가 굴러서 점점 크게 뭉쳐져 가는 것 같았습니다. 이러한 일들은 결국 나만의 철옹성을 구축하는 일이었습니다. 지혜와 지식의 힘이 점점 불어난 저는 말 그대로 그 누구에게도 휘둘리지 않는 진정한 자유인이 되었다고 생각합니다. 저는 독후감과 함께 성장했고 앞으로도 계속 성장할 것입니다.

셋, 독후감을 쓰면 책을 쓰는 저자가 될 수 있습니다.

저는 제가 책을 쓰는 저자가 되리라고는 꿈에서도 생각하지 못했습니다. 처음에는 책을 읽으면 독후감을 써야겠다고 마음먹었고 쓰려면 제대로 써야겠다는 마음뿐이었습니다. 그러다 보니 나름대로 독후감 쓰기의 정석 같은 것을 찾게 되더군요. 그러한 노력이 더해지면서 자연스럽게 글을 쓰는 실력도 향상되고 결국에는 책을 쓰는 저자가 되었습니다.

그때가 제 나이 56세일 때입니다. 물론 나이는 숫자에 불과합니다. 지금 당장 독후감을 쓰는 당신이 되었으면 좋겠습니다.

우리는 늘 행복을 찾습니다. 그런데 그 행복의 모습은 각양각색으로 다르게 마련입니다. 제가 정의하는 행복은 하루하루 나아지는 자신을 경험하는 것입니다. 이른바 성취감이라고 해야겠죠. 반복해서 하는 말이지만 행복을 만나는 가장 쉬운 방법 가운데 하나가 바로 책을 읽고 그것에 대하여 독후감을 쓰는 일입니다. 책과 함께 독후감 쓰기와 함께 더욱 성장하는 당신이 되길 기원합니다.

감사합니다.

제2권. 어떻게 발표할 것인가?

■ 반갑습니다

제가 도와 드리겠습니다.

안녕하세요. 이렇게 만나게 되어 반갑습니다. 그런데 솔직히 마냥 반가운 마음만은 아닙니다. 여러분 모두가 나름대로 고민이 있다는 것을 잘 알고 있기 때문입니다. 바로 발표, 좀 더 거창하게 말하면 프레젠테이션을 어떻게 하면 잘할 수 있을까 하는 그런 고민 말입니다.

"발표할 때마다 머릿속이 하얘지고 식은땀이 납니다!"
"여러 사람 앞에 서야 하기에 가슴이 벌렁벌렁하고 속이 떨립니다."
"프레젠테이션 전날에는 잠을 잘 수도 없어요."
"그럭저럭 하긴 했는데 발표하고 나서 후회가 됩니다. 만족스럽지 않습니다."

여러분도 이런 심정인가요? 너무 걱정하지 마세요. 제가 도와드리겠습니다. 저도 여러분과 똑같은 경험을 했습니다. 그래서 일찍이 그러한 고민을 해결하기 위해서 부단히 노력했습니다. 어쩌면 '부단히'라는 말은 점잖은 표현입니다. 살아남기 위해서 처절하게 노력했다는 말이 더 적합하겠습니다. 그런데 그 노력의 결과는 아주 값진 것이었습니다. 되돌아보니 그것이 저의 경쟁력이 되어서 제가 밥벌이를 하는 데에 큰 역할을 해주었기 때문입니다.

35년 가까이 '발표하는 일'에 종사해 오고 있습니다.

저는 1988년부터 직장생활을 시작했습니다. 그리고 지금도 일을 계속하고 있습니다. 그러니까 약 35년 가까이 쉬지 않고 일하고 있는 셈입니다. 그런데 그동안 일을 하는 데 있어서 일관된 작업이 하나 있었습니다. 그것은 바로 프레젠테이션, 강의, 강연 등 이른바 상대방 앞에서 무엇인가를 '발표하는 일'이었습니다.

그 가운데서도 특히 광고대행사에서 일했던 경험이 큰 힘이 되었습니다. 광고대행사에서 30년 가까이 오랫동안 생활했고 또 업무의 강도도 매우 높았기 때문입니다. 광고대행사의 지속가능성은 경쟁 프레젠테이션의 성공 여부에 달려 있다고 해도 과언이 아닙니다. 광고대행사에서 고객을 확보하는 방법은 오직 경쟁 프레젠테이션에서 이기는 것 외에는 달리 특별한 방법이 없었기 때문입니다.

경쟁 프레젠테이션, 즉 공개 발표 입찰 경쟁은 사느냐 죽느냐의 발표 전쟁이나 다름없습니다. 따라서 오늘 여러분에게 전해드리는 저의 프레젠테이션, 즉 발표(發表) 노하우는 이와 같이 살아남기 위해서 끊임없이 갈고 닦아온 실전(實戰) 노하우 그 자체입니다. 이렇게 피와 땀이 얼룩진 경험을 바탕으로 했기에 오늘 이 시간, 여러분에게 감히 도움을 줄 수 있다는 자신감마저 드러낼 수 있습니다.

여러분의 변화된 모습을 미리 그려봅니다. 함께 프레젠테이션을 공부하기 전의 여러분 모습과 그 이후의 여러분 모습에는 어떤 변화가 생겨날 수 있을까요?

물론 여러분이 하루아침에 당장 스티브 잡스처럼 전 세계인을 사로잡는 프레젠테이션의 대가가 될 수는 없습니다. 그러나 발표에 대한 자신감을 바탕으로 여러분이 생활하고 있는 그곳에서만큼은 발표 전문가가 될 수 있습니다. 그래서 여러분은 그곳에서 꼭 필요한 사람으로 거듭날 수 있습니다.

여러분은 청중 앞에 나서는 것을 두려워하지 않고 자신이 알고 있는 바를 분명하게 전달할 수 있습니다. 그리고 듣는 상대방을 여러분이 의도한 대로 설득할 수 있게 됩니다. 여러분은 스스로 프레젠테이션 전문가라고 큰 소리로 말할 수 있습니다. 이렇게 말입니다.

"이번 프레젠테이션에서는 제가 발표를 맡겠습니다."

"그땐 부담감에 짓눌려서 전날 밤에 잠을 못 잤습니다. 그러나 이번엔 다릅니다. 나는 할 수 있습니다."

이제, 당신은 '발표'의 대명사입니다.

저는 지금 퍼스널 브랜딩이라는 주제를 집중적으로 연구하고 있습니다. 퍼스널 브랜딩은 특정 분야에서 차별화되는 나만의 가치를 발견하고 높이는 과정이나 기술을 말합니다. 즉 명품 인간 브랜드가 되고자 하는 것이죠. 따라서 브랜드가 된 사람들은 특정 분야에서 가장 먼저 이름이 떠올려지는 사람들을 말합니다.

이들은 이른바 성공한 사람들, 선한 영향력을 행사하는 사람들, 다수의 일반 사람들이 본받고 싶은 '롤 모델' 등으로 불리기도 합니다. 저는 그들이 어떻게 그런 남다른 모습이 되었나를 연구하는 일을 하는 사람입니다.

물론 브랜드가 된 사람들의 활동 범위는 매우 다양합니다. 어떤 분야이냐에 따라 다르겠지요. 연예계를 예를 든다면 유재석, 강호동 같은 이들이 여기에 해당합니다.

그런데 우리 주변 가까이에서 영향을 전하는 퍼스널 브랜드들도 많습니다. 여러분이 지금 일하고 있는 곳으로 좁혀서 생각해보세요. 여기에서도 여러 퍼스널 브랜드가 있어서 주위 사람들에게 이런저런 영향력을 행사하고 있음을 발견할 수 있습니다.

"영업하면 누구누구! 기획하면 누구누구! 프레젠테이션하면 누구누구!"

이들 퍼스널 브랜드들에게는 뚜렷한 공통점이 하나 있습니다. 무엇일까요? 결론적으로 말씀드리면 그것은 바로 '발표력'입니다. 왜 발표력이 도드라지는 것일까요? 발표는 의미의 최종 전달 과정, 즉 마무리이자 결론에 해당합니다. 책임과 의무도 그만큼 크고 무겁습니다. 따라서 평가에 가장 큰 영향을 받게 됩니다. 그러하기에 여러분도 무엇보다 우선으로 발표 능력, 즉 프레젠테이션 기술 향상을 위해 힘을 쏟아야 합니다. 제가 여러분과 함께하겠습니다.

아무쪼록 이 시간 함께하는 여러분 모두가 여러분만의 발표 기술을 획득하여 어제보다 오늘, 오늘보다 내일 더 나아지는 여러분이 되길 간절히 기원합니다.

제1장. 프레젠테이션(발표), 왜 중요한가?

세상만사 중요한 것일수록 또는 가치가 높은 것일수록 '극과 극'의 양면적인 성격을 함께 지니고 있는 듯합니다. 그래서 부익부 빈익빈 현상으로 이어질 가능성이 높기도 하고요. 경험으로 비추어 볼 때 '발표의 본질'에도 무엇보다도 심하게 그러한 속성이 담겨 있는 듯합니다.

1분, 과연 얼마나 긴 시간일까요?

〈♠ Lee〉

그는 전도유망한 디자이너였습니다. 업계의 여러 회사들은 신참에 불과했던 그에게 주저함 없이 중요 광고 크리에이티브 작업을 의뢰하곤 했습니다. 세월이 흘렀습니다. 물론 그도 직급이 올라서 팀장이 되었습니다. 팀장이 되면 자의 반 타의 반으로 경쟁 프레젠테이션에서 발표자의 역할을 담당해야 했습니다.

그런데 그것이 나중에 큰 화근이 되었습니다. 그에게도 약점이 있었기 때문입니다. 그는 다른 모든 것은 완벽에 가까울 정도로 잘하는데 유독 말주변 하나가 부족했습니다. 그런지라 프레젠터, 즉 대표 발표자의 역할은 그에게 너무나도 곤혹스러운 일이었습니다.

급기야 너무나 안타까운 사달이 발생했습니다. 아주 중요한 경쟁 프레젠테이션 현장에서 발생한 일이었습니다. 여기서 아주 중요하다는 경쟁 프레젠테이션은 통상 두 가지의 기준을 근거로 해서 그렇게 의미를 부여합니다.

하나, 브랜드파워
둘, 광고비

브랜드파워는 그 브랜드가 소비자로부터 얼마만큼 사랑을 받느냐에 달려 있습니다. 그리고 광고비는 물론 광고에 투입되는 비용을 말합니다. 광고대행사의 입장에서 보면 어느 브랜드가 광고비를 많이 쓰면 쓸수록 그 브랜드의 광고 업무를 대행하는 광고대행사는 행복합니다.

광고대행사의 주요 수익원인 수수료가 그만큼 많아지기 때문입니다. 결론적으로 삼성이나 LG 같은 대기업을 비롯한 각 업종의 대표 회사나 대표 브랜드가 실시하는 경쟁 프레젠테이션을 '아주 중요한'이라고 의미를 부여하여 표현합니다.

세상에서 가장 긴 1분.
1분, 즉 60초라는 시간이 그렇게 긴 시간이라는 사실을 예전에는 미처 몰랐습니다. 드디어 프레젠테이션이 시작되었습니다. 그런데 시작부터 진땀나는 상황이 벌어졌습니다. 프레젠터로 나선 그는 정작 아무 말도 하지 못하고 약 1분 정도의 시간 동안 꿀 먹은 벙어리처럼 서 있었습니다. 청중의 관심을 확 끌어당기는 매력적인 오프닝 멘트와 함께 준비한 내용을 흥미진진하게 설명해도 모자랄 판에 말입니다.

더구나 그 프레젠테이션 자리에는 모처럼 고객사의 최고경영진뿐만 아니라 저희 회사 최고경영진도 나란히 함께 참석한 자리였습니다. 그래서 그 현장을 지켜보는 사람들의 가슴이 더욱 답답하고 진땀이 날 수밖에 없었습니다. 이런 안타까운 시간이 흐른 뒤에야 가까스로 프레젠테이션은 진행될 수 있었습니다. 그렇지만 프레젠테이션의 결과는 예상대로 참담했습니다.

그 광고주는 저희 회사와 오랫동안 좋은 파트너 관계를 유지하고 있었습니다. 그런데 그 프레젠테이션을 계기로 그 고객사와의 관계를 정리하고 눈물의 이별을 해야만 했습니다. 시쳇말로 짤린 것입니다. 프레젠터로 나섰던 그가 지나치게 발표에 대한 부담을 가지고 있었기 때문에 그런 일이 벌어진 것입니다. 그런데 더욱 안타까운 일은 실패한 프레젠테이션을 계기로 해서 그 친구는 회사를 영원히 떠나게 되었다는 사실입니다.

상처뿐인 영광이 아닌 상처뿐인 패배를 맛본 적이 있는지요?

전쟁에서 지면 모든 것을 잃게 되는 것처럼 프레젠테이션 전쟁에서의 실패에도 너무도 많은 상실의 아픔이 뒤따르게 됩니다. 위의 사례에서처럼 극단적으로 회사를 떠나야만 하는 일도 발생하지만, 다행히 추방되지는 않더라도 회사 내에서 회복할 수 없는 큰 상처를 입게 마련입니다. 상처뿐인 영광은 고사하고 상처뿐인 패배만 존재하는 셈입니다. 안타깝지만 잃게 되는 몇 가지를 소개해봅니다.

첫째, 신뢰(信賴)를 잃습니다.
앞서 말씀드린 이른바 중요한 경쟁 프레젠테이션을 해야 할 상황이 발생하면 통상적으로 TFT(Task Force Team)를 구성하게 됩니다. 이는 단어의 뜻 그대로 각 부서에 있는 인재들을 한 팀으로 끌어 모으는 것입니다. 그래서 그 팀은 명실 공히 회사의 대표가 되고 필승의 기대감을 높게 됩니다.

그런데 그런 대표 팀의 승률이 낮아 신뢰를 주지 못하고 패배의 상징이 되는 팀이라면 누가 프레젠테이션 전쟁에 함께 하려고 하겠습니까? 초반부터 아예 팀 구성조차 되지 않습니다. 사람이 모이지 않기 때문입니다. 나아가 계속해서 악순환을 불러일으키게 됩니다. 최상의 전력을 갖추지 못하니까 연속적인 패배로 이어지게 됩니다.

　프레젠테이션의 실패로 인해 무너진 신뢰는 회사의 내부 구성원뿐만 아니라 회사 밖의 외부 고객에게도 결정적인 영향을 미칩니다. 업계에 소문이 금방 쫙 퍼지거든요. 어느~어느 회사는 잘했다더라, 어디 어디는 쓰레기보다 못한 것을 가지고 왔더라는 등 별의별 소문이 끊이질 않게 됩니다. 한 번 무너진 신뢰를 회복하기 위해서는 그 이상의 멋진 승리를 거두어야 하는데 당연히 몇 곱절의 땀이나 비용의 투자가 있어야 합니다.

둘째, 돈을 잃습니다.

　광고업계에서의 경쟁 프레젠테이션은 완벽한 준비만이 성공의 가능성을 높여줍니다. 따라서 철저한 준비를 하기 위해서는 빅 아이디어(Big Idea)를 만들어내는 일이 최우선입니다. 그런데 준비의 양적·질적 측면을 동시에 강화해야 하기에 비용도 일반적인 준비보다 많이 들어가게 됩니다. 경우에 따라서는 몇 억의 비용이 들어가기도 하지요. 그렇기 때문에 경쟁 프레젠테이션에는 그만큼의 큰 부담이 따르게 마련입니다.

　다행히 승리한다면 나중에 광고비로 보전할 수 있습니다. 그러나 패배한다면 그 비용을 고스란히 허공에 날리는 것과 같아서 결국 회사에 막대한 피해를 주게 되는 꼴입니다. 패배의 후유증은 여기에서 끝나지 않습니다. 회사에 비용 측면뿐만 아니라 이미지에도 커다란 흠결을 남긴 결과이기 때문에 인사고과에서 좋은 평가를 받을 가능성이 없습니다. 자연스럽게 연봉도 적게 받게 될 가능성마저 있습니다. 결국 회사 입장에서도 돈을 벌기는커녕 잃는 셈이 되고 본인 자신도 돈을 잃게 되는 셈입니다.

셋째는 궁극적으로 자신의 존재감을 잃게 됩니다.

많은 사람들이 직장생활의 궁극적인 목표는 회사에서 대체 불가의 존재감을 갖는 것이라고 합니다. 프레젠테이션의 실패는 우리가 그런 목표에 도달하는 것을 방해하는 결정적인 계기가 될 수도 있습니다. 안타깝지만 어찌 보면 당연하지요. 신뢰성도 상실하고 회사에 수익을 창출하기는커녕 손해만 입히는 신세가 되었으니까요.

무임승차는 남의 얘기가 아닙니다. 존재감이 없으면 누구나 그러한 처지로 전락하게 마련입니다. 무임승차 대상이 되면 남으로부터 손가락질당하고 눈치에 시달리게 됩니다. 본인의 의도와는 달리 타의에 의해서 사랑하는 직장을 떠나게 될 수도 있겠지요.

영광에 찬 승리를 맛보겠습니까?

지금까지 제가 너무 부풀려서 과장되게 이야기한 것 같다고요? 솔직히 다소 그러한 부분이 없지는 않습니다. 그러나 결코 거짓이나 사실과 다른 이야기는 아닙니다. 그런데 사실 나쁜 측면만을 강조하는 충격 요법은 한계가 있을 수밖에 없습니다. 그렇기 때문에 긍정의 힘을 믿어야 합니다.

발표 기술의 중요성은 좋은 점을 통해서 부각하는 것이 타당할 듯합니다. 따라서 궁극적으로 우리의 목표가 발표나 프레젠테이션을 잘하자고 하는 것이기 때문에 지금부터는 프레젠테이션을 잘했을 때는 얼마나 좋은 일이 일어날 수 있는지 긍정적이고 희망에 찬 측면에서 말씀드리도록 하겠습니다.

하나, 경제적인 측면 - 돈을 많이 벌 수 있습니다.

우리는 사회생활을 하다 보면 누구나 '인사평가'라는 냉정한 강을 건너야 합니다. 평가의 강은 절대평가의 강과 상대평가의 강으로 이루어집니다. 이러한 평가에서도 절대평가에 비하여 상대평가는 여간 신경이 쓰이지 않습니다. 남과 비교를 당하게 되고 일등부터 꼴찌까지 등수가 정해지기 때문입니다.

제 경험으로 비추어 볼 때 프레젠테이션 능력이야말로 이런저런 평가에 가장 직접적으로 연결되는 능력인 듯합니다. 즉 프레젠테이션을 잘하는 사람이 좋은 인사평가와 인사고과를 받고 우수 인재로 선택될 확률이 높기 때문입니다. 그에 따라서 당연히 연봉의 차이가 발생합니다. 그런데 그 차이는 천차만별입니다. 프레젠테이션을 잘하면 돈을 벌 수 있다는 말은 이러한 배경에서 나오게 된 것입니다.

둘, 자아의 측면 - 자존감을 높일 수 있는 절호의 기회입니다.

프레젠테이션은 최고의 성취감을 느낄 수 있는 전율의 이벤트이기도 합니다. 프레젠터, 즉 발표자는 그러한 이벤트의 총지휘자입니다. 따라서 좋은 프레젠테이션 결과에는 앞에서 말씀드린 것처럼 엄청난 금전적 보상이 따르게 됩니다. 뿐만 아니라 또한 영광스러운 찬사도 받게 됩니다. 어느새 자신도 모르게 강력한 퍼스널 브랜드 파워가 쌓이게 됩니다. 프레젠테이션의 대명사가 됩니다. 뿌듯한 자부심에 미소 짓는 자신을 발견하게 됩니다.

〈♠ 신입사원 Kim〉

회사생활을 하다 보면 빼놓을 수 없는 일 중의 하나가 워크숍(Workshop)입니다. 기간별, 이슈별, 소속 단위별 등 참으로 다양한 배경의 워크숍에 참석하게 됩니다. 그런데 어느 워크숍은 예전과는 사뭇 다른 워크숍이었습니다. 결론부터 말씀드리면 바로 경쟁 프레젠테이션이라는 실전을 염두에 둔 워크숍이었기 때문입니다.

이것이 왜 특별한 워크숍인지 궁금하다고요? 일반적으로 광고대행사는 평소에 영입하고자 점을 찍어 두는, 달리 말하면 꼭 우리 회사의 고객으로 모셔 오고자 하는 이른바 '전략적인 목표 광고주'가 있습니다.

그런데 이번 워크숍은 그런 목표 광고주가 실제로 경쟁 프레젠테이션의 기회를 주었다고 가정하고 그에 대한 실전 프레젠테이션 내용을 준비해서 발표하는 워크숍이었습니다. 이른바 셀프 경쟁 프레젠테이션을 실시하는 워크숍입니다.

따라서 참여하는 팀도 자유롭게 구성되었습니다. 시니어 팀, 여성 팀, 대리 팀, 신입사원 팀, 미남 팀, 미녀 팀 등. 그런데 예상 밖의 결과가 나왔습니다. 신입사원 팀이 당당히 우승을 차지한 것입니다. 그 팀은 기적을 일으켰다며 선배들로부터 많은 축하를 받기도 했습니다.

기적은 거기에서 끝나지 않았습니다. 막연히 희망사항으로만 여겼던 것이 실제로 현실이 되었습니다. 만일 경쟁 프레젠테이션의 기회가 주어진다면 하고 가정했던 것인데 거짓말처럼 실제로 경쟁 프레젠테이션의 기회가 주어졌던 것입니다.

워크숍이 끝나고 나서 얼마 후에 목표했던 그 광고주는 공개경쟁 프레젠테이션을 실시했습니다. 회사에서는 워크숍에서 우승한 신입사원 팀을 회사 대표로 출전시키는 특단의 조치를 취했습니다. 발표내용도 워크숍에서 발표했던 내용을 손대지 않고 그대로 가지고 갔습니다.

그런데 놀랍게도 회사 대표로 참전한 그 신입사원 팀이 승리를 거둡니다. 물론 이런 일이 흔하지는 않지만 급변하는 기업 환경에 비추어 보면 앞으로 자주 일어날 것으로 예측됩니다. 예를 들면 인공지능 기술과 사물인터넷, 빅 데이터 등 4차 산업과 관련된 업종의 회사나 스타트업 회사 같은 경우는 시니어 급의 선배보다는 오히려 신입사원 등 영 파워의 인재들이 더 적합한 전문성을 확보하고 있다고 말할 수도 있기 때문입니다.

프레젠테이션이나 발표를 잘하면 사람이 똑똑해집니다. 아니 발표를 잘하기 위해서 노력하다 보니 더 똑똑한 사람이 되었다는 말이 더 적합한 표현이겠지요. 프레젠테이션의 궁극적인 목표는 설득 커뮤니케이션에 있습니다. 상대방이 1인일 경우도 있고 다수의 청중일 수도 있습니다. 그들을 자신의 의제나 주장에 공감이나 동조하게끔 유도하기 위해서는 견고한 주장, 즉 뚝심이 있어야 합니다. 남의 말에 흔들리지 않는 자기 주도력이 필요한 이유가 여기에 있습니다. 설득력이 강한 사람은 대개 리더의 위치에 있습니다. 타인에게 끌려가지 않고 타인을 이끌게 되는 리더의 위치 말입니다. 그 기본적인 힘은 발표력이 중심이 된 설득 커뮤니케이션의 역량에서 나온다고 하겠습니다.

셋. 사회적인 측면 - 혁명적인 자기 변신의 기회를 제공해준다.
기회가 좋으면 위험도 큰 법이고 산이 높으면 골이 깊은 법입니다. 프레젠테이션은 실패할 위험이 큰 것이 사실입니다. 그런데 또 다른 측면에서는 위대한 기회 창출의 계기가 되기도 합니다. 프레젠터는 부담이 큰 만큼 또 주목도 거기에 비례해서 많이 받을 수 있기 때문입니다. 그래서 프레젠테이션을 성공적으로 끝내고 나면 이곳저곳으로부터 매력적인 손길이 뻗쳐 올 가능성도 있습니다.

손길 하나, 경쟁사.
실제로 경쟁 회사로부터의 달콤한 스카우트 제의에 선뜻 응해서 하루 아침에 어제의 회사 동료였던 사람이 오늘은 적군으로 바뀌는 경우가 종종 있습니다. 그래서 또 다른 경쟁 프레젠테이션의 현장에서는 서로 이기고 지는 남남의 경쟁자가 되어서 어색한 인사를 나누는 장면이 연출되는 현상도 또한 사실입니다.

손길 둘, 광고주.

광고업의 경우 프레젠테이션은 광고대행사가 갑의 위치에 있는 광고주에게 발표하는 형식으로 진행됩니다. 따라서 프레젠테이션은 갑의 위치에 있는 광고주에게는 발표자의 역량을 눈여겨볼 기회가 되기도 합니다. 그래서 광고주는 프레젠테이션을 잘해서 좋은 인상을 준 발표자를 직접 스카우트하기도 합니다.

손길 셋, 기타.

나아가 훌륭한 프레젠테이션 능력을 갖춘 사람은 공공기관으로부터 스카우트 제의를 받기도 합니다. 특히 선거 캠페인 캠프에서는 프레젠테이션 능력이 있는 사람들이 큰 역할을 한다고 합니다. 제가 아는 지인도 대선 캠페인에 활발히 참석한 적이 있는데 역시 그분도 프레젠테이션에 일가견이 있는 사람이었습니다. 이처럼 프레젠테이션은 예기치 못하는 수많은 위기와 기회를 동시에 창출하기 때문에 그만큼 중요하고 드라마틱한 셈입니다.

이제 세상은 'PT형 인재'를 원하는 세상이 되었다고 해도 과언이 아닙니다. 이것은 특히 제가 헤드헌터로 일하면서 피부로 느낀 사항이기도 합니다.

물론 전통적인 인재의 요건인 신(身). 언(言). 서(書). 판(判)이 여전히 중요합니다. 그러나 거기에서 머무르면 안 됩니다. 이제는 그것을 하나로 아울러서 상대방을 설득하고 내가 원하는 결과를 얻어낼 수 있도록 해야 합니다.

그리고 실제로 요즈음 인력을 채용할 때는 신입이든 경력이든 프레젠테이션이 공식 면접 프로세스에 포함되고 있습니다. 직급이 높거나 중요한 직무의 인력을 충원할 때는 거의 100% 프레젠테이션 면접이 포함됩니다. 상황이 이러하니 프레젠테이션 능력을 극대화하지 않으면 안 되는 시대가 된 셈입니다.

제2장. 프레젠테이션의 4요소

도토리 키 재 보셨나요?

여러분, 도토리가 다섯 개 나란히 놓여 있는 지금 보고 있는 사진에 제목 한 번 붙여 보세요. 가장 먼저 어떤 생각이 떠오르는지요? 제가 프레젠테이션에 관련된 이런저런 강의나 강연 자리에서 여러 차례 똑같은 질문을 했습니다. 그런데 그때마다 예상을 벗어나는 대답이나 반응이 나와서 깜짝 놀라곤 했습니다.

"독수리 오형제!"라는 오답이 그것입니다. 제가 의도하는 정답은 바로 '도토리 키 재기'인데 말입니다. 왜 이런 오답이 반복되는지 지금도 그 이유를 정확히 알지 못하고 있습니다. 다만 도토리의 'ㄷ'발음과 독수리의 'ㄷ'발음이 관련이 있는 것 같고, 도토리 개수가 다섯이라서 5라는 숫자의 5형제가 또 다른 관련이 있는 것 같다고 추정해볼 뿐입니다.
그렇다면 '도토리 키 재기'라는 의미는 무엇일까요?
사전적인 의미로는 정도가 고만고만한 사람들끼리 서로 다툼을 이르는 말을 일컫습니다. 특별한 차별점이 없기에 구별하기 어려운 그러한 것을 말하기도 합니다.

실제로 다음의 다섯 단어는 발표에 있어서 '도토리 키 재기'라고 불리는데 각각의 단어에 대한 사전적인 의미를 적은 것입니다. 여러분은 각각의 의미를 명확히 구분할 수 있는지요? 여러분이 다음 각 단어의 주체자라고 생각하고 그 의미를 곱씹어 보길 바랍니다.

- **발표**(하는 사람)
-어떤 사실이나 결과, 작품 따위를 세상에 널리 드러내어 알림.

- **보고**(하는 사람)
-일에 관한 내용이나 결과를 말이나 글로 알림.

- **설명**(하는 사람)
-어떤 일이나 대상의 내용을 상대편이 잘 알 수 있도록 밝혀 말함. 또는 그런 말.

- **브리핑. Briefing**(하는 사람)
-요점을 간추린 간단한 보고나 설명. 또는 그런 보고나 설명을 위한 문서나 모임.

- **프레젠테이션 Presentation**(하는 사람)
-시청각 자료를 활용하여 사업 따위의 계획이나 절차를 구체적으로 발표하는 활동.

각 단어의 의미를 확인하고 난 후에도 실제로 '도토리 키 재기' 같습니까? 이 다섯 단어 중에서 대표 단어를 하나 선택한다면 무엇으로 하겠습니까? 저는 '프레젠테이션(이하 PT 또는 피티)'을 대표 단어로 선택했습니다. 그 기준이 궁금하다고요?

물론 본질적인 의미는 다섯 단어가 비슷비슷합니다. 그렇지만 쓰임새의 범위, 준비의 난이도, 그리고 소요 시간이나 비용 등을 종합해 보면 피티가 여타 다른 용어를 아우를 수 있는 용어이기 때문입니다. 다시 말해 프레젠테이션 기술을 익히면 나머지 도토리 형제들에 대해서는 상대적으로 편하게 그 기술을 적용할 수 있다는 말입니다.

꼭 기억해요, '3W1H'!

좋은 전체를 만들기 위해서는 구성하고 있는 각 요소를 좋게 만들어야 합니다. 울창하고 푸른 숲은 숲속의 나무 하나하나가 푸른 잎사귀를 가지고 하늘로 쭉쭉 뻗은 나무일 때 가능합니다. 또한 맛있는 음식을 만들기 위해서는 우선 좋은 재료를 잘 골라야 합니다. 그리고 정성껏 요리해야 합니다.

프레젠테이션 기술도 마찬가지입니다. 프레젠테이션의 핵심 구성요소를 요소별로 잘 관리하여야 프레젠테이션 전체를 경쟁력 있게 만들 수 있습니다. 인과의 법칙처럼 좋은 PT 결과는 구성 요소별 좋은 준비라는 원인을 제공해야 가능합니다. 저는 프레젠테이션의 핵심 구성요소를 '3W1H'라고 정의하여 설명하고자 합니다.

〈3W1H〉
· Who(누가): 프레젠터 (발표자)
· Whom(누구에게): 청중 (듣는 상대방)
· What(무엇을): 내용 (콘텐츠)
· How(어떻게): 내용을 청중에게 표현하고 전달하는 스킬

아리스토텔레스의 수사학(修辭學)은 프레젠테이션의 고전으로 널리 인용되고 있습니다. 프레젠테이션도 본질은 설득이기 때문입니다. 제가 강조하고 있는 '3W1H'는 에토스[Ethos(인품·인격)], 파토스[Pathos(감성)], 로고스[Logos(이성)]로 대변되는, 아리스토텔레스가 강조한 설득의 3대 요소에 그 기초를 두고 있습니다.

Who(누가 - PT의 프레젠터, 발표자)
-여러분 자신의 신뢰성을 높일 수 있는 자신만의 상징 자산을 만드세요.

발표하는 사람 즉 프레젠터는 누구나 할 수 있지만 그렇다고 아무나 프레젠터가 될 수는 없습니다. 중요한 자격 요건을 갖추어야 하기 때문입니다. 그것이 무엇일까요?

아리스토텔레스 수사학에 의하면 화자(話者)가 아무리 말을 잘한들 화자가 전하는 메시지의 신뢰성이 떨어지면 아무도 믿지 않고 오히려 거부감이 든다고 합니다. 그래서 에토스, 즉 화자의 인품과 인격에 근거한 '신뢰'를 가장 중요한 요소로 여기고 있습니다.

그런데 놀라운 사실은 아리스토텔레스의 그 원칙이 오늘날에도 여전히 유효적절하다는 것입니다. 제 경험에 비추어 봐도 그렇습니다.

프레젠터에게는 왜 신뢰도가 중요한 것일까요?

결론적으로 말하자면 신뢰도가 없으면 청중이 주목하지 않을 가능성이 크기 때문입니다. 신뢰도를 구성하는 요인들이 많습니다만, 그 중에서도 가장 중요한 요소는 전문성입니다. 전문성은 곧 인지도로 연결됩니다. 피티의 배경이 어떻든 간에 유명인이라는 그 한 가지 조건만으로도 프레젠터에 적합하다고 말하는 이유가 여기에 있습니다. 시쳇말로 한 수 접고 들어갈 수 있기 때문입니다.

그렇다면 어떻게 신뢰도를 높일 수 있을까요?

프레젠터의 신뢰도에 가장 큰 영향력을 끼치는 것은 바로 상징 자산입니다. 프레젠터의 상징 자산이란 나를 전문가로 기억하기 좋게 만들어 주고 또한 타인과의 차별성을 강화해주는 의미 있는 유·무형의 실체입니다. 스펙이나 경력 그리고 업적이나 성과 같은 요소가 가장 일반적인 프레젠터의 상징 자산 사례입니다.

제 경험에 의하면 자신의 신뢰도를 높일 수 있는 상징 자산 가운데 가장 효과가 큰 것은 '책'일 듯합니다. 이런저런 책을 몇 권 썼다고 하면 저를 대하는 태도가 확 달라지더군요. 여러분도 여러분의 상황에 맞는 신뢰성 제고를 위한 방법을 취해야 합니다. 극단적으로 이것도 저것도 별로 내세울 것이 없다면 아예 앞에 나서지 않는 것이 더욱 효과적인 전략일 수 있습니다. 그냥 나섰다가는 아무도 주목하지 않을 가능성이 크기 때문입니다.

Whom (누구에게 – 청중, 듣는 상대방)
-일방적인 짝사랑은 하지 마세요.

청중에 관한 부분은 아리스토텔레스의 수사학에서 설명한 기준으로 보면 파토스의 개념을 잘 적용하여 활용해야 합니다. 다시 말해 청중으로 하여금 감정을 갖고 일정한 반응을 보이게 하는 설득방식으로, 듣는 사람의 입장을 잘 헤아려서 그에 부응하는 이야기를 해야만 설득력이 높아진다는 것입니다.

너무도 당연한 이야기입니다. 그런데 실제로 이것을 실천하기란 쉽지가 않습니다. 듣는 사람의 입장을 헤아리기가 보통 어렵고 곤란한 일이 아니기 때문입니다. 열 길 물속은 알아도 한 길 사람 속은 알지 못한다는 말도 있지 않습니까?

청중의 마음을 잘 헤아리는 방법도 역시 남다른 노력을 기울이는 일 말고는 뾰족한 수가 없습니다. 최선을 다해서 상대방을 깊이 연구하는 수밖에 없습니다. 지피지기면 백전백승이라고 했습니다. 그런데 큰 방향과 전략 차원에서 염두에 두어야 할 원칙이 있습니다. 지나치게 상대방에게 맞추려고만 해서는 안 된다는 것입니다.

다시 말해 청중을 일방적으로 짝사랑만 해서는 안 됩니다. 짝사랑은 자칫하면 스토킹이 될 수도 있습니다. 청중이 가까이 오기는커녕 오히려 멀리 달아날 수도 있습니다. 누가 뭐래도 발표자 본인이 주도권을 쥐고 청중을 이끌고 가야 합니다. 그러한 이끌기를 원활하게 하려면 상대방을 최대한 잘 알아야 합니다. 울고 싶을 때 뺨을 때려주도록 만들어야 한다는 사실 명심해야 합니다.

What - 콘텐츠(발표내용)
-No contents, No Presentation

결국 프레젠테이션이나 발표는 우리가 준비한 내용물을 청중인 상대방에게 전달하여 소기의 목적을 달성하는 일입니다. 그렇기 때문에 콘텐츠 요소는 프레젠테이션에 있어서 가장 중요한 영역이고 발표의 본질적 영역에 해당됩니다.

제가 굳이 이 부분을 본질이라고 말하는 까닭은 콘텐츠가 제대로 준비되지 않으면 나머지 요소를 아무리 잘 준비한다 하더라도 프레젠테이션 자체가 성립이 되지 않기 때문입니다. 즉 좋은 콘텐츠 없이 좋은 결과를 얻기란 불가능하다는 뜻입니다.

반면에 콘텐츠가 제대로 준비되면 비록 나머지 요소에서 부족함이 있어도 좋은 결과를 얻을 가능성이 있습니다. 물론 콘텐츠를 포함하여 프레젠테이션의 4요소가 완벽하게 준비되어야 하는 것이 이상적이긴 하지만 말입니다.

'From Logic to Magic!'
저는 이 말을 지금도 프레젠테이션 준비를 하는 데 있어서 큰 가이드라인으로 삼고 있습니다. 매우 유익한 지침이라고 생각하기 때문입니다.

"논리로 시작해서 마술로 마감하라!"

예, 바로 그것입니다.
광고 프레젠테이션에서 콘텐츠라 함은 통상 전략과 제작물(크리에이티브)로 구성됩니다. 로직(Logic)은 마케팅전략, 광고 전략에 해당됩니다. 이 부분은 논리적인 기반이 탄탄해야 한다는 의미입니다. 그렇기 때문에 이론, 모델, 조사자료, 데이터 등이 사용되고 그것을 기반으로 한 전략을 제안하게 됩니다.

매직(Magic)은 로직에 의해서 수립된 탄탄한 전략을 바탕으로 해서 표현물은 한껏 창의력이 발휘되어야 한다는 뜻입니다. 마치 마술을 연출하듯이 말입니다. 그리고 크리에이티브의 영역은 마술의 신비처럼 눈에 빤히 들여다보이지 않아야 하니까요.

따라서 아리스토텔레스가 주장한 로고스의 의미는 여기 콘텐츠를 구성하는 데에 매우 효과적으로 활용할 수 있습니다. 아리스토텔레스는 로고스를 '논리적인 추론능력'이라고 규정했습니다. 이것은 말을 통해서 자신의 주장이 사실로 또는 사실인 것처럼 보이도록 만드는 기술이 로고스라는 의미입니다. 다시 말해 나의 주장과 상대방의 인식 상태가 일치하도록 만드는 것이 로고스의 핵심이라는 뜻입니다.

그러하기에 콘텐츠의 영향력은 청중과의 상호작용에 의해서 결정된다고 볼 수 있습니다. 나에게는 논리적이고 합리적인 주장이라도 상대방이 그렇게 동의하지 않으면 나의 주장은 비합리적이고 비논리적인 주장으로 인식된다는 것입니다.

그렇기 때문에 프레젠테이션 현장에서 우리가 준비한 콘텐츠를 가지고 청중을 설득하지 못하면 그 이유는 청중이 합리적이지 못해서가 아니라, 우리의 콘텐츠가 주장하는 메시지가 합리적으로 인식되지 못했기 때문이라고 생각해야 합니다. 물론 그 이전에 우리 스스로는 완벽한 논리가 담긴 콘텐츠를 구성해야 함은 너무도 당연한 이야기입니다.

HOW(콘텐츠를 전달하는 방법)
-자신만의 개성으로 자신 있게 전달하세요.

How는 차별화의 수단이나 방법을 강구하는 것입니다. 똑같은 것을 놓고도 누가 어떻게 표현하고 전달하느냐에 따라서 상대방이 받는 느낌은 전혀 다르기 때문입니다. 우리는 주변에서 "그 사람 참 말을 싸가지 없게 하네!"라는 말을 듣곤 합니다.

이것은 말의 내용('What to say')은 문제가 없지만, 말을 전달하고 표현하는 방식(How to say)에서 문제가 있음을 비판한 말입니다. 어떻게 말하느냐가 얼마나 중요한지에 대하여 또 다른 일상의 예를 하나 들어 보겠습니다.

노래방에서 팀 단합대회를 했습니다. 규칙을 하나 정했습니다. 공교롭게도 그날이 10월의 마지막 날이었습니다. 그래서 노래는 10월의 마지막 날에 많이 부르는 〈잊혀진 계절〉, 그 노래 하나만을 부르기로 합니다. 이러한 이벤트가 처음에는 일견 재미없을 듯싶은 생각이 들겠지만, 그것은 편견입니다. 그 나름대로 아주 재미가 있습니다. 같은 노래 하나라도 누가 어떻게 부르느냐에 따라서 느낌이나 감동이 전혀 다르게 나타나기 때문입니다.

어디 노래만 그렇겠습니까?

프레젠테이션이나 발표에서도 마찬가지입니다. 앞에서 이야기한 콘텐츠, 그러니까 무엇을 전달할 것인가 하는 내용물도 그것을 어떤 사람이 어떻게 전달하느냐에 따라서 청중이 받아들이는 느낌은 전혀 달라집니다.

이 부분에서도 특히 유념해야 할 점은 자신만의 전달 방법을 만드는 일입니다. 자신만의 독특한 전달 기술을 익혀서 그 기술에 따라 내용을 전달할 때 프레젠테이션의 목적을 더 효과적으로 달성할 수 있습니다. 누구나 자신의 '18번 노래'가 있습니다. 그 노래처럼 자신만의 개성을 가지고 자신 있게 표현하는 것이 최선의 방법임을 명심해야 합니다.

다음 장부터는 각 요소 별 세부 내용을 차례차례 말씀드리겠습니다.

제3장. 누가(Who - 프레젠터, 발표자)

평생 동안 영어를 요리조리 피해 다녔다는 사람이 있습니다. 이런 경우도 시쳇말로 '운(運)빨'이라고 한다면 조금은 서글픈 생각이 들기도 하지 않을까 싶습니다. 그런데 어느 정도 정규 학교를 다니거나 직장생활을 한다면 우리는 누구나 프레젠터, 즉 발표자의 입장이 될 수 있습니다. 영어는 피할 수 있을지 몰라도 발표자의 운명은 피할 수 없습니다. 이제 발표나 프레젠테이션은 우리의 일상에서 떼려야 뗄 수 없는 일이 되었습니다.

여러분은 준비된 발표자인가요?

오늘 여러분에게 프레젠테이션에 있어서는 위기와 기회가 공존한다고 여러 차례 말한 바가 있습니다. 그런데 선택은 분명합니다. 프레젠테이션이 제공하는 기회를 더욱 극대화시켜야 합니다. 어떻게 해야 할까요? 방법은 그리 많지 않습니다. 우리 스스로가 파워 프레젠터, 즉 끝내주는 발표자가 되는 수밖에요.

준비된 대통령이라는 말이 있었는데 우리에게는 준비된 프레젠터가 되는 것이 더 급선무입니다. 그렇다면 과연 준비된 파워 프레젠터란 어떤 사람이고 또 어떻게 준비해야 할까요?

이럴 때는 벤치마킹이 좋은 방법입니다. 파워 프레젠터는 다음과 같은 공통점을 가지고 있었습니다. 저는 이것을 하나의 법칙으로 여기며 늘 마음속에 되새기고 있습니다. 여러분도 그랬으면 좋겠습니다.

1. 자신감의 법칙
-자신감이라는 열매는 맹렬한 연습을 통해서만 따먹을 수 있다.

사실 자신감은 프레젠테이션이나 발표뿐만 아니라 모든 일을 하는 데에 있어서 기본중의 기본 요소입니다. 그런데 프레젠테이션에서만큼 자신감이 필요한 경우도 드뭅니다. 왜 그럴까요? 여러 사람들 앞에 서야 하기 때문에, 상대방인 청중을 설득시켜야 하기 때문에, 회사를 대표하는 부담감 때문에, 반드시 이겨야 하기 때문에 등 여러 가지의 이유가 있으니까요.

그렇다면 프레젠테이션에서의 자신감은 어떻게 확보할 수 있을까요?

하나, 마음먹기.
발표 기술에 있어서도 세상만사 마음먹기에 달렸다는 '일체유심조(一切唯心造)'가 정답입니다. 이제 이 말은 하도 많이 들어서 지겹기까지 하지요. 그럼에도 불구하고 계속 이 말이 거론되는 까닭은 많은 사람들이 제대로 실행을 하지 않기 때문이 아닐까요?

마음은 태도나 행동에 영향을 미칩니다. 스스로 프레젠테이션의 주인공이라는 생각을 가져야 합니다. 본인이 가장 적합한 프레젠테이션의 해결사라는 생각을 가져야 합니다. 또한 긍정적으로 적극적으로 생각하고 실행해야 합니다. 남에게 등 떠밀려 어쩔 수 없이 프레젠터로 지목이 된다면 자신감은 그만큼 생겨날 수가 없게 됩니다.

둘, 전문성.
어떤 분야든 간에 자신이 잘 아는 내용이 많으면 자신감이 솟구칩니다.

거창하게 말하면 전문성 효과입니다. 아는 만큼 보이고 아는 만큼 실행할 수 있습니다. 프레젠테이션에 관련된 제반 요소에 대하여 잘 파악을 하고 있으면 그만큼의 자신감이 생깁니다.

광고업계의 경우를 보면 아이디어의 생산 능력이 그 역할을 합니다. 단순히 평면적으로 잘 안다는 사실에 그쳐서는 안 됩니다. 그것도 중요하지만 그것이 질적으로 향상되어서 하나의 빅 아이디어(Big Idea)가 되어야 합니다. 그러한 아이디어로 속이 꽉 찬 콘텐츠를 가지고 프레젠테이션이나 발표에 임한다면 두려울 까닭이 없습니다.

셋, 연습.

미국의 브로드웨이는 세계적인 연극, 뮤지컬의 성지라 할 수 있는데 그곳에 관한 유명한 명언 하나가 있습니다. 누가 길을 물었다고 합니다.

"브로드웨이로 가려면 어떻게 가야 하죠?(How to get to the Broadway?)"

어떤 답이 돌아왔을까요?

네, 답변은 "연습(practice)."이었다고 합니다.

자신감이라는 탐스러운 열매는 오직 맹렬한 연습을 통해서만 따먹을 수 있습니다. 그 연습은 평소에 일상을 통해서 이루어질 때 더욱 효율적입니다. 세상만사 하루아침에 뚝딱 하고 만들어지는 일은 하나도 없습니다. 유비무환입니다. 평소에 미리미리 해놓은 준비와 연습만이 살길이자 이기는 길입니다. 어떤 형태의 프레젠테이션이던지 간에 발표자로 적극적으로 나서봐야 합니다. 기회는 본인이 간절하게 찾거나 매달릴 때 확보됩니다.

2. 오리지낼리티(Originality)의 법칙

-'내 것'이면 역발산기개세(力拔山氣蓋世)의 자신감이 생깁니다.

프레젠테이션에는 발표 원고(일명 스크립트)가 필요합니다. 그런데 종종 그 원고를 부하직원 등 다른 사람에게 부탁하는 경우를 보게 됩니다. 이런 사람들은 결코 프레젠테이션을 잘할 수가 없습니다. 이런 사람들을 우리는 하수라고 하지요.

반면에 프레젠테이션 고수들은 어떤 일이 있어도 발표 원고는 자신이 직접 작성합니다. 누가 써준 것을 읽기만 하는 앵무새가 되어서는 절대 고수가 될 수 없습니다. 남이 써준 원고를 가지고 와서 발표하는 것과 본인이 직접 작성한 원고를 가지고 발표하는 것은 하늘과 땅의 차이가 발생합니다. 청중들은 척 보면 압니다.

"아 이거 진짜다!"

"어? 이거 가짜다!"

파워 프레젠터의 대명사인 스티브 잡스를 보세요. 세계적인 CEO임에도 불구하고 발표 원고는 본인이 직접 작성한다고 합니다. 스티브 잡스만 그런 것이 아닙니다. 우리 주변에서도 프레젠테이션 잘한다고 평가를 받는 사람들은 누구나 본인이 직접 원고를 작성합니다.

본인이 원고를 직접 작성해야 발표자 뒤에 투영되는 슬라이드의 내용을 자연스럽게 설명할 수 있습니다. 스스로 만들어내는 독창성, 다시 말해 '나의 것'이 있으면 이것이 역발산기개세(力拔山氣蓋世)의 자신감으로 승화되는 것입니다.

3. 리허설의 법칙
-철저한 리허설은 그 대가로 편안한 발표를 가능하게 해줍니다.

프레젠테이션이라는 주제에 있어서 리허설(Rehearsal 예행연습)은 대단히 중요한 개념입니다. 발표할 콘텐츠가 아무리 치밀하게 계획되고 준비되었다고 하더라도 청중이 제대로 알지 못한다면 이 모두가 헛수고입니다. 다시 말해 내용이 상대방에게 잘 전달되어야 할 뿐만 아니라 발표자가 의도한 대로 상대방을 설득시켜야 합니다.

그러기 위해서는 발표의 실행수준이 자연스러움에 이르러야 합니다. 자연스러움은 곧 최고의 수준을 말합니다. 준비한 콘텐츠를 자연스럽게 전달하기 위해서는 가상훈련과 같은 실전 연습만이 최고의 방법입니다. 자연스러운 프레젠테이션은 생방송을 하는 듯 치밀한 리허설을 통해 완성할 수 있습니다.

그런데 리허설과 일반적인 연습은 그 의미가 사뭇 다릅니다. 연습은 포괄적인 것으로 평소에 미리미리 준비하여 익숙하도록 되풀이하여 익히는 반면, 리허설은 바로 실전의 일부분에 해당합니다. 목적이 분명한 단기 속성 최종 연습이라고 할 수 있습니다. 리허설은 곧 실전 같은 연습인 셈입니다. 철저한 리허설은 그 대가로 편안한 실전을 가능하게 해줍니다.

리허설은 혼자서 하는 경우, 팀 단위로 하는 경우, 회사 차원의 전체 평가위원 앞에서 하는 경우 등 순서나 규모 및 여러 상황에 따라서 다양하게 실시할 수 있습니다. 리허설을 하면서 꼭 챙겨야 할 내용은 의미 있는 피드백(Feedback)을 얻어내야 한다는 것입니다. 상대방, 즉 청중의 입장에서 체크 포인트를 마련하고 점검해서 수정이나 보완할 사항을 챙겨야 합니다.

일반적으로 리허설에서 체크하는 사항은 메시지 전달의 원활함, 전체 발표 시간, 말의 속도, 목소리의 크기와 강약, 리듬, 불필요한 버릇의 유무, 아이콘택트(Eye Contact), 제스처(Gesture) 등 보디랭귀지(Body Language), 열정적인 태도 등과 같은 것들입니다.

4. 암기의 법칙
-진정한 암기는 몸이 기억하게 만드는 것입니다.

파워 프레젠터의 가장 큰 특징 중의 하나는 발표 화면을 쳐다보지 않는 다는 사실입니다. 프레젠테이션에 있어서 최고의 꼴불견은 발표자가 화면에 나오는 내용을 그대로 보고 읽는 경우입니다. 감동도 없고 공감도 없으며 설득은 더더욱 있을 수 없습니다. 발표자의 '시선'은 오직 청중에게로 향해야 합니다. 눈을 상대방에 맞추고 가까이에서 상호 대화를 하듯이 발표를 해야 합니다. 그래야 '인터렉티브의 교감'이 이루어집니다.

청중과 상호 교감하는 관계가 되려면 발표할 내용을 완벽하게 머릿속에 집어넣는 것이 기본 조건입니다. 프레젠테이션에서 콘텐츠를 머릿속에 집어넣는다는 것은 단순히 암기를 하는 것과는 크게 다릅니다. 머릿속에 저장하는 것은 물론이고 입으로 손과 발에도 스며들도록 해야 합니다. 즉 몸에 배어야 한다는 뜻입니다. 그 정도가 되어야 콘텐츠 전달이 자유스럽게 되고 나아가 청중을 의도대로 설득시킬 수 있습니다.

5. 반복의 법칙
-23회의 기적을 체험해보세요.

파워 프레젠터는 연습하고 또 연습합니다. 역할 연기(Role Playing)도 프레젠테이션 리허설을 효과적으로 할 수 있는 하나의 방법입니다. 롤 플레잉은 문자 그대로 어떤 역할을 연기하는 것입니다. 특히 롤 플레잉 게임에서 자신의 캐릭터를 역할대로 연기하는 것을 말합니다.

그는 중요한 프레젠테이션을 앞두고 그의 팀장과 함께 23번씩이나 역할을 바꾸어 가며 리허설을 실시했습니다. 둘이서 번갈아가며 한 사람은 발표자, 또 다른 사람은 청중의 입장이 되어서 프레젠테이션 연습을 거듭했습니다.

어찌하여 그 정도로 많은 횟수의 리허설을 했느냐고요? 아마도 그가 미덥지 못해서 그랬을 것입니다. 그는 직급이 그다지 높지 않은 팀원이었는데 팀장과 임원이 그를 발표자로 지명했기 때문입니다. 프레젠터로서 그의 잠재력을 높이 보고 위험을 감수하며 과감하게 발탁했던 것입니다. 그러니 그가 미더울 리가 없었을 테지요.

실패하면 그나 그를 내세운 팀장이나 책임을 피할 수가 없었습니다. 그래서 할 수 있는 방법은 오로지 열심히 연습하는 것뿐이었습니다. 팀장이 한 번 하고, 또 그가 한 번 하고, 이렇게 하기를 23번씩이나 거듭했습니다. 마침내 프레젠테이션을 성공적으로 끝마칠 수 있었는데, 그로부터 그는 '23의 기적'이라는 별명을 얻게 되었습니다.

'23의 기적'은 이런 것입니다. 일단 프레젠테이션 발표내용이 토씨 하나까지 자동적으로 암기가 되고 재생이 됩니다. 눈을 감으면 발표내용의 첫 장부터 마지막 장까지, 또는 중간부터라도 모든 내용이 눈앞에 파노라마처럼 선명하게 쫙 나타납니다. 이것은 말로 표현하는 데 한계가 있습니다. 직접 체험해보면 알 수 있습니다. 물론 23회는 그의 주관적인 경험의 횟수입니다. 사람마다 다를 수 있습니다. 무엇보다 여러 번 반복하면 그 효과가 실로 놀랍다는 사실을 말씀드리고자 하는 것입니다.

6. 3의 법칙
-세 가지로 요약해서 이야기하세요.

파워 프레젠터는 또한 '3의 법칙'을 잘 활용합니다.
'세 가지를 말할 때 효과가 제일 좋다.'
굳이 3의 법칙을 세부적으로 설명하지 않아도 우리는 경험으로 이 명제는 타당하다고 생각할 것입니다. 대부분의 청중들은 2개는 부족한 듯하고 4개 이상은 지루해 합니다.

- 하나 – 둘 – 셋
- 서론 – 본론 – 결론
- 정 – 반 – 합
- 단기 – 중기 – 장기
- 가설 – 조사 – 검증
- 문제 – 목표 – 전략

3의 법칙은 프레젠테이션의 대가인 스티브 잡스에 의해 널리 알려졌습니다. 이것이 무슨 말이냐고요? 네, 프레젠테이션에 관심이 많은 사람들이 미국 스탠포드 대학 졸업식에서 행한 그의 유명한 연설을 두고 하는 말입니다. 그는 다음과 같은 말을 하면서 연설을 시작했습니다.

"오늘, 여러분께 제 인생에서 벌어졌던 세 가지 이야기를 할까 합니다."

'3의 법칙'이란 자신의 발표내용을 가급적 세 가지 덩어리로 묶어서 전달하는 방법입니다. 세 가지의 덩어리는 앞에서 말씀드린 대로 듣는 입장의 청중들도 그 내용을 받아들이기가 좋지만 정작 내용을 전달하는 발표자의 입장에서도 무척 좋습니다. 3이라는 숫자는 보통 사람들이 가장 부담 없이 소화할 수 있는 숫자이기에 세 가지의 내용은 복잡하지 않고 간결하다고 받아드릴 수 있기 때문입니다.

7. 두괄식의 법칙
-결론주의자가 되세요!

파워 프레젠터는 미괄식(尾括式, 중심 내용을 마지막 부분에 위치시킴)

이 아니라 두괄식(頭括式, 중심 내용을 첫머리에 위치시킴)을 사용합니다.

"결론이 뭐예요?"

그분은 프레젠테이션을 시작하자마자 대뜸 이런 질문부터 했습니다. 평소에 '서론-본론-결론' 등 전통적인 미괄식의 방법에 익숙해 있던 터라 이러한 질문에 발표자는 몹시 당황했습니다. 나중에 알게 되었습니다. 명확한 결론을 준비한 프레젠테이션은 반응이나 최종적인 결과가 좋게 나타났습니다. 그 반대로 명쾌한 결론을 내리지 못하고 구구절절 이런저런 이야기를 늘어놓으면 평가가 좋지 못했습니다.

당연히 변해야 했습니다. 결론 위주의 준비를 하고 발표내용이나 순서도 그렇게 했습니다. 다시 말해 두괄식 보고를 습관화했습니다. 저는 이렇게 호된 신고식을 치르면서 그 지혜를 얻었습니다만, 프레젠테이션의 고수들은 진작부터 결론 위주의 발표를 하고 있었다는 사실을 알고서 허탈해 했던 기억이 새롭습니다.

'거꾸로 발표?'

이 말이 무슨 뜻이냐고요? 제 프레젠테이션 경험 사례에서 나온 말 중의 하나입니다. 경쟁 프레젠테이션에 참가하다 보면 원활한 진행을 위해 주최 측에서 이른바 '진행 가이드라인'이라는 것을 제시할 때가 있습니다. 거기에는 시간에 관한 지침이 꼭 들어갑니다.

"발표는 30분 이내에 끝내주세요."

뭐 이런 식입니다.

그런데 어느 프레젠테이션에서 독특한 진행 가이드라인을 접했습니다.

발표내용에 관한 순서까지를 콕 집어서 정해주었습니다. 크리에이티브(제작물)를 제일 앞에, 전략을 그 다음에, 그리고 서베이(survey 조사) 내용을 제일 뒤에 이렇게 순서를 정하고 발표도 그렇게 해달라는 요청이었습니다.

저희를 비롯한 다른 경쟁프레젠테이션 참여 회사의 관계자들도 모두 얼떨떨해했습니다. 일반적으로는 발표의 순서는 이와는 정반대로 해왔기 때문입니다. 그러니까 맨 앞부분에서 조사결과를 제시하고 그 결과에 근거해서 세운 마케팅이나 광고 전략을 보고하고 마지막으로 그 전략과 연동한 제작물을 발표해 왔습니다. 특이한 발표순서(?)로 진행하게 된 특별한 이유가 있느냐는 질문을 던졌습니다. 그랬더니 다음과 같이 재미있는 답변이 되돌아 왔습니다.

"우리 보스가 두괄식 유형의 사람입니다. 결론주의자라고나 할까요?"

경쟁 프레젠테이션이 끝나고 나서 씁쓸한 에피소드 하나가 들려왔습니다. 경쟁 프레젠테이션에 참가한 어느 업체는 발표를 시작하자마자 보스라는 그분이 "스톱!"을 외쳐서 실제로 발표가 중간에 중단되는 일이 발생했다고 합니다. 그 보스는 이렇게 말했다고 합니다.

"결론을 듣고 보니 내용은 보나마나⋯⋯중단하세요!"

요즈음 이렇게 하면 '갑질'이라고 구설에 오를지도 모르겠습니다. 그런 일이 있은 뒤부터 '거꾸로 피티'라는 말이 꽤 오랫동안 사람들 입에 오르내렸다는 전설 아닌 전설이 있었습니다.

제4장. 누구에게(Whom - 청중, 상대방)

프레젠테이션이나 발표의 궁극적인 목표는 청중을 춤추게 하는 것입니다. 여기서 춤추게 한다는 말은 발표자와 청중이 함께 호흡하고 교감을 한다는 뜻입니다. 다시 말해 청중이 웃고, 따라하고, 반응하는 분위기가 형성되는 경우입니다. 그렇게 되려면 무엇보다도 청중이나 고객 등 상대방을 제대로 알아야 합니다. 그래야 그들을 위한 알찬 내용을 준비할 수 있으니까요.

그런데 무엇을 '제대로 안다'는 것은 매우 어려운 문제입니다. 더구나 알아야 할 대상이 사람일 경우에는 더욱 더 그렇습니다. 그럼에도 불구하고 멋진 발표나 프레젠테이션을 하기 위해서는 마지막 순간까지 청중을 알기 위한 세심한 노력을 해야 합니다. 그렇다면 상대방을 제대로 알기 위해서는 어떤 방법이 있을까요?

상대방을 분석하고 그에 대응하는 방법에는 크게 두 가지의 방향이 있습니다.

상대방이 나를 따라오게 한다.

하나는 일명 '무시(無視) 전략'입니다.

상대방을 가볍게 여긴다는 사전적인 의미의 '무시'라기보다는 상대방을 지나치게 의식하지 않고 내 생각을 기반으로 해서 적극적으로 상대방을 설득시키는 경우를 말합니다. 이런 경우는 내 생각을 우선하기에 아무리 노력해도 상대방을 100% 이해하는 것은 불가능하다는 전제가 깔려 있습니다.

이 전략은 고수(高手)의 전략이라고 할 수 있습니다. 자신감이 있을 때만 사용할 수 있는 전략이기 때문입니다. 이와 같은 무시 전략을 구사한 대표적인 사람이 바로 오늘 여러 차례 등장하는 스티브 잡스입니다. 스티브 잡스는 소비자조사 그 자체도 잘 믿지 않았다고 합니다. 또한 소비자들의 의견을 그다지 크게 신뢰하지 않았다고 합니다. 그들의 의견은 참조만 할 뿐이고 오히려 자기 자신이 그들을 적극적으로 설득하고 이끌어가야 한다고 주장했다는 것입니다. 다음과 같이 말입니다.

"포커스 그룹에 맞춰 제품을 디자인하는 건 진짜 어려운 일이다. 대부분의 사람들은 제품을 보여주기 전까진 자신들이 원하는 게 뭔지도 정확히 모른다."

다소 오만해 보이기까지 하는 이 전략은 좋은 결과가 나오면 다행이겠지만, 반대의 경우에는 심각한 타격을 입을 수 있습니다. 그렇기 때문에 이런 전략을 채택하기 위해서는 발표할 내용 및 발표 전반에 대해 완벽함을 기해야 합니다.

내가 청중을 따라간다.

또 다른 한 방법은 '아부 전략'입니다.

이 전략은 '무시 전략'과는 반대의 접근 방법입니다. 철저하게 상대방의 입장이 되도록 노력하는 것입니다. 그래서 청중들이 가려워하거나 목말라하는 부분을 발견하고 거기에 딱 맞는 그런 솔루션을 제공해주는 방법입니다.

물론 이 전략에도 장단점이 있습니다. 상대방의 마음속으로 직접 들어갈 수는 없으니까 상대방의 욕구나 필요를 알아내기가 매우 어렵습니다. 그런데 잘 맞아 떨어지기만 하면 더 이상의 좋은 방법은 없습니다. 마치 의사가 환자를 정확히 진단해서 정확한 처방을 하는 것과 같으니까요. 이러한 전략은 전통적인 방법이라고 볼 수 있습니다. 오늘 이 시간에 말씀드리는 내용도 상당부분 이 아부 전략에 관한 내용이 될 성싶습니다.

'로마에서는 로마법을 따라야 합니다.'

청중을 분석한다는 것은 일차적으로 청중의 마음에 쏙 드는 방법을 강구한다는 뜻입니다. 물론 그것도 좋은 방법입니다. 그런데 그것 못지않게 중요한 사실은 청중이 꺼려하는 것, 즉 금기 사항을 미리미리 파악해서 그것에 대처하는 방법입니다. 저의 경험으로 보면 오히려 후자, 즉 금기사항에 대한 대처가 더 중요한 듯합니다.

하나, 종교.

종교 간의 갈등을 조장하려고 하는 말은 절대 아닙니다. 사전에 이 부분을 제대로 파악하지 못하면 준비를 제대로 하지 못했다는 최악의 평가를 받기 때문입니다. 그만큼 예민한 부분이기도 하기 때문에 실수가 나오지 않도록 세심한 신경을 써야합니다.

예를 들어서 청중은 크리스천들이 대부분인데도 불구하고 콘텐츠에 불교나 이슬람교 식의 상징을 포함하여 제작을 했다면 과연 누가 좋아할까요? 반대의 경우도 마찬가지입니다. 저도 실제로 이러한 종교적인 부분을 간과하고 참여했다가 시쳇말로 큰 낭패를 당한 경우가 종종 있었습니다.

둘, 업(業)의 특성.

기업에는 그 회사만의 고유한 기업문화가 있습니다. 마찬가지로 기업의 광고에도 기업의 독특한 문화가 반영된 아이덴티티(Identity, 정체성)가 녹아 있습니다. 또 많은 기업들은 그러한 아이덴티티를 구축하기 위해 노력하고 있습니다.

어느 항공사 광고에는 지켜야 할 엄격한 기준이 있었습니다. 비행기의 모습은 늘 푸른 하늘을 배경으로 하고 방향과 모양새는 하늘 위로 상승하는 포즈를 취해야 했습니다. 꼭 비행기 동체가 아니더라도 광고에 등장하는 각종 오브제가 아래 지면 쪽으로 향하는 모습이면 광고주는 크게 화를 내곤 했습니다. 또한 비행기 전체의 모습은 스케일 감(感)이 돋보이게 보여줘야 했습니다.

셋, 의사 결정자의 성향.

어느 기업의 광고에는 한자(漢字)를 써야 했던 기준도 있었습니다. 특히 신문이나 잡지 같은 지면 광고의 헤드라인에는 반드시 한자를 혼용해서 써야만 했습니다. 최종적으로 의사를 결정하는 분의 판단기준이 그러했기 때문입니다.

별 시시콜콜한 것을 가지고 그러느냐고 반문할 수도 있겠습니다. 그러나 판단은 상대방이 하는 것입니다. 로마에 가면 로마의 법을 따라야 하듯이 발표나 프레젠테이션은 듣는 상대방, 즉 청중의 법에 따라야 합니다. 그렇지 못하면 얻을 것이라곤 쓰라린 패배뿐입니다. 그 기준을 제대로 지켜서 준비해온 회사나 사람에게 좋은 평가와 점수가 주어지기 때문입니다.

더구나 그러한 비밀스런 기준은 공개적으로 알려주지도 않습니다. 그렇기 때문에 열심히 정보 파악을 하는 등 상대방에 대한 치열한 공부를 하여 알아내는 방법 이외에는 별다른 특별한 비법이 있을 리 없습니다.

넷, 제품을 대하는 자세.

유명 제빵회사에서 경쟁 프레젠테이션을 실시했습니다. 광고주는 통상적으로 사전에 오리엔테이션을 하면서 이런저런 가이드라인을 제시합니다. 이 가운데에서도 제작물에 대한 기준에 특히 관심을 가지고 봅니다. 프레젠테이션에서 가장 큰 비중을 차지하기 때문입니다.

이번 프레젠테이션에 있어서 제작에 관한 가이드라인은 핵심 타깃이 20대 여성들이니 그들의 마음을 움직일 수 있도록 재미있고 감성적인 표현이었으면 좋겠다는 내용이었습니다. 특히 재미를 무척 강조했습니다.

당연히 제작물 아이디어를 그러한 가이드라인에 맞게 짜냈고 그렇게 해서 최종적으로 완성된 제작물은 저희 회사 내부에서도 재미있다는 평가를 받으면서 광고주의 반응도 좋을 것이라고 기대하기에 충분했습니다.

그러나 발표 현장에서 막상 뚜껑을 열고나니 기대와는 다른 정반대의 상황이 전개되었습니다. 광고주 최고경영자(오너 회장)께서 칭찬은 고사하고 불쾌한 표정을 지었던 것입니다. 그러면서 차갑게 한 말씀을 던졌습니다.

"먹는 것 가지고 장난치면 안 됩니다."

해당 제작물은 빵을 의인화해서 표현했는데 그 정도를 장난친다고 평가한 것입니다. 분위기는 찬물을 끼얹은 듯 착 가라 앉았습니다. 당연히 결과도 좋지 않았습니다. 본인(광고주 오너 회장)은 제빵에 평생을 바치고 있고 제빵은 앞으로도 계속 이어갈 가장 소중한 목표인데, 그것을 가볍게 처리한 듯싶어 화가 났던 것입니다. 이 역시 사전에 고객(청중) 분석을 치밀하게 하지 못한 탓입니다.

제5장. 무엇을(What - 콘텐츠, 발표내용)

경쟁 프레젠테이션이 끝나면 그 평가나 결과에 신경을 곤두세울 수밖에 없습니다. 최종 결과는 빠르면 프레젠테이션을 실시한 당일 직후에 나오는 경우도 있지만 늦게는 1주일 또는 그 이후에나 나오는 경우도 있습니다.

경쟁 PT를 경험해본 사람들은 잘 알 것입니다. 이 기간이 얼마나 입술이 타들어가는 절박한 시간인지 말입니다. 따라서 평가가 어떻게 진행되는지 궁금하기에 이런저런 네트워크를 총동원해서 프레젠테이션의 분위기를 파악하고 그 결과를 예측해보게 됩니다.

여러분은 애인인가요, 아니면 조강지처인가요?

어느 유명 가구회사의 경쟁 프레젠테이션에서 있었던 일입니다. 그 회사는 저희 회사와 오랫동안 긴밀한 관계를 유지해오고 있었던 소중한 고객 회사였습니다. 그래서 PT 준비에도 더욱 신경을 썼고 다행히 PT를 마치고 난 당시의 현장 분위기도 좋았습니다. 물론 승리를 믿어 의심하지 않았습니다. 그러나 결과는 예상과 정반대로 저희들이 패배한 결과로 나타났습니다.

이러한 예기치 못한 결과가 나오게 된 배경이나 평가기준, 뒷이야기를 듣고 싶어서 광고주를 찾아갔습니다. 광고주는 곤혹스럽다는 표정을 지으며 시간을 끌다가 조심스럽게 입을 열었습니다. 그런데 그 말을 듣고 나니 더욱 화가 났습니다. 요즈음 이런 말을 하면 문제가 될 소지도 있을 터입니다.

"한 업체는 애인(愛人) 같고 또 다른 업체는 조강지처(糟糠之妻) 같아요."

결국 애인 같다는 평가를 받은 경쟁업체가 최종 승리자가 되었습니다. 물론 조강지처라는 평가를 받은 회사는 저희 회사였습니다. 광고주에게 우리 회사에 대하여 그러한 이미지를 갖게 된 결정적인 이유가 무엇이냐고 물어보았습니다.

"논리적으로 설명할 수 없는… 뭐 느낌이 그렇습니다."

느낌도 좋고 나의 문제점을 잘 해결해줄 것 같은 전문가의 이미지는 복합적인 요소들이 상호작용을 하면서 형성됩니다. 물론 의도적으로 그러한 이미지를 형성하기 위한 인풋(Input)이 선행되어야 하겠지요. 결국 좋은 콘텐츠는 고객이 경쟁자와는 다르다고 인식하게끔 하는 종합 이미지라고 하겠습니다.

발표내용이 마법을 부릴 수 있을까요?

왠지 끌리는 마법 같은 이미지를 만들어내는 콘텐츠에는 주목할 만한 공통점이 담겨 있었습니다. 그것은 바로 고객, 즉 청중이나 상대방에게 도움이나 혜택을 제공하는 가치(Value)였습니다. 요약해보면 다음과 같은 내용들이었습니다.

하나, USP.
-좋은 콘텐츠에는 자신만의 유일무이한 가치가 담겨 있습니다.

USP란 마케팅에서 널리 사용되는 용어인데 Unique selling Proposition의 약자로 '남다른 자신만의 희귀한 이점 제안'이라는 뜻입니다. 물론 제안에서만 그치면 안 됩니다. 제안한 내용으로부터 소비자가 특별한 이점을 느끼도록 하는 것이 더욱 중요합니다.

이러한 USP는 다양한 개념으로 표현되는데 아래의 예는 그 중의 일부에 해당합니다. 여러분이 프레젠테이션이나 발표를 위하여 준비하는 콘텐츠에도 이러한 가치 중에서 하나 그 이상의 내용이 담긴다면 그 콘텐츠는 경쟁력이 매우 높을 것입니다.

- Difference (차별화, 남과는 다른 그 무엇을 담아라.)
- First (처음이거나 최초이거나 원조가 되는 것을 담아라.)
- Only (대체할 것이 없는 희소성의 극치를 담아라.)
- Better best (더 좋은 것을 담아라.)
- More most (더 많은 것을 담아라.)

둘, 현장감.
-좋은 콘텐츠에는 현장의 생생한 정보가 담겨 있습니다.

마법은 어느 날 갑자기 하늘에서 뚝 떨어지는 것이 아닙니다. 그렇다면 어디에서 나오는 것일까요? 마법은 바로 '현장'에 있습니다. 저의 지인인 그는 경쟁 프레젠테이션이 벌어지면 가장 먼저 하는 일이 현장으로 곧장 달려가는 일입니다. 여기에서 현장은 소비자들이 우리의 브랜드를 소비하는 곳, 즉 브랜드와 소비자의 접점입니다. 만일 젊은이들이 타깃이라면 신촌, 홍대입구, 압구정동, 청담동 같은 곳이 현장에 해당할 테지요.

우문현답이라고 했습니다. 물론 원래의 의미는 어리석은 질문에 현명한 대답을 하는 것을 말합니다. 그런데 그런 의미보다 요즈음에는 이것을 약간 비틀어서 '우리의 문제는 현장에 있다.'라는 의미로 많이 활용되고 있습니다. 더 정확히 말하면 우리의 문제점을 해결해 줄 수 있는 솔루션이 현장에 있다는 뜻입니다.

실제로 그렇습니다. 생생 정보는 생생 솔루션이 가능하도록 합니다. 즉각적인 조치가 가능한 현실적인 처방도 현장에서 나올 수 있습니다. 현장에서 평가되는 3C[경쟁(Competition), 자신(Company), 고객(Consumer)]가 진짜입니다. 가감 없이 있는 그대로 표현되기 때문입니다. 현장에 나타난 고객의 마음속에서 우리 브랜드와 경쟁 브랜드의 위치가 어느 수준인지 정확하게 드러납니다.

현장감의 중요성을 강조하다 보면 자연스레 함께 떠오르는 내용이 있습니다. 바로 반대의 경우입니다. 무엇일까요? 네 그렇습니다. 바로 탁상공론입니다. 탁상공론(卓上空論)은 책상머리에서 주로 논문 등 2차 자료에만 의존하는 경우입니다. 대개가 현실성이 없는 허황한 이론을 가지고 논의하게 됩니다. 물론 이러한 자료를 담기 위한 노력도 필요하지만, 무엇보다도 우선순위의 급선무라면 현장에서의 생생한 정보를 바탕으로 냉정한 판단이 담긴 콘텐츠를 구성하는 것입니다.

셋, 눈높이.
-좋은 콘텐츠에는 청중의 눈높이에 맞는 내용이 담겨 있습니다.

경북 김천에 있는 조달교육원에서 강의를 한 적이 있습니다. 그런데 그 강의는 제게 강의의 흑(黑)역사로 남아 있는 몇 가지 사례 중의 하나입니다. 2시간 동안 정말 땀을 뻘뻘 흘리며 고생을 했기 때문입니다. 고생을 한 이유가 무엇이냐고요? 그것은 한 마디로 정의하기 어려운 종합적인 참사(慘事)였습니다.

성공적인 강연이나 강의라면 청중과 발표자가 상호교감이 이루어지는 경우를 말합니다. 그런데 그 강연에서는 프레젠터인 제가 의도하는 바가 잘 전달이 되지 않았고 따라서 상호교감 역시 잘 이루어지지 않았습니다. 이와 같은 경우는 양자 모두가 곤혹스러울 수밖에 없습니다. 프레젠터가 괴로웠다면 듣는 청중 역시 괴롭기는 마찬가지였을 테니까요.

왜 이런 일이 있어났을까요?

결론적으로 제가 청중의 눈높이를 가늠하지 못했기 때문입니다. 핑계일 수도 있고 실수일 수도 있습니다. 그곳은 공무원 연수원이었습니다. 공무원을 대상으로 한 강연은 처음이었습니다. 예전에는 주로 기업이나 대학생들을 대상으로 강의했습니다. 그것이 무슨 차이냐고 반문할 수도 있습니다. 그러나 큰 차이가 있습니다. 예를 들어 예전 같으면 이런저런 대목에서 청중들의 반응이 빵 터졌는데 터지지가 않았습니다. 나중에는 몹시 당황하게 되더군요.

강의가 끝나고 나서 행사를 진행했던 담당자분과 통화를 하게 되었습니다. 제가 강의를 재미없게 한 것 같아서 죄송하다고 했습니다. 그랬더니 그분은 무슨 말씀이냐고 되묻더군요. 분위기가 그렇고 그렇다고 말을 했더니 그분은 의외의 말을 했습니다. 그 정도의 반응은 괜찮은 편이었다고 말입니다. 이 분들은 여간 해서 열광적으로 반응하지 않는다는 것입니다.

물론 공무원이라고 모두 다 그런 것처럼 일반화를 시킬 수는 없겠습니다. 그러나 독특한 문화가 있다는 것 또한 사실일 듯합니다. 강의 흑(黑)역사가 된 것은 제가 그들의 문화까지를 잘 헤아려서 눈높이에 맞는 콘텐츠를 준비하지 못했기 때문입니다. 청중이 누구냐에 따라서 콘텐츠는 달라야 합니다. 좋은 콘텐츠는 결국 청중의 반응으로 평가되기 때문입니다.

제6장. 어떻게(How - 연출 & 전달)

발표에 있어서 똑같은 콘텐츠, 다시 말해 똑같은 내용물이라도 누가 어떻게 전달하느냐에 따라서 그 반응이나 결과에서는 하늘과 땅의 차이가 납니다. 누구는 더 쉽고, 더 재미있게, 더 유익한 것처럼 전달합니다. 그러기 위해서는 어떻게 해야 할까요?

우선 발표내용을 전달하는 데에 영향을 미치는 핵심 요인들을 찾아내서 그것들을 잘 관리하는 것이 발표의 표현력을 증대시키는 중요한 방법입니다. 이것은 거창하게 보자면 설득의 수단으로 문장과 언어의 사용법, 특히 대중 연설의 기술을 연구하는 수사학(修辭學 rhetoric)에 해당된다고 하겠습니다.

멋진 프레젠테이션, "부탁해요~~!"

'메라비언의 법칙(The Law of Mehrabian)'을 다시 한 번 상기해 보고자 합니다. 이 법칙은 캘리포니아대학교의 앨버트 메라비언(Albert Mehrabian)이 자신의 저서 『Silent Messages』에 발표한 커뮤니케이션 이론입니다. 메라비언은 대화하는 사람들을 면밀히 관찰하고 그들이 상대방에 대한 호감을 느끼는 순간을 포착하여 사람들이 누군가와 첫 대면을 했을 때 그 사람에 대한 인상을 결정짓는 요소를 분석한 내용입니다.

연구결과에 따르면, 소통의 결정적 요인, 다시 말해 상대방의 호감을 결정하는 것은 '시각언어(Visual)' 55%, '청각언어(Vocal)' 38%, 그리고 예상과는 달리 '내용언어(Verbal)'가 7%였습니다. 따라서 많은 커뮤니케이션 분야에 종사하는 사람들은 이와 같은 연구 결과를 '발표의 3V 법칙'이라고 명명하면서 발표의 경쟁력을 향상시키는 데에 활용하고 있습니다.

그런데 이 법칙을 표면적인 수치 그대로 믿고 현실에 적용하는 것은 문제가 있습니다. 메라비언이 실험한 당시의 상황과 실험 목적이 오늘날의 상황과는 꼭 맞지 않으니까요. 당시의 연구는 감정 전달에 관한 요소를 분석했습니다. 그럴 때에 말이나 언어도 중요하지만, 목소리나 제스처, 인상, 태도 등 비언어적 요소가 중요한 영향을 끼친다는 사실을 발견한 것입니다.

어찌 보면 당연한 결과입니다. 따라서 저는 각 요소별로 나타난 퍼센트 수치에는 큰 의미를 두지 않습니다. 다만 세 가지의 요소 그 자체를 중요하게 여기고 있습니다. 따라서 세 가지 언어의 각 요소를 똑같이 중요하다고 생각하고 효과적으로 관리한다면 커뮤니케이션, 특히 설득적인 발표나 프레젠테이션을 하는 데 큰 도움이 될 것이라고 확신합니다.

1. 시각언어(Visual)
-제스처 등 시각언어는 소통을 원활하게 해주는 윤활유입니다.

시각언어는 '표정과 태도'로 나눌 수 있는데, 표정이 35%, 태도가 20%입니다. 우리는 시각을 통해서 정보의 70% 이상을 받아들인다고 합니다. 부드러운 미소, 따뜻한 눈길, 감각적인 복장, 스타일, 친근한 제스처 등 이른바 종합적인 바디 랭귀지는 원활한 소통에 필수적인 요소입니다. 그 중에서도 저는 특히 '제스처'의 중요성을 강조하고 싶습니다. 여러분도 자신만의 개성 있는 제스처를 활발히 활용하도록 권유합니다.

제가 보기에 대화나 발표를 하는 데 있어서 우리나라 사람들과 서양인들과의 큰 차이점 중의 하나가 바로 제스처입니다. 서양 사람들은 영화에서만 그런 것이 아니라 일상생활에서도 제스처를 자연스럽게 사용합니다. 물론 발표나 프레젠테이션에서는 더욱 더 전략적으로 사용하는 것을 볼 수 있습니다.

물론 우리도 이제는 생활 속에서 제스처를 많이 활용하고 있지만 그렇게 전략적으로는 사용하지 않는 듯합니다. 여전히 제스처의 사용을 어색하게 생각하는 경우가 많기 때문입니다. 이제 더욱 더 효과적으로 발표하기 위해서는 제스처의 장점을 잘 익혀서 발표 기술에 적극적으로 접목시켜야 할 것입니다.

제스처는 발표의 부담을 덜어주는 역할을 합니다. 제스처가 없다는 것은 나무처럼 뻣뻣하게 서서 경직되게 발표를 하는 경우입니다. 제스처는 발표에 있어서 윤활유 역할을 합니다. 따라서 청중들도 보다 경쾌하게 메시지를 받아들이게 됩니다. '폼생폼사'라는 말이 있습니다. 멋지게 자신을 드러내는 데에 큰 신경을 쓰는 경우를 말합니다. 제스처도 일종의 폼을 잡는 데에 유리한 동작입니다. 큰 동작으로 하늘을 가리키고 주먹을 불끈 쥐며 강조하고 손가락으로 하나, 둘, 셋 모양을 만들어가면서 메시지를 전달하는 모습은 그냥 멋져 보입니다. 청중은 이렇게 제스처를 사용하는 당신에게 점점 빠져들게 되지 않을까요? 제스처를 쓰면 당신의 말 펀치가 더욱 잘 먹혀 들어갑니다.

제스처 역시 이것을 가르쳐주는 전문 학원이 있을 리 없습니다. 평소에 스스로 익히는 것이 최상의 방법입니다. 관심을 가져야 합니다. 영화나 드라마의 배우들 그리고 토론 프로그램에 나오는 패널들의 발표 모습과 그들이 사용하는 제스처를 따라 해보면서 배워야 합니다.

그런데 과유불급(過猶不及)이라고 했습니다. 도가 지나치면 안 하느니만 못하다는 말처럼 과도한 제스처의 남발은 오히려 역효과를 가져옵니다. 메시지 전달에도 초점이 맞지 않기에 오히려 청중의 주목도를 떨어뜨리는, 좋지 않은 결과를 초래하게 됩니다.

2. 청각언어(Vocal)
-자신만의 개성 있는 목소리야 말로 최고의 청각언어입니다.

청각언어는 목소리를 말합니다. 좋은 목소리의 중요성은 스포츠 경기에서 홈그라운드의 이점과 같다고 비유할 수 있습니다. 한 마디로 자기 집처럼 한 수 먹고 들어가는 아주 좋은 장점이라는 뜻입니다.

그는 '동굴 목소리'라는 평가를 받았습니다. 공명이 있는 그 목소리는 어딜 가나 목소리 좋다고 주목을 받았습니다. 발표자로 나서서 오프닝 멘트를 할 때면 "와!" 하는 감탄사가 나왔습니다. 목소리가 끝내준다는 반응이었죠.

이런 분위기라면 결정적인 실수가 없는 한 그 발표나 보고 또는 프레젠테이션은 좋게 진행될 가능성이 높습니다. 좋은 목소리가 선사하는 이점입니다. 좋은 목소리는 보다 자연스럽게 청중의 관심을 끌고 또한 오래 지속시키는 역할을 합니다.

목소리는 곧 인품입니다. 똑같은 말을 하더라도 '좋은 음성', '적절한 어투', '알맞은 속도', '정확한 발음' 등으로 말하면 더욱 더 신뢰감이 높아집니다. 그렇다고 목소리가 나쁘다고 마냥 실망만 하는 것은 절대로 금물입니다. 얼마든지 후천적인 노력을 통해서 자신만의 독특한 목소리를 만들 수 있습니다. 마음의 자세에 따라서 음성은 달라질 수 있고 실제로 많은 사람들이 목소리 훈련을 통하여, 좋은 목소리를 내려고 노력하고 있습니다.

유명 연예인 이덕화 님의 경우야말로 아주 좋은 사례가 아닐까요? "부탁해요~!"로 특징되는 그의 목소리도 원래부터 그런 것이 아니었다고 합니다. 노력해서 자신만의 목소리를 만든 결과랍니다. 그가 롤 모델로 삼은 사람은 원로 배우 이순재 님이었다고 합니다. 선배 배우의 모습을 닮고자 했는데 목소리까지 닮아버린 셈입니다. 그러고 보니 두 사람의 목소리가 어딘지 비슷한 듯합니다.

그런데 목소리에 있어서도 무엇보다 중요한 요소는 자신만의 개성입니다. 사실 목소리 성형이란 불가능에 가까울 뿐더러 목소리의 좋고 나쁨보다 더욱 중요한 것은 그 목소리에 담겨서 전달되는 콘텐츠, 그러니까 그 내용입니다. 본질은 내용이고 목소리는 부차적이라는 뜻입니다. 내용이 알차면 목소리도 알차게 들리고 호감도가 형성되게 마련입니다. 도올 김용옥 선생님도 세계적 배우 윤여정 님도 목소리가 그리 좋다는 평을 받지는 못했습니다. 그러나 개성과 매력이 철철 넘치지 않습니까?

3. 내용언어(Verbal)~중제
-스토리텔링(storytelling)은 가장 효율적인 내용언어입니다.

발표는 곧 청중 설득행위라고 했습니다. 그런데 무엇보다도 명심해야 할 것은 타인을 설득하기 전에 먼저 자신을 설득해야 한다는 사실입니다. 자신의 말을 자기도 확신하지 못한다면, 누구를 설득시킬 수 있겠습니까? 여기서 내용언어는 발표에 사용되는 내용이나 그 내용을 전하는 말에 해당합니다. 발표내용은 기본적으로 아이디어가 담겨야 하고 '스토리텔링(storytelling)으로 구성하는 것이 좋습니다.

스토리텔링이 스펙을 이긴다고 했습니다. 사실에 근거한 이야기를 재미있게 구성해 전달하게 되면 그 어떤 방법보다도 듣는 사람의 기분이 좋아짐을 느끼게 됩니다. 이는 말하는 사람이 무슨 말을 했는지, 그 진정성은 어디까지인지, 듣는 사람이 그 뜻을 충분히 헤아렸다는 뜻이기도 합니다.

만일 나의 이야기를 듣고 상대가 의구심을 품거나 화를 낸다면 이는 스토리텔링이 제대로 되지 않았다는 의미로 받아들여야 합니다. 물론 청중을 이 정도에까지 이르게 하는 스토리텔링이란 청중의 우뇌를 충분히 마사지하지 못한 경우라고 하겠습니다. 감성을 자극하지 못하고 공감을 유도하지 못했기 때문입니다.

사람들의 뇌는 특히 우뇌(右腦)는 이야기에 익숙합니다. 핵심 주제를 이야기로 풀어간다면 계속해서 청중의 관심을 집중시킬 수 있습니다. 가는 말이 고와야 오는 말도 곱다고 했습니다. 발표자가 전하는 말이 고우면 청중들의 반응도 곱게 마련입니다. 발표에 있어서 고운 말이라면 어떤 말일까요?

하나, 정확한 단어 선택.

프레젠테이션의 궁극적인 목적은 상대방에 대한 설득에 있습니다. 그러기 때문에 설득에 유리한 단어를 정확하게 사용해야 합니다. 화려한 미사여구는 오히려 혼란만 가중시키기도 합니다. 정확한 단어 선택이 가능하도록 하려면 발표자가 직접 단어나 문장을 채집해야 합니다.

다시 말해서 발표 콘텐츠를 본인이 직접 작성해야 가장 효과가 커집니다. 혹시 불가피한 사정이 있어서 타인의 도움을 받는 경우에도 발표자가 발표할 내용을 완벽히 소화해서 자기 것으로 만들어야 합니다.

둘, 쉽고 간단명료하게.

발표에 있어서 가장 큰 재앙은 도대체 무슨 말을 하는지 모르는 경우입니다. 경험상 이런 경우는 지나치게 욕심이 많거나 또는 배짱이 부족할 때 생깁니다. 다시 말해 이것저것 모조리 가져다가 전달을 하려고 하는 경우입니다. 발표자가 선택과 집중의 소신이 없으니 청중에게 소신이 전달될 리 만무합니다.

궁극적으로 '1의 법칙'을 활용하도록 제안해 드립니다. 발표의 목표를 청중의 머릿속에 본인이 의도하는 메시지 딱 하나만을 남기겠다고 정하는 것입니다. 이것은 달리 말하자면 가장 경쟁력 있는 메시지를 만드는 방법이기도 합니다. 특히 경쟁 프레젠테이션의 경우에는 이러한 방법이 더욱더 빛을 발합니다.

딱 하나의 메시지를 남기지 못하면 지는 게임이라고 가정해야 합니다. 이것은 또한 청중들을 과대평가하는 오류에서 벗어나는 방법이기도 합니다. 실제로 청중들은 하나 이상의 메시지를 기억하는 경우가 드물다고 합니다. 엑기스를 뽑는 일이고 치열하게 취사선택하는 일입니다. 하나를 정하는 것이 가장 어려운 일이기 때문입니다.

예를 들어서 미스터 트롯 등 오디션 프로에서 단 한 사람만을 뽑는다고 생각해 보세요. 얼마나 힘들겠습니까? 콘텐츠를 전달할 때도 마찬가지입니다. 전체 내용을 하나의 개념으로 꿰어서 쉽고 간결하게 전달해야 합니다.

셋, 재미언어.

언어의 품격이라는 말이 있습니다. 정확성과 함께 기왕이면 고급언어를 사용해야 합니다. 누구는 외모는 그럴싸한데 입만 열면 시궁창이라는 평가를 받는 사람도 있습니다. 언어의 품격이 상대방에게 미치는 영향은 대단히 큽니다. 요즈음 시대에 최고의 언어는 재미를 느낄 수 있게 하는 언어입니다. 단 지나치게 재미를 추구해서 저질 코미디로 전락하면 안 됩니다.

예언가 노스트라다무스가 되세요.

통상 발표의 마지막 단계에서는 발표내용에 관한 전반적인 질의응답을 하게 됩니다. 질의응답 시간은 다 된 밥에 재를 뿌릴 수도 있는가 하면, 말한 마디로 천 냥 빚을 갚을 수도 있는 매우 중요한 시간입니다. 질의응답을 어떻게 하느냐에 따라서 발표의 분위기가 롤러코스트처럼 하늘과 땅을 오르내릴 수 있습니다.

질의응답을 잘하는 유일한 방법은 철저한 사전 준비입니다.

"저희 업에 대하여 저희들보다 더 잘 아시네요."

질의응답을 마치고 나서 상대방으로부터 이러한 덕담을 받을 수 있을까요? 만약에 받을 수만 있다면 그것은 아마도 최고의 찬사에 해당할 것입니다. 위의 사례는 실제로 어느 중요한 경쟁 프레젠테이션에서 경험했던 일입니다. 질의응답 시간에 고객회사에서 질문을 하는 족족 준비된 자료와 함께 시원시원하게 대답을 했는데 그에 대한 고객의 반응이었습니다. 당연히 프레젠테이션의 결과도 좋았습니다.

이러한 좋은 질의응답은 현장에서의 행운이나 애드 립(ad lib)의 결과가 아닙니다. 이러한 결과를 얻기 위해서 사전에 상상을 뛰어넘는 철저한 준비를 했습니다. 모든 가능성을 염두에 둔 예상 질문 리스트를 뽑고 그에 대한 답변 자료를 준비하고 또한 질의응답을 위한 별도의 리허설까지 했던 결과입니다.

다만 아쉬웠던 것은 현장에서 실제로 나온 질문은 저희들이 준비한 예상 질문에 빙산의 일각에도 미치지 못했다는 사실입니다. 그 당시 정부의 국정감사도 이 정도는 준비하지 않을 것이라고 농 반 진 반 이야기를 나누기도 했습니다.

노스트라다무스를 기억하는지요?

네 맞습니다. 전설의 예언가 바로 그 사람입니다. 그런데 흥미로운 사실은 질의응답 시간에 이 사람의 이름이 자주 등장한다는 것입니다. 질의응답을 막힘없이 잘 마치면 이러한 멋진 별명을 얻을 가능성이 높기 때문입니다. 그리고 실제로 현장에서 예상문제가 준비한 대로 적중했을 때의 그 짜릿함은 정말로 특별한 경험입니다.

질의응답을 철저하게 준비한다는 것은 발표 준비 전체를 알차게 만드는 효과도 있습니다. 예상 질문을 만들고 그것에 대한 답변을 준비하는 것은 곧 발표 준비 전반에 대하여 자연스럽게 최종 점검을 하는 것과 마찬가지이니까요.

제7장. Opening(인사말) & Closing(맺음말)

오프닝 멘트: 멋진 인사말을 준비하세요.

동영상 콘텐츠에 관한 세미나에 참석한 적이 있습니다. 여러 가지 재미 있는 경험을 했는데 다음과 같은 말 하나가 귀에 쏙 들어왔습니다. 동영 상에서 첫인상의 중요성을 강조하는 말이었습니다.

"동영상은 영화와 달라서 7초 안에 승부가 난다."

그런데 이제는 7초도 너무 긴 시간이 아닐까 합니다. 예전에 인기를 끌 었던 어느 유행어에 서 그 답을 찾을 수 있을 것입니다.

"그냥 척 보면 압니다."

동영상만 그런 것이 아닙니다. 프레젠테이션 등 발표도 마찬가지입니다. 첫 인상을 어떻게 만들어내느냐에 따라서 그 과정이나 결과도 사뭇 달라 집니다. 발표도 시작이 반이거든요.

따라서 오프닝 멘트는 첫인상의 호불호를 좌우하기 때문에 아주 전략 적으로 준비해야 합니다. 오프닝 멘트의 최우선 목표는 주목 효과에 있습 니다. 발표자 자신의 이야기에 귀 기울이고 주목할 만한 명백하고 매력적인 이유를 제시해야 합니다. 풍부한 기대감을 조성해서 청중 들을 호기심 천국으로 이끌 수 있다면 가장 효과적인 오프닝 멘트가 될 수 있습니다.

영화로도 소개된 소설 〈흐르는 강물처럼〉에는 다음과 같은 말이 나옵니다. 물고기와 비유를 해서 다소 어색하기는 하지만 본질은 비슷합니다.

"플라이 낚시꾼들은 '호기심 이론'을 개발했다. 이 이론은 문자 그대로의 의미이다. 물고기들도 사람과 마찬가지로 그게 뭔지 알아보려고 플라이를 무는 것이지, 뭔가 먹음직스러운 미끼라서 무는 것은 아니라는 이론이다."

효과적인 오프닝 멘트를 준비하는 데는 구체적으로 어떤 방법이 있을까요? 수많은 방법이 있겠지요. 그런데 탁월한 오프닝 사례를 분석해보니 다음의 몇 가지 방법이 눈에 띄더군요. 물론 저도 자주 사용하는 방법이기도 합니다.

하나, 맞장구

듣는 청중의 기쁘고 슬픈 일에 적극적인 공감을 표시하여 친밀한 유대감을 의도하는 방법입니다. 특히 즐겁고 의미 있는 경사에 주목하는 것이 효과적입니다. 예를 들어 발표를 듣는 상대방이 회사와 같은 법인이라면 그 즈음에 신제품 개발을 했다거나 해외 파트너와 중요한 업무계약을 체결했다면 당연히 오프닝 멘트의 중요한 소재가 될 수 있습니다.

둘, 질문

질문은 청중의 주목도를 높일 수 있는 아주 유효한 방법입니다. 그래서 오프닝으로 가장 많이 사용되는 방법이기도 합니다. 질문에도 급이 있기에 늘 더 좋은 질문을 찾아야 합니다. 호기심과 기대감을 높여주고 주제와 연관성을 갖는 질문이 오프닝으로 가장 적절한 질문의 조건이 될 것입니다. 질문도 상대방, 장소, 시간, 상황 등에 따라서 다양하게 전개될 수 있는데, 제 경험으로는 재미있는 퀴즈가 큰 도움이 되었던 것 같습니다.

퀴즈는 자연스러운 분위기를 형성하는 데 촉매 역할을 합니다. 물론 심각하지 않고 말랑말랑한 퀴즈를 선택해야겠지요. 퀴즈는 흥미유발이 가능합니다. 또한 선물과 함께 진행할 수도 있기 때문에 자연스럽게 참여도를 제고시켜 주목도를 높일 수 있습니다.

셋, 뉴스

뉴스의 화두는 중요하게 생각하거나 이야기할 만한 관심거리로서 주로 시의성 있는 핵심 주제를 그 소재로 삼습니다. 이것을 공유하는 것도 분위기를 부드럽게 하면서 주도권을 잡아가는 좋은 방법입니다. 경험상 유효한 뉴스는 크게 3가지였습니다. 스포츠, 정치, 연예. 그런데 요즈음의 정치 문제는 너무 민감한 것 같습니다. 호불호(好不好)가 극명하게 갈리니까요.

만일 윤여정 님이 오스카 여우조연상을 수상했을 즈음에 당신의 발표 주제가 배우 윤여정 님이 가치관이나 캐릭터와 연관성이 있다면 윤여정 씨의 성공 스토리로 오프닝을 시작하면 금상첨화겠지요. 물론 오프닝 멘트는 잘 쓰면 약이지만 잘못 쓰면 독이 되기도 합니다. 오프닝 멘트는 청중과의 관계, 환경요인 등을 고려하여 유효적절하게 활용해야 합니다.

클로징 멘트: 감동의 맺음말로 마무리하세요.

클로징 멘트의 목표는 상대방에게 멋지고 강력하게 차별적인 인상을 남기는 것입니다.

"저 사람이 최고야, 저 회사가 가장 우수했어."

어찌 보면 발표에서 이 부분이 가장 중요하다고 볼 수도 있습니다. 세상 만사가 그렇듯이 끝이 좋으면 다 좋은 것처럼 인식되기 때문입니다. 반대로 끝이 나쁘면 시작이나 과정도 나쁘게 평가되는 것이 현실이기도 합니다.

좀 극단적인 예일 수 있습니다만, 술 먹고 나서의 '필름 끊김 현상 (Black Out)'도 마찬가지 입니다. 마지막 단계에서 정신을 잃어버리면 그날의 즐거운 술자리나 파티의 의미는 사라지고 참담한 후회만 남게 되니까요.

클로징 멘트는 발표의 의미를 간단명료하게 요약하고 생성하는 역할을 해야 합니다. 청중이 자신의 기억 속에 가장 오래 남겨 놓는 것은 발표자의 마지막 말이나 인상일 가능성이 높습니다. 따라서 마지막 인상은 청중으로부터 받는 마지막 평가치가 될 수 있기에 클로징 멘트는 똑 부러지는 완결성을 가지고 마무리해야 합니다.

이상적인 클로징은 청중들로 하여금 발표나 프레젠테이션을 듣고 나서 본인의 미래 또는 비즈니스의 미래에 대한 긍정적인 희망을 그려볼 수 있도록 해줍니다. 구체적인 혜택이나 이익을 체감할 수 있으면 금상첨화(錦上添花)이고요. 나아가 청중들이 구체적인 행동으로 옮길 수 있도록 하는 자극이라면 더할 나위 없이 좋은 클로징 멘트입니다.

야구 경기에서 팀이 승리하려면 든든한 세이브 투수가 있어야 성공 확률이 높아집니다. 골프의 퍼팅도 마무리의 중요성을 무엇보다도 리얼하게 나타내줍니다. 퍼팅을 잘하지 못하면 승리라는 의미는 생겨나지 않습니다. 문장의 마침표도 마찬가지입니다. 명확한 마침표가 있어야 하나의 문장이 성립되고 그에 따라서 의미가 완결되는 것입니다.

그렇다면 발표의 마무리는 어떻게 하면 좋을까요?

이 방법 역시 발표 환경이나 상황에 따라서 다양한 경우가 존재할 것입니다. 저의 30년 발표경험과 전문가들의 의견에 근거해서 몇 가지 방법을 소개해 드립니다.

하나, 발표한 내용의 핵심 요약

발표를 듣는 상대방은 냉정합니다. 또한 무심합니다. 나의 이야기를 최선을 다해서 경청하려 들지 않습니다. 그래서 숟갈로 한 점 한 점 떠 먹여 드리는 친절함이 필요합니다. 발표한 내용을 간단명료하게 요약해서 핵심만 콕 집어서 딱딱 전달하고 마무리를 하는 방식입니다. 클로징 멘트를 분석해보면 대부분의 경우가 이런 방법에 해당합니다. 가장 평범해 보이지만 가장 효과가 좋은 방법일 수 있습니다.

둘, 명언 등 인상적인 문구 활용

속담이나 잠언 등 명언은 기본적으로 신뢰감을 지니고 있습니다. 그 의미가 검증된 경우가 대부분이니까요. 따라서 이러한 명언을 사용하면 자연스럽게 발표의 의미를 효과적으로 전달할 수 있습니다.

어느 발표에서 '용기'라는 주제로 강한 마무리 인상을 남기고 싶었습니다. 몇 가지 방법을 두고 고민하다가 용기에 대한 넬슨 만넬라 남아프리카 공화국 대통령의 명언을 활용했습니다. 반응이 꽤 좋았습니다. 물론 만델라는 그 당시 뉴스의 중심에 있었던 인물입니다.

"나는 용기란 두려움이 없는 경우가 아니라 그것을 이겨내는 경우임을 깨달았다. 용감한 사람은 두려움을 느끼지 못하는 사람이 아니라 그 두려움을 이겨내는 사람이다."

셋, 시(詩) 등 문학작품이나 예술작품 활용

시는 응축의 에너지를 지니고 있습니다. 그러하기에 예리한 힘을 발휘합니다. 또한 시는 본질적으로 사람의 감정을 건드립니다. 그래서 폐부를 찌르는 날카로움이 생깁니다. 어찌 보면 시는 이성과 감성이 잘 조화를 이룬 최고의 설득 메시지입니다. 따라서 적절한 시의 활용은 발표를 마무리하는 데 있어서 최고의 인상을 남기는 효과적인 방법일 수 있습니다.

어느 발표에서는 청중들의 대부분이 여성들이었습니다. 그 당시 공중파 주말 연속극에는 엄마와 세 명의 딸이 벌이는 애환을 다룬 드라마가 인기를 끌고 있었습니다. 발표의 마무리로 '시와 엄마 그리고 딸', 이 세 가지를 아우르는 소재를 찾았는데 눈에 확 띄는 작품이 있었습니다. 바로 심순덕 시인의 시(詩), 〈엄마는 그래도 되는 줄 알았습니다〉라는 작품이었습니다. 감동의 눈물과 여운을 남기며 끝맺은 발표는 늘 좋은 평가를 받았던 것 같습니다.

엄마는
그래도 되는 줄 알았습니다

하루 종일 밭에서 죽어라 힘들게 일해도 엄마는
그래도 되는 줄 알았습니다 (이하 생략)

■ 응원합니다

　오랜 시간 프레젠테이션과 관련한 일을 하면서 인상 깊게 느낀 사실이 하나 있습니다. 그것은 '토끼와 거북이'의 스토리는 프레젠테이션 분야에도 예외 없이 존재한다는 사실입니다.

- 발표를 잘하는 사람.
- 발표를 잘 못하는 사람.
- 발표 재능을 원래부터 가지고 있는 사람
- 후천적으로 발표를 잘하기 위해 노력하는 사람

　여러분은 어떤 유형의 발표 DNA(deoxyribonucleic acid)를 가지고 있는지요? 만일 토끼와 거북이처럼 발표 경쟁을 한다면 어떤 유형의 사람들이 이길 확률이 높을까요? 물론 제 경험입니다만 무엇이든 꾸준히 노력하는 사람이 종국에는 더 잘하게 되고 그리고 진정한 승자가 되는 것 같습니다. 토끼와 거북이의 경주처럼 말입니다. 그런데 전제가 하나 있습니다. 기본이 없이 그냥 맹목적으로 노력만 해서는 안 됩니다. 효율성이 떨어지니까요.

기본이 튼튼한 거북이가 되세요.

　본립도생(本立道生).

프레젠테이션도 '기본'이 바로 서면 나아갈 길이 생기고 결국 승리하는 방법이 생깁니다. '본립도생'은 논어(論語)에 나오는 말인데 '기본이 바로 서면 도가 생긴다.'라는 뜻입니다.

국가나 사회, 또는 어떤 조직이든 근본과 기본이 바로 서지 않으면 원칙이 무너지고 질서를 유지할 수 없다는 뜻입니다. 따라서 옛사람들은 늘 근본에 힘써야 한다고 강조했는데, 프레젠테이션도 역시 마찬가지입니다.

매사 기초가 튼튼해야 합니다. 이 책은 프레젠테이션이나 발표의 기본에 해당하는 내용들로 구성되어 있습니다. 그 어떤 책도 단 한 번에 모든 것을 다 해결해 줄 수는 없습니다. 그것이 가능하다고 주장한다면 그것은 오히려 사기의 냄새가 솔솔 난다는 징후입니다.

기본의 중요성은 아무리 강조해도 지나치지 않습니다. 저는 휴일이면 스포츠 중계를 즐겨 보는데 야구, 축구, 골프 등 거의 모든 종목에서 기본기를 강조하는 해설이 빠지지 않습니다. 프레젠테이션이나 발표도 이와 다르지 않습니다. 기본이 없으면 성장을 기대할 수 없습니다. 역으로 기본이 튼튼하면 위대한 도약을 기대할 수 있다는 뜻입니다.

이 책은 프레젠테이션의 기본을 다루고 있습니다. 이 책에서 이야기하는 내용을 기반으로 해서 부지런히 연습하면 누구나 파워 프레젠터가 될 수 있습니다. 누구나 회사의 발표 대표선수로 거듭날 수 있습니다.

늘 프레젠테이션에서 방방 뜨는 당신을 응원합니다.

저의 또 다른 발표 흑(黑)역사를 소개하면서 글을 마무리할까 합니다. 전사(全社) 워크숍(Workshop)에서의 경험입니다.

워크숍에서는 토론 내용을 각 조별로 발표하게 되는데 조에서 가장 졸병이 발표를 담당하는 것이 불문율로 되어 있었습니다. 그 당시에 저는 가장 졸병이었기에 당연히 저희 조 발표자로 나서게 되었습니다.

그런데 저는 그 당시에 발표자로 나서는 것을 별로 걱정하지 않았습니다. 왜냐하면 제 별명이 구라(말을 많이 하는 행동이나 거짓말을 가리키는 속어)였고, 제 스스로도 남 앞에서 발표한다는 것에 대해서 그렇게 큰 두려움을 갖고 있지 않았기 때문입니다. 물론 선배들도 저의 그런 모습이나 잠재력을 보고 저를 발표자로 내세우게 됩니다. 뭐 기본은 할 거라고 생각했던 셈입니다.

그러나 결과는 발표의 대참사가 일어나고 말았습니다. 저희 조는 시쳇말로 개망신을 당하고 최하위의 평가를 받았습니다. 그 정도로 끝났으면 오히려 다행이었을 텐데, 사장님과 경영진에게 불려가서 심한 질책까지 받아야 했습니다.

"자네들, 회사 워크숍이 장난인 줄 아나?"

막상 발표하기 위해 무대에 오르니 예상했던 것과는 전혀 딴판의 상황이라 몹시 당혹스러웠습니다. 앞이 보이지 않았고 머리가 하얘졌고 입이 벌어지지 않았습니다. 결국 식은땀을 흘리며 쩔쩔매다가 무슨 말을 했는지도 모르고 내려와야만 했습니다.

아픈 만큼 성숙해진다고 하지요. 바로 그 워크숍의 참사는 저의 발표 경력에 최악의 흑(黑)역사이자 동시에 변화와 발전의 큰 전환점이 되었습니다. 이 워크숍의 아픔을 계기로 프레젠테이션과 발표력 향상을 최우선의 전략 과제로 삼아 연구하고 공부하게 되었으니까요. 그리고 목표도 세웠습니다.

"회사에서 프레젠테이션을 제일 잘한다는 평을 듣자."

그런 노력 덕분인지 회사에서 줄곧 프레젠터로 일을 하면서 회사의 안과 밖에서 프레젠테이션 스킬(Skill)에 대한 교육을 담당했습니다. 이러한 경험은 나중에 학교에서 학생들에게 프레젠테이션을 지도하는 데도 큰 힘이 되었고, 헤드헌터로 일하면서 후보자들에 대한 면접이나 자기소개 그리고 발표 코칭을 하는 데도 큰 도움이 되었습니다.

결국 저는 프레젠테이션이나 발표의 전문가가 되었고 기업이나 학교에서의 강연을 통하여 여전히 발표나 프레젠테이션에 겁을 먹고 주저주저하는 사람들에게 조금이나마 도움을 주고자 노력하고 있습니다.

이 책은 발표를 잘하고 싶은 모든 이에게 도움을 주고자 하는 내용을 담고 있습니다. 기본적이고 근본적인 내용이기에 복잡하지도 않습니다. 쉽게 자신의 간접경험으로 소화할 수 있습니다. 또한 바로 여러분 코앞에서 말하듯이 강의록 그대로의 대화체로 작성했기에 읽기에도 수월할 것입니다. 부디 여러분에게 발표 부담은 줄어들고 발표 자신감은 하늘 높이 치솟는 계기가 되었으면 좋겠습니다.

프레젠테이션이나 발표에서 늘 방방 뜨는 여러분이기를 기원합니다.

제3권. 어떻게 나를 관리할 것인가?

■ 반갑습니다

- '내 인생의 봄날은 언제나 지금이야'

정말 고맙습니다.

여러분 반갑습니다. 여러분을 뵙기 위해서 원고 준비를 하고 있는데 제 옆을 지나고 있던 사무실 여직원이 작업 중인 컴퓨터 화면을 보게 되었습니다. 그러더니 질문을 하나 하더군요.

"왜 제목을 여러분 '정말' 고맙습니다, 라고 했어요?"

그래서 제가 그게 뭐가 궁금하냐고 되물었습니다. 그랬더니 '정말'이라는 말을 왜 넣었는지 정말 궁금하다고 하더군요. 여러분께서는 정말 궁금하지 않으셨나요?

저는 이렇게 대답했습니다. 강의 시간을 오전 10시에 잡아준 것이 정말 고마워서 표지에 그렇게 썼다고 말입니다. 이것은 정말로 진실입니다. 강의나 강연을 다녀보면 오후 시간의 일정은 악마의 시간입니다. 강의를 하는 저나 강의를 듣는 사람이나 모두들 힘겹기는 마찬가지였습니다. 특히 오후 2시에서 3시는 '마(魔)의 시간'입니다.

물론 훌륭한 강사님들은 그러한 시간에 구애받지 않겠지만 말입니다.

여러분 오전 10시에 그것도 월요일 아침에 시간을 잡아주셔서 정말 고맙습니다.

낯설음이 친밀함으로

늘 그렇지만 오늘 만나는 사람들은 어떤 사람들일까를 많이 생각하곤 합니다. 첫 만남은 언제나 낯설음과 설렘이 동시에 존재하는 듯합니다. 첫 사랑, 첫 주례처럼 말입니다. 그리고 오늘은 한 편의 아름다운 시(詩)도 생각이 났습니다. 고은 시인의 시인데 이런 내용입니다.

방금, 도끼에 쪼개어진 장작 속살에 싸락눈이 뿌렸다고 합니다. 그런데 그 모습이 무척이나 서로 낯설게 느껴진다는 것입니다.

여러분은 도끼나 장작이라는 단어에서 어떤 느낌을 받는지요? 충청도 괴산 산골에서 태어나서 자란 저에게는 추억의 향수를 물씬 느끼게 하는 상징물입니다. 방금 쪼개진 장작 속살에 싸락눈이 내린다니 시에서처럼 낯설기도 하겠지만 장작의 입장에서 보면 생채기의 아픔도 느껴질 듯합니다.

장작 속살이 여러분이라면 저는 싸락눈일까요? 아니면 그 반대일까요? 낯선 느낌은 긴장감을 불러일으킵니다. 잘해야 한다는 부담감도 따르게 마련이고요. 아무튼 이러한 낯설음이 강의가 끝난 후에는 10년은 된 듯 싶은 친밀함으로 바뀌었으면 좋겠습니다.

소중한 인연을 만들어요.

시를 한 편 소개했는데도 불구하고 여전히 낯선 분위기입니다. 그래서 의도적으로 아이스 브레이킹(Ice breaking) 시간을 갖도록 하겠습니다.

여러분은 평소에 어떤 아이스 브레이킹을 하나요? 부서 또는 회사 전체의 워크숍에 참석하면 초반의 어색한 분위기를 바꾸기 위해서 많이들 하지요. 어깨 주무르기를 한다고요?

그것도 좋은 방법입니다. 그런데 저는 그렇게 몸을 쓰는 방법보다는 머리를 쓰는 방법을 통해서 분위기를 전환시켜 보고자 합니다. 제가 선택한 방법은 '퀴즈'입니다. 가뜩이나 회사 일로 골치가 아픈데 웬 퀴즈냐고요? 너무 걱정하지 않아도 됩니다. 일종의 넌센스 퀴즈입니다. 무엇일까요?

'잠자리 날개가 바위를 스쳐
그 바위가 하얀 가루가 될 즈음에
그때서야 한 번쯤 찾아오는 것은?'

네, '인연(因緣)'이라고 정답을 맞추셨네요. 의외로 잘 못 맞추던데 오늘 여러분은 너무 빨리 맞추네요. 여러분은 소문대로 정말 대단한 분들인가 봅니다.

인연의 소중함은 아무리 강조해도 지나침이 없을 것입니다. 그런데 그 소중한 인연도 저절로 굴러오지는 않습니다. 서로 노력을 해야 하는 것입니다. 그렇지 않으면 악연(惡緣)이 될지도 모르니까요.

오늘 저와 여러분이 소중한 인연으로 만나기 위한 방법은 아주 간단합니다. 저는 준비한 내용을 열심히 전달하고 여러분은 저의 메시지를 경청하며 또 피드백 해서 이른바 인터랙티브(interactive)한, 즉 상호작용을 하는 관계로 거듭나는 것입니다.

퍼스널 브랜딩, 나를 가치 있게 만드는 기술

오늘 제가 말씀드릴 주제는 '퍼스널 브랜딩 전략'입니다. 퍼스널 브랜딩이라는 말은 아직 대중적이지 않아서 마케팅이나 브랜딩에 종사하지 않는 사람들에게는 다소 생경한 느낌이 들 수도 있을 것입니다. 그래서 조금 설명을 덧붙여보겠습니다.

일반적으로 우리가 잘 아는 브랜딩, 즉 상품 브랜딩은 상품에 남다른 가치를 부여하는 작업입니다. 그래서 소비자들로 하여금 그 제품을 사고 싶도록 부추기는 활동입니다. 바로 '고객을 위한 가치창출의 기술'인 셈입니다. 퍼스널 브랜딩은 각 개인을 하나의 브랜드로 가정하기 때문에 퍼스널 브랜딩은 '자기 자신을 가치 있게 만드는 기술'이라고 정의할 수 있습니다.

이마저 다소 딱딱한 표현일 수 있습니다. 비유적으로 말하자면 다음과 같은 내용이 될 수 있겠지요. 어느 봄날 성동구 뚝섬로에 있는 서울숲의 꽃밭, 좀 더 정확히 표현하면 서울숲 〈튤립의 거리〉에 들렀습니다. 그런데 거기 서 있는 자그만 간판이 제 눈에 쏙 들어 오더군요.

'내 인생의 봄날은 언제나 지금이야!'

퍼스널 브랜딩은 바로 자기 자신을 '내 인생의 봄날은 언제나 지금이야!'라고 말할 수 있도록 만드는 것이라고 이야기할 수 있습니다. 그 후로 저는 이 말을 여기저기에서 자주 사용하고 있습니다.

세 덩어리에 주목하세요.(2W1H)

오늘 말씀 드릴 내용은 크게 세 가지의 덩어리입니다.

- Who
- Why
- How

첫 번째 덩어리는 저에 대한 간단한 소개입니다. 'Who'에 해당하겠죠. 두 번째는 왜 퍼스널 브랜딩이 필요한지에 대한 이야기, 즉 'Why'에 대한 부분입니다. 마지막으로는 그렇다면 퍼스널 브랜딩은 어떻게 하는 것인가 하는 'How'에 대한 부분이 되겠습니다. 하나하나 설명을 드리도록 하겠습니다.

Who

저는 광고회사에서 신입부터 시작하여 임원으로 퇴직을 했으니까 광고인이라고 불리는 것이 더 자연스럽겠습니다. 구체적으로는 광고회사에서 영업과 기획을 담당하는 AE라는 job을 가지고 일을 했습니다. 담당했던 광고주, 다시 말해 고객사는 대한항공, 파리바게뜨, 진로하이트, 해태제과, 그리고 저희 회사가 계열사로 있었던 LG그룹의 LG전자, LGU+, LG생활건강 등의 회사들이었습니다.

30년 가까운 광고인의 생활을 정리하자면 무엇이 남을까 궁금했습니다. 여러분 생각에는 뭐가 남을 것 같습니까? 여러분에게 저의 이력을 묻다니 우문(愚問)이 아닐 수 없습니다. 저의 경력 깔때기 밑구멍으로 마지막에 빠져 나온 것은 바로 '브랜딩(Branding)'이었습니다.

브랜딩이란 앞에서 살펴본 대로 가치를 만드는 작업, 즉 기업이나 제품의 브랜드가 소비자에게 사랑을 받을 수 있도록 종합 관리하고 응원하는 작업을 말합니다. 여기까지가 세칭 저의 '인생 1막'이었습니다.

'인생 2막'은 1막과는 다른 생활을 하고 싶었습니다. 특히 누구로부터 지시나 간섭을 받는 생활은 하고 싶지 않았습니다. 자기계발 서적에도 많이 나옵니다만, 제가 잘하고 좋아하는 일을 그리고 스스로 포기하지 않는다면 아주 오랫동안 할 수 있는 일을 하고 싶었습니다. 또한 남들에게는 우스갯소리로 '배워서 남을 주는 일'을 하고 싶다고 말하곤 했습니다. 결론적으로 제가 선택한 일은 글을 쓰고 연구를 하는 일이었습니다.

그리고 연구 주제는 제가 직장 인생 1막에서 경험한 브랜딩(Branding)과 제가 평소에 꾸준히 관심을 가지고 있었던 인문학, 즉 사람이었습니다. 이 두 가지 주제를 하나로 묶은 것이 바로 '퍼스널 브랜딩'입니다.

퍼스널브랜딩의 의미는 한 사람 한 사람이 고객으로부터 사랑 받을 수 있는 방법을 연구하는 것이라고 설명할 수 있겠습니다. 그래서 지금은 '퍼스널브랜딩 전문가'라고 스스로를 소개하고 있습니다.

Why

나는 어떻게 살고 있는가?

여러분은 영화를 좋아하세요? 영화에 있어서 저는 마니아 수준에는 못 미치지만 한 달에 1편 정도는 보고 있습니다. 기억에 오래 남는 2편의 영화가 있는데 하나는 우리나라 영화 〈기생충〉이고 또 다른 작품은 외국 영화 〈조커〉입니다. 상영 기간도 비슷했고 메시지의 독특함도 비슷한 것 같아서 함께 묶여서 잘 기억이 된 것입니다.

두 영화 모두 소문에 떠밀리다시피 해서 보았는데 영화를 보고난 후 영화에 대한 저의 평가는 좋은 점수를 줄 수가 없었습니다. 빈부 격차에 대한 문제의식이나 함께 잘 살자는 메시지에는 공감하겠는데 그 표현 방법이 마음에 들지 않았습니다. 나이가 든 탓도 있고 정서적 불일치도 있었을 터입니다.

몇 개월 후에 두 영화는 아카데미 시상식에서 나란히 최종 결선에 올라 경쟁하기도 했는데 결과는 〈기생충〉이 최고의 작품상에 선정되었습니다. 저는 좋은 점수를 주지 않았는데 세계 최고상을 받다니 저의 영화 감각이나 수준이 한참 뒤진다는 사실을 깊이 깨닫는 계기가 되었던 순간입니다. 그래서 봉준호 감독의 인터뷰 내용을 눈여겨보게 되었습니다.

"이 영화를 보고 나서 오만 가지 생각이 들었으면 좋겠습니다."

감독의 제작 의도 치고는 꽤 특별하다는 느낌이 들었습니다. 그러면서 생각했습니다. 저도 봉 감독의 제작 의도에 말려들었구나 하는 그런 생각 말입니다. 제가 바로 〈기생충〉을 보고 나서 오만 가지 생각이 들었으니까요.

그러면서 결론적으로는 이런 생각을 더욱 많이 하게 되었습니다.

"나는 어떻게 살 것인가?"
"나는 어떻게 살고 있는가?"

물론 제 주변의 많은 사람들도 평소에 저와 같은 생각을 한다고 합니다. 특히나 이것은 인문학의 오랜 주제이기도 합니다. 이러한 주제를 오늘 이 시간의 여러분과 같은 직장인들의 무대로 좁혀서 생각해 본다면 어떤 말을 할 수 있을까요? 저는 이렇게 생각했습니다.

"어떻게 살 것인가?"는 직장인에게는 "어떻게 자기관리를 할 것인가?" 라는 말과 같은 의미일 것이다. 이렇게 말입니다.

어떻게 자기관리를 할 것인가?

여러분은 어떻게 살고 있습니까? 여러분은 어떻게 자기관리를 하고 있습니까? 물론 사람마다 다를 것입니다. 현재 많은 사람들이 사용하는 방법을 소개해보면 이런 것들이 있겠지요.

우선 드물기는 하지만 자신의 확고한 신념을 가지고 사는 사람들이 있습니다. 또한 가훈이나 사훈처럼 집이나 회사의 좋은 지침을 따르는 경우도 있습니다. 아마도 가장 대표적인 경우는 종교가 아닐까 합니다. 교회에 가고 성당에 가고 절을 찾습니다. 예수님, 부처님에게 고민을 이야기하고 답도 얻고 지혜를 구하기도 하는 것이죠.

그런가 하면 롤 모델을 정해서 따라하는 경우도 많습니다. 자기가 정하는 롤 모델은 동시대를 살아가는 사람들 중에도 있고, 때로는 위인이나 성현의 입장으로 돌아가서 역지사지의 답을 얻기도 합니다.

"그 사람이 나의 경우라면 어떻게 괴로움이나 어려움을 헤쳐 나갈 수 있을까?"
"그 사람에게 배울 것은 무엇일까?"

제 주변에는 철학관을 찾는 사람들도 의외로 많은데 만족도도 의외로 비교적 높더군요. 직관적이고 현실적인 그런 대안을 제시한다지요. 저는 이제껏 한 번도 철학관을 가보지 않아서 그런지 그런 주장에 크게 공감하지는 못하겠습니다.

아무튼 지금까지 언급한 이런 방법들도 자기관리를 하는 데 있어서 매우 효과적이라고 하는 예들입니다. 저는 그런 사례들에다 하나를 더 추가하려고 합니다. 그것은 바로 '퍼스널브랜딩 전략'입니다.

그렇다면 퍼스널브랜딩이 왜 훌륭한 대안이 될 수 있을까요? 여러분 인간은 무엇이라고 생각하십니까? 그러니까 우리는 무엇인가요? 책 속에서 또는 철학자들이 우리 인간을 무엇이라고 말하곤 했나요?

'인간은 만물의 영장이다.'
'인간은 생각하는 갈대다.'

여러분, 여러분은 진정 만물의 영장입니까? 그리고 파스칼이 얘기한 것처럼 여러분은 '생각하는 갈대'가 맞습니까?

그런데 저는 그런 경우도 좋지만, '인간은 브랜드다.' 하는 정의를 맨 꼭대기에 올려놓고 싶습니다. 무슨 근거로 그런 생각을 하느냐고요?

지금 여러분의 책상 위에 있는 생수, 입고 있는 옷, 없으면 못 사는 핸드폰, 나아가서 우리가 거주하는 아파트, 각종 먹거리 등 이른바 브랜드라는 것들의 삶은 우리에게 시사(示唆)하는 바가 매우 큽니다.

브랜드는 변화하고 진화하지 않으면 생존할 수가 없습니다. 경쟁해야만 하기 때문에 그렇습니다. 그들은 현재진행형으로 경쟁을 합니다. 오늘까지 시장에 있던 브랜드가 내일 아침에는 사라지는 경우가 부지기수입니다. 그렇기 때문에 살아남기 위해서는 항상 새로워져야 합니다.

그리고 그들은 남의 것을 모방해서는 살아남을 수가 없습니다. 자기 고유의 강점이나 특징을 가지고 자신만의 매력이나 상품성을 가져야만 생존할 수 있습니다. 복사(複寫)는 곧 복사(複死), 죽음이라는 뜻입니다.

이것은 상품 브랜드에만 해당되는 말이 아닙니다. 현재 우리 인간에게 요구되는 환경도 이와 별반 다르지 않습니다. 아니 오히려 더 심하다고 할 수 있습니다. 인생사를 너무 경쟁 지향으로 바라보는 듯싶어 씁쓸하지만 어쩔 수 없습니다. 그렇기 때문에 브랜드의 삶, 특히 브랜드 전략에서 "배울 것이 너무나 많다."고 저는 목소리 높여 주장하고 있는 것입니다.

브랜드, 아찔한 삼각관계의 운명

저는 브랜드의 삶을 아찔한 '삼각관계'라고 정의합니다. 사실 어느 한 브랜드가 삼각관계에 들어가는 것만 해도 대단한 일입니다. 왜 그러냐고요? 이해를 돕기 위하여 우리가 매일 하고 있는 브랜드 선택 과정을 살펴볼 필요가 있습니다. 물론 각각의 브랜드가 처해 있는 시장 상황이나 경쟁 상황 등에 따라서 다르겠지만 연구결과에 의하면 사람들은 브랜드를 구매할 때 최초에는 다섯 개에서 여섯 개 브랜드를 '구매고려군 (Consideration Set)'으로 생각하다가 최종적으로는 둘 중에 하나를 선택한다고 합니다.

그렇기 때문에 최종 구매시점에는 고객이 가운데에 있고 고객의 양 옆으로 브랜드A와 브랜드B가 자리 잡는 상황이 형성됩니다. 그리고 그 둘 중의 하나를 마지막으로 선택하게 됩니다. 여러분도 그런 과정을 거쳐서 지금 사용하고 있는 브랜드를 최종 선택했을 것입니다.

브랜드 입장에서 보면 이 같은 삼각관계에 처해진다는 것은 소비자 구매에 있어서 최종 결승전에 진출한 것과 마찬가지입니다. 이러한 측면에서는 영광스러울 수도 있지만 한편으로는 괴로울 수도 있습니다. 반드시 우승해야만 고객의 최종 선택을 받을 수 있기 때문입니다. 이러한 싸움에서 승률이 높은 경쟁우위의 브랜드를 우리는 파워 브랜드 또는 명품 브랜드라고 부릅니다.

이렇듯 브랜드의 삶은 살벌합니다. 정글의 법칙이 그대로 적용됩니다. 그래서 많은 사람들이 그 브랜드가 오래도록 살아가는 방법이 무엇인가를 연구했습니다. 그 브랜드가 소비자들의 사랑을 받기 위해서는 어떻게 해야 하는지에 대한 연구입니다. 그리하여 마침내 '브랜드 전략'이라는 것을 만들게 된 것입니다.

'브랜드 전략'이 만들어진 과정은 그리 간단하지가 않습니다. '브랜드 전략'은 이른바 날고 긴다는 많은 사람들이 참여해서 만들었습니다. 기업에서는 수십 년의 경험을 가진 전문가들이, 학계에서는 석·박사 등 가방끈이 긴 사람들이 관여했습니다. 물론 그들과 함께한 또 다른 사람들이 많이 있었고요.

어떻게 하면 우리의 브랜드를 더 예쁘고 더 매력 있게 만들 것인가에 대한 연구와 연구를 거듭하는 노력을 통해서 얻어진 것이 '브랜드 전략'입니다. 바로 브랜드의 가치창출 능력에 대한 연구 결과인 셈입니다.

이러한 노력은 멋있는 말로 하자면 브랜드의 지속 성장을 위해서였습니다. 그렇지만 현실적인 말로 이야기하자면 살기 위해서, 즉 죽지 않고 살아남기 위해서였다는 말이 더 어울릴 듯합니다. 수많은 밤을 세워가며 전쟁 같은 숱한 경쟁을 통해서 수없는 시행착오를 거쳐서 그러한 생존 전략을 마련하게 된 것입니다. 이러한 노력은 어제 오늘의 일이 아닙니다.

브랜드라는 개념은 언제 만들어졌을까요?
세계적인 명품 브랜드가 100년 전부터 세계인의 사랑을 받았으니 한

100년 전부터라고 말해도 틀리지는 않을 듯합니다. 물론 지금 이 순간까지도 또한 미래를 예측하면서 현재진행형으로 '브랜드 전략'은 계속해서 만들어지고 다듬어지면서 그렇게 진화하고 있습니다.

이러한 브랜드 전략을 인간의 삶 속에, 특히 여러분 같은 직장인들에게 대입해서 살펴보면 매우 흥미롭습니다. 결론적으로 묻겠습니다.

여러분, 여러분에게 브랜드 전략 같은 그런 노력을 기울여서 만든 삶의 전략이라든가 삶의 지표가 있습니까? 있다면 어떤 것인가요? 제가 감히 말하자면 없는 것 같습니다. 그래서 여러분이 사용하는 그러한 브랜드의 삶을 우습게보면 안 된다는 말입니다

더욱 놀라운 사실은 이러한 브랜드 전략은 사람에게도 똑같이 적용된다는 것입니다. 그래서 앞에서 인간도 하나의 브랜드라는 이야기를 했는데 이러한 브랜드 전략을 하나의 삶의 전략으로 그대로 가져와 사용하면 그 어떤 인생 전략보다 더 효과적이고 효율적인 전략이 될 수 있다고 생각합니다.

심순애와 이수일 그리고 김중배

앞에서 고객, 그리고 브랜드A 와 브랜드B의 관계를 이야기했습니다. 사람의 경우도 마찬가지입니다. 여러분은 이수일과 심순애 그리고 김중배를 아는지요? 연령대로 보건대 잘 모를 것 같습니다. 인터넷에 한 번 찾아보세요. 제가 이들을 주목하는 이유는 이들이야말로 삼각관계에 있어서 우리나라 최고의 상징적인 인물들이기 때문입니다.

여기서 고객은 심순애입니다. 그리고 이수일과 김중배는 브랜드A, 브랜드B에 해당합니다. 심순애는 이 두 브랜드를 놓고 그 사이에서 선택의 고민에 빠져 있고, 브랜드A와 B는 고객인 심순애의 선택을 받기 위해 목숨

을 건 노력을 해야만 하는 상황에 놓여 있습니다.

이러한 삼각관계의 핵심은 무엇일까요? 다시 말해 삼각관계에서 승리할 수 있는 결정적인 요인은 무엇인가요? 그것은 바로 고객의 마음을 얻을 수 있는 자신만의 가치창출 능력입니다. 말하자면 삼각관계는 가치창출을 겨루는 살벌한 경쟁의 장인 셈입니다.

김중배는 다이아몬드로 자신만의 가치를 창출하려고 합니다. 만약 여러분이 이수일이라면 여러분은 어떤 가치창출을 통해 김중배를 뛰어넘어 심순애의 마음을 얻을 수 있을까요?

지고지순(至高至順)의 휴머니즘?
일편단심 민들레 정신?

김중배의 다이아몬드와 차별화된 그 무엇인가를 만들지 않고는 이길 방법이 없습니다. 이러한 삼각관계의 원리는 그 무대를 우리의 직장으로 옮겨보면 똑같이 적용되고 있다는 사실을 알 수 있습니다.

회사 전체를 놓고 보면 우선 CEO가 핵심 고객이 될 수 있습니다. 싫든 좋든 가장 강력한 의사결정권을 쥐고 있으니까요. 그리고 나와 상대방 누구는 경쟁 브랜드 관계가 되어 이렇게 삼각관계가 형성됩니다. 진급 심사, 포상 휴가, 해외 교육파견 등 고비 고비에서 고객(CEO)은 퍼스널 브랜드 A(나)와 퍼스널 브랜드B(경쟁자) 중의 하나를 선택하게 되는 것입니다. 그 선택 기준은 바로 가치창출 능력입니다. 지금 여러분의 회사도 그렇지 않습니까?

누가(어떤 퍼스널 브랜드가) 우리 회사에 크게 기여할 수 있는가?

누가(어떤 퍼스널 브랜드가) 차별화된 능력을 보여줄 수 있는가?

비단 직장뿐만 아니라 우리의 삶 자체가 어쩌면 삼각관계 인생입니다. 그래서 이런 유행가 가사도 그냥 나온 것이 아닐 성싶습니다.
"인생은 언제나 선택은 둘 중에 하나 ~~"
"누군가 한 사람이 울어야 하는 사랑에
삼각형을 만들어 놓고 기로에선 세 사람 세 사람~~"

여기서 더 주목해야 될 부분은 다음의 메시지입니다. 다시 말해 고객은 언제든지 움직인다는 사실입니다. 자신에게 더 좋고 더 유익한 가치를 준다면 하루에 몇 번씩이라도 나를 버리고 경쟁자에게 달려갑니다. 그러하기에 나답고 독특하고 의미 있는 가치창출을 해야만 살아남을 수 있는 것입니다. 사랑이 움직이듯이 고객의 마음도 움직이기 때문입니다.

요약하자면 좋은 상품 브랜드, 즉 명품 브랜드와 좋은 퍼스널 브랜드, 흔히 얘기하는 잘 나간다고 하는 사람들이나 성공했다고 하는 사람들, 이런 상품이나 사람 브랜드의 성공 비결은 여러 가지가 있을 듯합니다. 그런데 제가 보기에는 그 중에서도 각자에 맞는 브랜드 전략에 입각하여 자기 브랜딩을 잘한 것이 가장 결정적인 요인이라고 생각합니다.
그런데 그러한 브랜드들은 어디 있을까요? 물론 시장에서 만날 수도 있습니다. 그러나 그런 좋은 브랜드들은 고객, 즉 여러분의 인식 속에 있습니다. 여러분, 잠시 눈을 감아보세요. 생각나는 브랜드 중에서 가장 먼저 떠오르고 가장 오래 기억에 남아 있는 브랜드가 바로 그러한 브랜드가 아닐까요?
다시 우리의 직장생활로 돌아가 본다면 회사에서 의사결정을 하는 분이 눈을 감으면 누구누구가 떠오르게 되는데, 여러분 각자는 거기에 포함되어야 하고 그 중의 한 사람이 되어야 합니다. 시쳇말로 거기에 끼지 못하면 여러분의 개인 브랜딩이 제대로 되지 못했다는 뜻입니다. 지금 즉시 여러분 자신을 제대로 브랜딩을 해야 합니다. 어떻게 해야 할까요?

How

퍼스널브랜딩, 배우고 또 배운다.

지금부터는 '어떻게 나라는 브랜드를 잘 브랜딩 할 것인가?'에 관해서 말씀드리겠습니다. 이 부분이 오늘 만남의 핵심이자 결론이 될 것입니다.
크게 두 가지 방법이 있습니다.

첫 번째는 배우는 것입니다.
두 번째는 창조하는 것입니다.

먼저 배우는 것에 대하여 말씀 드리겠는데 여기서도 두 가지의 방법이 있습니다.
하나는 여러분 자신이 좋아하는 기업이나 상품의 브랜드에서 배우는 것입니다. 그 브랜드가 어떻게 성장을 하고 또 그 브랜드가 어떤 약속을 하고 또 그 약속을 어떻게 이행하는지를 지켜보면 배울 것이 참 많습니다. 그것을 나의 경우로 가지고 와서 나의 퍼스널 브랜딩에 적용해서 써 먹는 방법입니다.
이 부분에서 제 경우의 사례를 가지고 말씀드리겠습니다.
제가 스승으로 모시고 배우는 기업이나 상품의 브랜드는 LG라는 브랜드입니다. 물론 LG라는 브랜드는 제가 오랫동안 몸담아온 기업이기도 하지만 그 브랜드가 이야기하는 메시지나 가치관이 제가 지향하는 바와 일치하기 때문입니다. 다음과 같은 모습 말입니다.

사랑해요 LG
Life is Good, LG

그래서 자연스럽게 LG 브랜드의 광고카피를 신경 써서 보게 됩니다. 기업이나 상품 브랜드에 있어서 광고 카피는 기업의 철학이자 고객에 대한 약속이기 때문입니다. 브랜드의 약속 이행 여부나 진화하는 모습을 제 경우와 비교해보면서 저의 부족한 점이나 개선점을 찾는 것입니다. 이러한 것들이 제가 얘기하는 기업이나 상품 브랜드에서 배우는 퍼스널브랜딩이라고 할 수 있습니다.

여러분이 좋아하는, 그래서 그 브랜드의 삶을 배우려고까지 하고 싶은 브랜드는 무엇인가요? 패션? 자동차? 핸드폰? 커피? 가전? 어느 분야에서든 자신에 맞는 브랜드를 정할 수 있을 것입니다. 한 번 따라해 보시기 바랍니다. 별도의 학원비도 들지 않습니다. 효과도 좋습니다. 가성비가 매우 좋은 자기 브랜딩 방법이니 적극 추천해봅니다.

다음의 방법은 좋아하는 퍼스널브랜드에서 배우는 것입니다. 좋아하는 퍼스널브랜드라는 것은 쉽게 얘기할 때 롤 모델입니다. 현재 제가 롤 모델로 설정하고 열심히 배우고 있는 분은 바로 연세대학교 명예교수인 김형석 교수님입니다.

그분의 연세가 2022년 현재 100세를 훌쩍 넘었습니다. 언론 보도에 따르면 어느 한 해에는 183회의 대중 강연을 했고 주요 일간지에 60여 편의 칼럼을 썼다고 합니다. 참으로 대단하지 않은가요? 지금도 30분 정도는 서서 강연도 할 수 있다고 합니다. 물론 꾸준히 해오고 있는 수영 등 건강 관리도 여전히 철저히 한다고 합니다.

김 교수님이 하는 일은 무엇일까요? 그분은 글을 쓰고 강연을 하고 공부를 합니다. 그리고 철저히 자기관리를 합니다. 이 모든 것이 바로 제가 닮고 싶어 하는 것이고 제가 지향하는 바와 같습니다. 그래서 저는 평소에 이분의 일거수일투족을 애정을 가지고 바라보고 있습니다. 칼럼을 찾아 읽고 책을 사서 읽고 유튜브 동영상을 찾아서 봅니다.

이런 식으로 하는 것이 제가 퍼스널 브랜드에서 배운다고 이야기하는 내용입니다. 이렇게 퍼스널 브랜드, 다시 말해서 롤 모델에게 배우는 것이 어쩌면 가장 현실적인 자기 브랜딩 방법론이 아닌가 합니다.

퍼스널브랜딩, 만들고 창조한다.

퍼스널브랜딩을 하는 데 있어서 첫 번째가 배우는 것이라면, 두 번째는 만드는 것입니다. 내가 직접 나의 브랜드를 만드는 경우, 다시 말해 창조하는 경우입니다.

여기에도 총론적인 부분이 있고 각론적인 부분이 있습니다. 총론적인 부분은 큰 그림, 즉 설계도 같은 것이고, 각론적인 부분은 세부적인 실행 지침입니다.

먼저 총론적인 부분을 말씀드리겠습니다. 한 마디로 퍼스널브랜딩의 의미는 브랜드 리얼리티와 브랜드 아이덴티티, 브랜드 이미지라는 세 가지 축을 세워서 전략적으로 나라는 브랜드를 잘 관리하는 것입니다. 용어가 좀 그렇죠? 영어에다가 비슷비슷한 것 같기도 하고요. 하나하나 말씀 드리겠습니다.

브랜드 리얼리티(Brand Reality)는 무엇인가요?

브랜드 리얼리티는 지금 있는 그대로의 사실적인 나의 모습을 말합니다. 우리말로 풀이하면 '브랜드 실체'를 말합니다. 브랜드가 가지고 있는 장점뿐만 아니라 단점까지도 아우르는 브랜드에 관한 종합적이고 사실적인 정보라고 말할 수 있습니다. 이는 브랜드 아이덴티티와 브랜드 이미지의 출처가 되는 셈입니다.

브랜드 아이덴티티(Brand Identity)는 무엇인가요?

브랜드 아이덴티티는 브랜드 리얼리티에 근거해서 고객에게 의도적으로 보여주고 싶은 나의 모습을 말합니다. "당신은 누구인가?"라는 질문에 대하여 "나는 누구다."라고 말하는 그 답에 해당합니다. 즉 내가 희망하고 고객이 좋게 생각할 것 같은 나의 정체성을 말하는 것입니다.

브랜드 이미지(Brand Image)는 무엇인가요?

브랜드 이미지는 브랜드 리얼리티와 브랜드 아이덴티티를 경험하고 난 후에 고객이 기억하고 생각하는 나에 대한 전체적인 이미지입니다. 나는 나의 브랜드 아이덴티티를 정립해서 그것을 가지고 고객과 커뮤니케이션을 합니다. 그래서 실제로 그 커뮤니케이션의 결과를 고객이 어떻게 생각하고 있느냐, 그리고 고객의 인식 속에 어떤 모습으로 남아 있느냐 하는 것이 브랜드 이미지입니다.

가령 나는 A라고 나의 브랜드 아이덴티티를 정립해서 고객에게 알렸는데 고객이 나를 A라고 생각할 수도 있고 그렇지 않게 생각할 수도 있을 것입니다. 물론 A라고 명확히 생각한다면 올바른 커뮤니케이션을 한 것입니다.

가장 이상적인 경우는 이런 브랜드 리얼리티와 브랜드 아이덴티티, 그리고 브랜드 이미지라는 세 가지의 축이 '딱' 일치하는 경우일 것입니다. 이는 현실적으로 보기 드문 이상적인 브랜드의 모습입니다. 그러나 끊임없이 그러한 삼자 일치를 완성하기 위해서 노력해야 하는 것이 바로 퍼스널브랜딩입니다.

퍼스널 브랜드라고 객관적인 평가를 받고 있는 사람들은 대체적으로 이 세 가지 요소가 일치합니다. 혁신의 전도사. 혁신의 아이콘으로 불리는 스티브 잡스가 대표적인 경우입니다. 그는 혁신적인 제품을 만들었습니다. 그는 혁신가로 불리기를 원했습니다. 사람들은 그를 혁신가로 인식하고 혁신의 대명사로 생각합니다.

저의 경우를 가지고 말씀드려 보겠습니다.

현재 저의 브랜드 리얼리티는 글을 쓰고 강연을 하고 공부를 하는 사람입니다. 멋있게 'writer, speaker, hunter'라 표현하고 있습니다.

다음으로 저의 브랜드 아이덴티티는 퍼스널브랜딩 컨설턴트 또는 퍼스널브랜딩 전문가입니다. 이것은 저의 브랜드 리얼리티에 근거해서 제가 전략적으로 설정한 것이고 주요 고객들이 저를 그렇게 인식해 줬으면 하고 의도한 모습입니다.

마지막으로 저의 브랜드 이미지입니다. 브랜드 이미지는 여러 가지로 나타날 수 있습니다. 우선 저의 브랜드 아이덴티티에 대해서 전혀 모르는 사람도 있을 수 있습니다. 그런 사람들은 이렇게 반응할 것입니다.

"누구세요?"

그런가 하면 아는 사람도 있을 수 있을 것입니다.

"맞아, 김정응은 퍼스널브랜딩 전문가야."

결론적으로 제 주변의 아는 사람들을 비롯한 작은 시장에서는 저를 브랜드 컨설턴트라고 하는 저의 아이덴티티를 인식할 수 있을 것이고 시장이 넓을수록 저의 아이덴티티를 아는 사람들은 많지 않을 것입니다. 그러하기에 저는 저의 브랜드 아이덴티티가 브랜드 이미지와 일치할 수 있도록 끊임없이 커뮤니케이션하고 개선해 나가야 하는 그런 과제를 안고 있습니다.

7가지 의미를 담은 북두칠성 브랜딩

여러분, 퍼스널브랜딩이 잘 되면 어떤 이점이 있을까요?

아마도 100가지 이상의 이점이 있을 성싶습니다. 인터넷에 찾아보면 많이 나오는데 그 중에서도 가장 으뜸가는 것은 속물적인 기준일지는 몰라도 돈을 많이 벌 수 있다는 사실입니다. 직장으로 좁혀보면 스카우트 대상이 됩니다. 그런 사람은 자연스럽게 연봉이 올라가지 않을까요?

당신의 현재 모습은 어떤가요?

당신의 브랜드 리얼리티는 무엇이고 당신의 브랜드 아이덴티티는 있는지요? 아니면 없는지요? 있다면 브랜드 이미지와 어느 정도의 갭이 있고 어느 정도 일치하는지요?

이러한 사실을 냉정하게 살펴보는 것으로부터 퍼스널브랜딩은 시작됩니다. 이상이 퍼스널브랜딩을 실행함에 있어서 총괄적인 부분에 해당하는 내용이라고 말씀드릴 수 있겠습니다.

다음은 각론 부분, 즉 실행지침을 살펴보도록 하겠습니다. 각론 부분에 있어서 퍼스널브랜딩의 핵심은 '브랜드 아이덴티티(Brand Identity)'를 정립하는 것입니다. 말하자면 BI 수립 전략입니다. BI 수립에도 사람마다 제각각의 방법이 있을 것입니다.

제가 선택한 BI 수립의 최종 방법은 일곱 가지의 핵심 개념을 구성요소로 삼고 있습니다. 그래서 저는 7의 의미를 살려서 이를 '북두칠성브랜딩'이라고도 하고 '일곱 빛깔 무지개 브랜딩'이라고도 합니다.

그 숭고한 의미의 7단어는 '비전', '고객', '경쟁', '콘셉트', '상징', '광고', 그리고 '관리'를 두고 하는 말입니다. 계속해서 각각의 단어에 대해서 좀더 핵심적인 의미와 실행 방법에 대하여 말씀드리도록 하겠습니다.

방법1. 붉은 정열의 '꿈'을 꾸자

갈대가 흔들리는 것은 꿈이 없기 때문입니다.
비전이 없으면 비전을 가진 사람을 위해서 일하게 됩니다.

예전에 꿈에 대한 강의를 한 적이 있는데 안타까운 느낌을 많이 받았습니다. 참석했던 많은 이들이 꿈을 막연하게 생각하고 있다는 인상을 받았기 때문입니다. 마치 하늘에 있는 별을 따는 것을 꿈이라고 생각하는 듯했습니다. 그리고 각자의 꿈도 학원에서 미리 선행 학습을 하고 온 것처럼 비슷비슷했습니다.

저는 이것이야말로 정말 '꿈을 깨는 꿈'이라고 생각합니다. 꿈은 저 하늘에 있을 수도 있지만 진정한 꿈은 내 두 발이 디디고 서 있는 바로 이 땅 위에 있다고 생각합니다. 지극히 현실적인 자신만의 꿈을 꾸었으면 하는 것이 제가 이 시간에 특히 강조하고 싶은 말입니다.

브랜딩 관점에서 꿈(비전·Vision)은 무엇일까요?
브랜딩의 핵심은 브랜드 아이덴티티 구축이고 그 시작은 브랜드의 비전을 세우는 일입니다. 브랜드 비전은 곧 브랜드의 꿈입니다. 브랜드의 꿈은 브랜드가 향후에 어떻게 되었으면 하는 모습인데 그 꿈은 여타의 꿈에 비하여 가장 현실적인 꿈에 해당합니다. 냉혹한 시장의 원리가 작동하기 때문입니다.

꿈은 소비자(Consumer), 자사(自社, Company), 경쟁(Competition) 등 이른바 3C 분석을 통하여 단계별로 구축할 수 있습니다. 이 방법은 우리의 개인 브랜딩에 적용해도 딱 들어맞게 되어 있습니다.

'나'라는 퍼스널 브랜드의 비전을 브랜딩의 3C 분석을 통하여 자신에 맞고 현실적인 내용으로 만들어보면 어떨까요?

첫 번째는 나에 대한 분석단계인데 결론적으로 두 가지 선택 대안이 있을 수 있습니다. 하나는 지금 현재의 위치에서 계속 성장을 도모하는 길입니다. 10년, 20년 후 자신의 Output 이미지를 그리고 그것을 완성해 가는 것입니다. 또 다른 하나는 다른 길로 바꾸어 타는 것입니다. 이 선택은 지금의 길이 '이건 아니다.'라는 뼈저린 결산에 근거해야 합니다. 그러고 나서 가장 잘하고 좋아하고 여느 자기계발 책에 나오는 표현을 빌자면 '나를 설레게 하는 길.' 그 길을 택해야 합니다.

두 번째는 경쟁자를 분석해야 합니다. 나를 브랜드라고 생각하는 순간부터 고달픔이 시작됩니다. 경쟁자를 의식해야 하기 때문이죠. 브랜딩에는 절대 평가가 아닌 상대 평가가 적용됩니다. 나 혼자 멋진 꿈을 꿔서는 안 된다는 얘기입니다. 경쟁자의 꿈을 뛰어넘는, 다시 말해 상대적 우위의 꿈이라야 한다는 것입니다. 그래야 고객이 나에게 주목할 수 있기 때문입니다.

세 번째는 고객에 대한 관심입니다. 당신이라는 브랜드의 꿈은 반드시 고객과 연결되어야 합니다. 고객의 필요와 욕구에 부합해야 합니다. 당신만의 주관적 방향으로 구성된 꿈은 의미가 없습니다. 기업에서도 이러한 기준이 강조되고 있습니다. 이른바 생산자 언어가 아닌 고객의 언어로 말하라는 원칙이 그런 경우입니다. 결국 당신의 꿈은 고객의 꿈과 다르지 않습니다. 고객과 함께 성장하는 꿈이 진정한 당신의 꿈일 것입니다.

꿈이란 자신이 원하는 분야에서 전문가가 되는 것과 마찬가지입니다. 논리의 비약을 해보면 우리 오천만 각자가 자신만의 꿈을 꿀 때 이는 오천만 각각의 개인 브랜드로 연결될 수 있습니다. 그런 날을 꿈꿔 봅니다.

그런데 〈톰 소여의 모험〉 저자인 마크 트웨인의 말을 들어보면 좋고 나쁜 꿈을 논하는 것 자체가 무의미하다는 생각마저 듭니다. 어떤 꿈이라도 빨리 설정하고 꾸준히 밀고 나가는 것이 상책이고, 꿈도 중요하지만 실천이 더 중요하다는 것을 촉구하고 있으니까 말입니다.

"지금으로부터 20년 후에 당신은 당신이 한 일보다 하지 않았던 일들을 더욱 후회할 것이다. 그러니 뱃머리를 묶고 있는 밧줄을 풀어 던져라. 안전한 항구를 벗어나 항해를 떠나라. 무역풍을 타고서 탐험하라. 꿈꾸어라. 발견하라."

물 만난 물고기가 되자

'코이(Koi)'라는 물고기가 있는데 이 녀석은 흥미로운 스토리의 주인공입니다. 그러니까 코이는 노는(?) 장소가 어디냐에 따라서 크기가 달라진다고 합니다. 어항 속에서 생활하면 5~8cm밖에 자랄 수 없고, 어항보다 넓은 수족관이나 연못에 풀어지면 15~25cm까지 자란다고 합니다. 이런 코이가 드넓은 바다에서 놀면 90~125cm까지 자랄 수 있다고 합니다.

환경에 따라서 피라미로 살기도 하고 대어가 되기도 하는 신기한 물고기가 아닐 수 없습니다. 이러한 놀라운 스토리 덕분에 '코이의 법칙'이라는 말까지 생겨나게 되었습니다. 따라서 '코이의 법칙'은 꿈의 무대를 어디로 정하느냐에 따라서 가능성도 매우 달라진다는 의미를 알리는 데에 널리 활용되고 있습니다.

개인 브랜딩은 꿈이나 비전을 세우는 데서부터 시작됩니다. 꿈을 실현해 가는 데 있어서 중요한 것은 나에게 맞는 꿈의 무대를 설정하는 일입니다. 물 만난 물고기처럼 내가 방방 뜰 수 있는 그런 무대 말입니다. 제가 생각하는 꿈의 무대는 다음과 같습니다.

첫째, 일관성의 무대.

경력이 단절되면 안 되듯이 꿈도 단절되면 안 됩니다. 적금(積金)도 중요하지만 '적꿈'이 더 중요하다는 말이 있습니다. 한 푼 두 푼 돈을 모으듯이 꿈도 차곡차곡 쌓아야 한다는 것입니다. 그러기 위해서는 지금 하고 있는 일이 꿈과 연결되는 일이어야 합니다. 구술이 서 말이라도 꿰어야 보배라고 했습니다. 하나의 꿈으로 일관성 있게 관리할 수 있는 그런 일을 선택해야 합니다.

둘째, 전문성의 무대.

전문성의 숲 만들기가 되어야 합니다. 울창한 숲은 숲을 구성하는 나무 한 그루 한 그루가 반듯해야 가능합니다. 꿈의 무대도 마찬가지입니다. 하루하루 자신의 전문성이 발휘되는 곳에서 활약해야 합니다. 전문성은 내가 좋아하는 일에서, 내가 행복을 얻을 수 있는 일에서, 나에게 집중할 수 있는 일에서 더욱 효과적으로 얻어질 것입니다.

셋째, 방향성의 무대.

꿈의 성취에 있어서 속도보다는 방향이 중요합니다. 속도를 우선하여

서두르다 보면 궤도를 이탈하여 되돌리기가 힘들어질 수 있기 때문입니다. 저는 고교시절 이과를 선택했다가 대학에서 문과로 옮겼습니다. 재수를 하는 등 고생도 많이 하고 시간도 많이 낭비했습니다. 올바른 방향을 설정하고 무대에 서지 못한 혹독한 대가를 치른 셈입니다.

똥개도 자기 집에서는 반은 먹고 들어간다는 말이 있습니다. 스포츠에서 말하는 '홈그라운드 이점'과 같은 맥락입니다. '홈그라운드 이점'은 홈에서 경기하는 팀에 주어지는 이점을 뜻합니다. 국가와 국가의 협상에서도 홈그라운드의 이점을 따집니다. 꿈의 무대도 마찬가지입니다. '내 꿈의 홈그라운드'를 만들면 그 꿈은 더 가까이 더 확실하게 나에게 다가올 것입니다.

여러분은 지금 어떤 꿈을 가지고 있는지요?

방법2. 밝고 명랑하게 '고객'을 섬기자

고객은 나의 생명을 이어주는 공기입니다.
고객은 나의 존재 이유입니다.

브랜드의 존재이유는 고객에 의해 결정됩니다. 브랜드의 궁극적인 목표는 100년 동안 아니 영원히 고객의 사랑을 받는 것입니다. 그러한 경지에 이른 브랜드를 세칭(世稱)하여 러브마크(Lovemark) 브랜드라고 합니다. 고객이 무조건 좋아하는 브랜드. 본인은 물론이고 남들에게도 추천하고 홍보하는 그런 브랜드. 교과서에 나오는 아이폰, 할리 데이비슨, 스타벅스 그리고 또 그 밖의 브랜드들……. 한 사람을 하나의 브랜드로 인식하는 퍼스널브랜딩에서도 고객의 중요성은 아무리 강조해도 지나침이 없습니다. 퍼스널브랜딩에 있어서 고객 찾기는 오히려 애달프다는 생각마저 들게 합니다. 나 자신의 생존 문제와 직결되기 때문입니다. 추억의 가요 〈호반의 벤치〉가 자연스럽게 입에서 맴도는데 그 노래에는 다음과 같은 가사가 나옵니다.

"내 님은 누구일까? 어디 계실까? 무엇을 하는 님일까? 만나보고 싶네……."

여러분은 어떤 고객을 1순위로 정하고 그와 어떤 관계를 구축하고 있는가요? 제1 고객을 누구로 설정하느냐에 따라서 자신의 브랜딩 전략 방향이 결정됩니다. 내가 방심하면 고객은 경쟁자에게로 즉시 고개를 돌립니다. 고객은 나뿐만 아니라 어장관리 하듯이 여러 애인을 동시에 관리하고 있습니다.

고객이 도망가지 못하도록 밧줄로 꽁꽁 묶어 놓아야 하는데 일방적인 짝사랑은 한계가 있습니다. 반드시 고객의 바람과 안고 있는 문제의 해결사가 되어야 합니다. 고객과 함께 꿈, 희망, 행복의 공동체가 되어야 합니다.

고객을 일관성 있게 섬기기에는 한계가 있습니다. 고객이 수시로 바뀌기 때문입니다. 실무진에서부터 임원, 그리고 CEO에 이르기까지 코드가 맞을 때쯤이면 파트너는 허망하게도 작별인사를 하는 경우가 많습니다. 어쩔 수 없습니다. 처음부터 다시 시작해야 합니다. 그럴 때마다 한결같은 이야기가 들려오고 또한 전하기도 합니다.

"구관이 명관이다."

수시로 변하는 고객에 대하여 매번 어떻게 대응해야 할까요?

푸시(push)와 풀(pull)이라는 경영 용어를 적용해서 말씀드릴 수 있겠습니다. 소위 푸시 전략이라 함은 적극적으로 고객에게 상품을 소구하는 방법입니다. 이 전략은 고객의 니즈(Needs)나 욕구(Wants)에 일일이 대응하는 수고스러움이 따릅니다.

반면에 풀 전략은 고객을 끌어들이는 전략입니다. 고객이 찾아오니 앉아서 하는 편한 장사라고요? 아닙니다. 풀 전략을 사용해서 고객 관리를 하려면 자신만의 '필살기(必殺技)' 장착이 필수요건입니다. 고객은 절대 아무 이유 없이 스스로 찾아올 리 없기 때문입니다.

자신만의 필살기를 갖추자

필살기라는 것은 싸우는 기술 중에서 가장 활성화되고 집약적인 기술을 말합니다. 영어로 피니셔(Finisher)라고도 하고 그것을 지닌 사람을 뜻하기도 합니다. 변화경영 전문가 구본형은 필살기를 다음과 같이 깔끔하게 정의한 바 있습니다.

"필살기는 가장 잘할 수 있는, 죽여주는 기술이다. 내 평범한 재능을 비범하게 숙성시키기 위해 내일이 없는 듯 오늘을 다 던져 얻어내는 것이다. 그것은 동시에 우리 자신을 걷어차 앞으로 나아가게 한다."

관련 자료나 사례를 살펴보면 필살기를 갖춘 피니셔(Finisher)가 되기 위해서는 다음의 세 가지 조건이 만족되어야 한다고 합니다.

- '발견하기(Finding)'
- '실전같이 훈련하기(Fighting)'
- '피드백하기(Feedback)'

즉 Finisher = finding + fighting +feedback입니다. 이른바 'F=3f'라는 필살기공식입니다. 자세히 살펴보겠습니다.

첫째, 자신이 가진 강점과 재능을 발견하는 것입니다.
『위대한 나의 발견, 강점혁명』의 저자 마커스 버킹엄(Marcus Buckingham)의 정의에 따르면 '강점이란 한 가지 일을 완벽에 가까울 만큼 일관되게 처리하는 능력'이라고 합니다. 또한 그는 그 능력은 반복 가능해야 하고, 그 일을 수행했을 때 만족감을 느껴야 하며, 마지막으로 실제 과업의 성과에 영향을 미칠 수 있어야 한다고 강조합니다.

두 번째 필요한 것은 '훈련'입니다.

훈련을 하더라도 '신중하게 계획된' 훈련을 해야 합니다. 신중하게 계획되었다는 것은 얻어야 할 성과를 분명히 하고, 이를 향상시킬 목적으로 설계되어야 한다는 뜻입니다. 지속적으로 스스로를 단련하여 목표 이상의 결과를 얻어내야 합니다. 이 단계에서는 '훈련은 실전같이 실전은 훈련같이'라는 말을 꼭 되새겨야 할 것입니다.

마지막은 피드백입니다.

알찬 훈련에서는 효과적인 피드백을 얻을 수 있어야 합니다. 그러기 위해서는 해당 분야에서 실력이 아주 뛰어난 고수(高手)와의 상호작용이 무엇보다도 중요합니다. 『탤런트 코드』의 저자 대니얼 코일(Daniel Coyle)은 이를 '마스터 코칭'이라고 부릅니다. 고수의 피드백이나 코칭으로 우리는 보다 빠르고 정확하게 올바른 수행방법을 배우고 시행착오를 줄일 수 있다는 뜻입니다.

최고의 필살기는 고객이 도움을 필요로 할 때 도움을 줄 수 있는 핵심 기술입니다. 반드시 나만의 필살기를 갖추어야 하겠습니다. 그러면 나만의 서비스 카리스마가 만들어집니다. 그러면 고객은 나를 매우 가치 있는 파트너라고 인식하게 됩니다. 그래서 고객은 "아, 당신이 없으면 제가 불편합니다."라고 느끼게 될 것입니다. 고객을 섬긴다는 것은 곧 필살기를 갖추어 고객에게 봉사하고 도움을 주는 것 그 이상도 그 이하도 아닙니다.

고객에게 제공하는 탁월한 서비스라는 것은 자신의 실력을 입증하는 방법이기도 합니다. 어느 바리스타는 커피 한 잔에 혼을 담는 사람이라는 평을 듣습니다. 어느 자동차 세일즈맨은 경쟁사 자동차의 속살까지도 이곳저곳 소상히 알고 있다는 칭찬을 받기도 합니다.

　우리는 명탐정 셜록 홈즈가 되어 고객의 신호를 귀신처럼 캐치하기 위해 노력해야 합니다. 또한 궁예의 관심법(觀心法)처럼 고객의 마음을 알아채기 위하여 부단히 노력해야 합니다. 그러한 노력이 쌓이고 쌓일 때 비로소 고객을 영원한 나의 동반자로 내 곁에 꽁꽁 묶어둘 수 있습니다. 세상살이 쉬운 것은 단 하나도 없습니다. 퍼스널브랜딩도 역시 그렇습니다.

방법3. 지혜롭게 '경쟁자, 그'까지도 사랑하자

경쟁은 우리의 나태를 쫓아냅니다.
경쟁자는 동반자의 또 다른 말입니다.

우리는 살아가면서 그 누구도 '경쟁 환경'으로부터 자유롭기란 쉽지 않습니다. 혹자는 말합니다. 인간은 경쟁의 본능을 태초부터 지니고 있었다고 말입니다. 이는 하나의 난자를 향하는 수억 개의 정자 레이스를 두고 하는 말이라고 합니다. 그러니 경쟁 앞에 너무 스트레스 받지 말라는 말이겠지요. 그런데 그것이 결코 쉽지가 않습니다.

경쟁 때문에 가뜩이나 짜증지수가 높아져 있는데 이러 쿵 저러 쿵 하는 주변의 말에 신경질을 넘어서 오히려 주눅이 들 정도입니다.

"기는 놈 위에 나는 놈 있다."

경쟁에는 외국이라고 해서 예외가 아닌 모양입니다. 영국에서는 이런 말을 자주 한다고 합니다.

"아무리 수염을 잘 깎아도 다른 이발사가 흠을 못 잡을 리가 없다."

이 모두가 삶은 곧 경쟁이니 정신 똑바로 차리고 살라는 말인 듯합니다.

앞에서도 말씀드린 바 있습니다만 브랜딩의 경쟁은 삼각관계라는 기묘한 모습을 띠는 것이 그 특징 중의 하나입니다. 물론 혼자서 일방적으로 앞서 달려가는 독과점 브랜드라는 것도 있을 수 있습니다. 또한 삼각관계 이상의 다자간 경쟁일 수도 있습니다.

그러나 결승전은 늘 삼각관계의 모양새입니다. 고객을 가운데 놓고 최종 두 개의 브랜드가 서로 치열하게 경쟁하게 됩니다. LG에어컨이 있으면 삼성에어컨이 있습니다. 코카콜라가 있으면 펩시콜라가 있습니다. 고객의 마음은 얄궂게도 양자 사이에서 갈대처럼 흔들리며 삼각관계를 한층 어지럽게 만듭니다.

여러분과 저 같은 우리의 퍼스널브랜드도 에어컨이나 콜라의 입장과 다르지 않습니다. 피할 수 없는 운명 같은 경쟁, 어떻게 해야 할까요? 어렵고 고통스럽지만 그래도 정면도전이 답인 것 같습니다. 경쟁의 가치를 중시하는 것이 경쟁에서 이기는 가장 확실한 방법입니다. 극지 탐험가 로얄 아문센의 말에 귀를 기울여 보면 어떨까요?

"경쟁은 우리를 대담하게 만들고 사고와 장애물에도 아랑곳없이 우리를 전진하게 만드는 자극제이다."

'피할 수 없다면 즐겨라.'라는 말은 구태의연하지만 여전히 강한 설득력을 지니고 있습니다. 제 개인적으로 경쟁에 관하여 이 말보다 좋은 다른 대안을 찾지 못하고 있습니다. 그에 대한 실행 방안으로 다음과 같은 이른바 '찰 찰 찰'의 3원칙을 제안해봅니다.

첫 번째 '찰'은 나에 대한 성찰(省察)입니다.
나의 강점은 무엇이고 단점은 무엇인지를 냉정하게 분석하는 것입니다.

그리고 나만의 승부수를 찾아내서 그 승부수가 나의 비전에 부합하는지 곰곰이 따져 보는 것입니다.

두 번째 '찰'은 관찰(觀察)입니다.

성찰이 나 자신을 대상으로 하는 분석이라면, 즉 지기(知己)였다면 관찰은 라이벌을 대상으로 하는 분석입니다. 즉 지피(知彼)입니다. 상대를 알아야 이길 수 있는 것이니까요.

세 번째 '찰'은 통찰(洞察)입니다.

통찰은 지피지기(知彼知己)를 통하여 마지막 방점을 찍는 작업입니다. 고객에게 던져줄 구체적이고 감동적인 선물을 만들어내는 일입니다. 여기서는 상대적인 우위성과 차별점이 담겨야 함은 물론입니다.

당신의 라이벌은 누구인가요?

라이벌.

우리는 이 단어를 접할 때마다 묘한 느낌을 갖게 됩니다. 누구나 살다 보면 라이벌 또는 그와 비슷한 대상을 갖게 마련입니다. 라이벌이라는 이 말은 과거에는 유독 스포츠 분야에서 많이 사용되었는데 요즘에는 특별한 구분 없이 일상적으로 사용되는 것 같습니다. 라이벌은 나 자신이 그와 어떤 관계를 유지하느냐에 따라서 롤 모델이나 스승처럼 나 자신의 개인브랜딩에 큰 영향을 끼치기도 합니다.

라이벌(Rival)이란 말의 어원은 Rivalis인데, 이는 라틴어로 강을 의미하는 rivus의 파생어라고 합니다. '같은 강을 둘러싸고 싸우는 사람들'에서 '하나밖에 없는 물건을 두고 싸우는 사람들'이라는 의미로 변모했다고 합니다. 어린 시절, 정월대보름날에 흐르는 냇물 뚝방 건너편의 이웃마을과 마치 전쟁을 치르듯 쥐불놀이 싸움을 했던 일을 생각해 보면 라이벌의 의미가 쉽게 다가오는 것 같습니다.

결론적으로 라이벌과는 정정당당하게 선의의 경쟁을 해야 합니다. 라이벌이 있으면 나 자신이 더욱 분발하게 되고 자기수련과 정진을 계속하게 됩니다. 라이벌은 자기향상을 위한 촉매제입니다. 경쟁이 없으면 활력도 없어집니다.

위대한 발전과 전진은 호적수, 즉 라이벌 간의 경쟁으로 가속되고 성취되었습니다. 한국과 일본, 김영삼과 김대중, 고려대와 연세대, 핑클과 SES, 유재석과 강호동, 그리고 메시와 호날두에 이르기까지.

라이벌 의식이 지나치게 과도하게 작동되면 안 됩니다. 동양 고전 장자 (莊子)에 '와우각상쟁 (蝸牛角上爭)'이란 말이 있습니다. 좁디좁은 달팽이 뿔 위에서 싸움을 한다는 뜻입니다. 즉 하찮은 일로 벌이는 의미 없는 싸움을 가리키는 말입니다. 달팽이의 두 촉수가 서로 잘 났다고 싸우는 모습이 눈에 선합니다. 이는 지나친 라이벌 의식이 빚어낼 수 있는 어리석음을 개탄한 말이기도 합니다. 라이벌의 최종 이미지는 승자와 패자로 나누어지는 것이 아니라 서로 원윈(Win-Win)이 되는 모양새라야 합니다.

라이벌은 나의 브랜딩에 도움을 주는 좋은 디딤돌이자 거울이기도 합니다. 라이벌은 나를 되돌아보게 하고 더 나은 미래의 모습을 발견할 수 있도록 도와줍니다.

라이벌은 또한 'SWOT 분석'입니다. 나의 강점(Strength), 약점(Weakness), 기회(Opportunity), 위협(Threat) 요인을 분석하도록 해서 내가 최선의 전략을 세울 수 있도록 도와주니까요.

라이벌은 동기부여입니다. 결국 나를 자극하여 분발하게 해줍니다. 라이벌은 은인입니다. 나에게 땀의 의미를 알려 주고 나를 거듭나게 해주니까요.

지금, 여러분의 그 라이벌은 어디에 있는지요?

방법4. 늘 싱싱한 나만의 '콘셉트'를 갖자

콘셉트는 나의 '자기다움'를 표현하는 단 하나의 단어입니다.

좋은 콘셉트는 영원히 참되고, 영원히 아름답고, 영원히 선한 매력을 지니고 있습니다.

'앙꼬(팥소)없는 찐빵'이라는 말이 있습니다. 아마 여러분도 종종 사용할 것입니다. 이는 무엇인가 중요한 알짜배기가 빠진 상태를 나타내는 시중의 관용구입니다. 브랜딩에 있어서 '콘셉트'는 찐빵에서 앙꼬와 같은 존재입니다. 콘셉트 없는 브랜딩은 무미건조의 맛이라고 할 수 있습니다. 말 그대로 브랜드 콘셉트는 브랜드의 중심개념을 말합니다.

콘셉트는 브랜드가 지니는 가장 정확한 정체성을 내포하고 있으며 또한 밖으로 나타냅니다. 콘셉트는 브랜드의 장점, 특징, 경쟁자와의 차별점 등이 응축된 개념입니다. 상대방, 즉 고객의 입장에서 보면 콘셉트는 브랜드에 대한 첫 인상이기도 합니다. 브랜드 콘셉트의 강약에 따라 고객은 하늘과 땅의 차이로 반응합니다. 따라서 콘셉트는 구매로 연결되는 첫 관문이기도 합니다.

브랜딩은 또한 인식의 싸움입니다. 물론 제품이 좋아야 함은 기본입니다. 그렇지만 제품이 좋다고 해서 제품에 대한 고객의 인식도 좋은 것은 절대 아닙니다. 궁극적으로 브랜드에 대한 좋은 인상이 고객의 머릿속에 자리 잡아야 하는데 그것에 대한 가장 큰 역할은 바로 콘셉트의 몫입니다. 좋은 콘셉트는 고객의 인식 속으로 파고들기가 유리합니다. 콘셉트의 의미를 다음의 3가지로 요약해보았습니다.

하나, 콘셉트는 중심잡기다.

콘셉트는 우왕좌왕하는 것을 막아줍니다. 콘셉트가 없는 여행은 갈 곳 잃은 나그네의 처지와 같다고 할 수 있습니다. 어디로 무엇 때문에 왜 그곳으로 가는가 하는 까닭이 없기 때문입니다. 콘셉트가 있는 여행은 그렇지 않습니다. 여행 콘셉트가 '멋과 맛'이라고 가정해 보세요. 일사분란 하게 멋있는 곳을 찾고 맛있는 곳을 방문하는 계획을 짜고 체험하게 될 것입니다.

둘, 콘셉트는 구체화다.

콘셉트는 잠자는 호수 위에 던져진 돌멩이와 같습니다. 그 돌멩이는 때로는 잔잔하게 때로는 거센 파장을 일으키며 퍼져 나가는 물결의 모양새를 만들어냅니다. 콘셉트가 확고하면 이렇게 모양새, 성격, 행동양식 등을 쉽게 떠올리게 만듭니다. 강력한 콘셉트가 있으면 네이밍, 디자인 등 브랜드 커뮤니케이션의 방향을 그림처럼 명확하게 그려낼 수 있습니다.

셋, 콘셉트는 차별화 획득하기다.

콘셉트는 브랜드 아이덴티티가 압축된 엑기스에 해당합니다. 모방이나 도용같이 남의 것을 가져와 내 것인 양하면 절대 안 됩니다. 더구나 디지털 시대의 오늘날에는 비밀이란 없기 때문에 더욱더 그렇습니다. 모든 브랜드의 궁극적인 목표는 차별적인 브랜드 콘셉트를 확보하는 것이라고 해도 과언이 아닙니다. 브랜드 콘셉트는 한 번에 쉽게 얻어지지 않기에 현재진행형의 '-ing'를 붙여서 Branding으로 만들었다고 합니다. 그래서 Ing는 지속성, 일관성의 또 다른 이름으로 불리기도 하는 것입니다.

그렇다면 이 중요한 콘셉트를 어떻게 도출해야 할까요?

저는 프랑스 소설가 귀스타브 플로베르의 '일물일어설(一物一語說)'에 주목하고 실천해 볼 것을 권합니다. 일물일어설은 하나의 사물을 나타내는 데는 딱 맞는 말이 하나밖에 없다는 주장을 말하는 것입니다.

당신 혹은 나라는 개인 브랜드의 콘셉트도 마찬가지입니다. 당신을 표현하는 단 하나의 단어나 말이 곧 당신의 강력한 콘셉트가 됩니다. 이는 끊임없는 자문자답(自問自答)을 통하여 얻을 수 있습니다. 어려운 일이지만 자신이 브랜드가 되려면 도전해야 합니다. 깨달음을 얻고 특별함을 발견해야 합니다. 특히나 이런 일은 아무도 대신해 줄 수 없습니다. 오직 나 자신만이 할 수 있는 일입니다.

스티브잡스는 매일 아침 거울을 보면서 자신에게 물었다고 합니다.

"내가 하는 이 일이 정말 내가 원하는 일인가?"

이런 행위는 스티브잡스 자기 자신만의 숭고한 의식이었고 자신의 특별함을 발견하는 계기가 되었다고 합니다. 『인간관계론』으로 유명한 데일 카네기가 말한 것처럼 우리 모두는 자신도 알지 못하는 특별함과 가능성을 가지고 있습니다. 누구는 이미 발견했고 누구는 아직 발견하지 못하고 있을 뿐이라는 것입니다.

보석 같은 브랜드, 쓰레기 같은 브랜드

브랜드는 소비자에게 자신만의 핵심 콘셉트, 즉 가치를 제공함으로써 그 존재 이유를 갖게 됩니다. 브랜드는 우리가 보람 있게 쓸 수 있는 많은 효용을 제공해주고 또한 사회적 위신을 대리 표현해 주면서 소비자에게 자기만족을 제공하기도 합니다.

이런 것들을 잘 제공해주면 유명 프리미엄 명품 브랜드라는 평가를 받게 되고 당연히 소비자들은 그 브랜드에 열광하고 집착합니다. 브랜드가 어떤 가치를 줄 수 있느냐에 따라서 소비자는 그에 상응하는 브랜드 평가를 하게 마련입니다.

"그 브랜드는 보석이다. 아니다, 그 브랜드는 쓰레기다."

브랜드 이론서에 따르면 브랜드가 소비자에게 제공하는 가치는 통상 3개의 가치로 구분됩니다. 기능적 가치, 정서적 가치, 상징적 가치가 그것입니다. 브랜드의 최종 콘셉트도 이 가치 영역에서 결정될 수 있습니다.

1. 기능적 가치(functional value)

브랜드가 소비자에게 제공하는 가장 중요한 가치가 물리적, 기능적인 측면의 효용일 경우를 말합니다. 기능적 가치는 "냄새를 싹 없애 줄 거야.", "습기를 쭉쭉 빨아 들여서 옷이나 이불을 뽀송뽀송 하게 해줄 거야." 등과 같이 소비자에게 기능과 관련된 해결방안에 대한 기대감을 갖게 해줍니다.

사람으로 치면 핵심역량에 해당합니다. 일반적으로 사무직 직장인의 경우라면 종합적인 업무 능력이 여기에 해당합니다. 기획력, 발표력, 대외 협상력, 커뮤니케이션 능력, 외국어 능력, 국내외 시장 개발 능력 등이 그 예에 해당될 테고요.

2. 상징적 가치 (symbolic value)

M만년필은 '인류 역사를 바꾸는 펜'이라는 찬사를 받고 있습니다. 그래서인지 국가 정상들이 회의를 마치고 합의문을 작성할 때면 종종 M만

년필이 등장합니다. 상징적 가치의 브랜드란 사용자의 품격이나 위상과 관련된 상징성을 지닌 브랜드를 일컫습니다.

사람이라는 브랜드의 상징적 가치는 어떻게 설명할 수 있을까요?

어떤 사람을 제대로 알기 위해서는 그 친구를 보라는 말이 있습니다. 좋은 친구는 그의 친구에게 좋은 상징적 가치를 제공하는 역할을 합니다. 호불호가 크게 나뉘겠지만 이런 경우가 아닐까 싶습니다.

"나는 대통령 감이 됩니다. 나는 문재인을 친구로 두고 있습니다. 제일 좋은 친구를 둔 사람이 제일 좋은 대통령 후보 아니겠습니까?"

문재인이라는 퍼스널 브랜드는 친구 노무현에게 의미 있는 상징적 가치를 제공한 브랜드라고 말할 수 있습니다.

3. 감성적 가치 (emotional value)

브랜드가 소비자에게 제공하는 핵심가치가 '아름답다. 섹시하다. 재미있다. 향기롭다.' 등과 같이 감성적인 느낌과 관련된 경우에 해당됩니다. 감성적 가치의 브랜드는 진지하고 딱딱한 설명 대신 소비자와 오감의 느낌으로 대화하는 특징을 지니고 있습니다. 다음의 경우와 같이 말입니다.

어느 초콜릿 브랜드는 속삭였습니다.
"고독마저도 감미롭다."

어느 껌 브랜드는 노래했습니다.
"당신은 아카시아처럼 예쁘고 향기롭다."

사람의 경우에 있어서는 감성지수(EQ. Emotional Quotient)가 감성적 가치에 해당한다고 볼 수 있습니다. 감성지수는 인간의 정신작용을 정서적으로 파악한 지수입니다. 자신은 물론이고 다른 사람의 감정을 이해하는 능력입니다. 일반적으로 감성지수가 높을수록 인생에 대해 긍정적이며, 대인관계가 원만하고, 창조적 문제 해결능력을 갖춘 것으로 알려지고 있습니다.

우리는 날마다 생각, 감정, 말, 행동, 표정 등과 같은 가치의 씨앗을 뿌리고 있습니다. 문제는 어떤 씨앗을 심느냐에 달려 있습니다. 당연히 긍정적인 씨앗을 뿌려야 합니다. 그래야만 긍정적인 싹이 터서 자신이 긍정적인 사람으로 평가받을 수 있습니다.

여러분은 지금 자신만의 퍼스널브랜드 콘셉트를 가지고 있는지요? 가지고 있다면 그 콘셉트는 고객이나 경쟁자로부터 어떤 평가를 받고 있는지요? 오늘 이 시간을 통하여 꼼꼼히 따져 볼 일입니다.

방법5. 나만의 구체적인 '상징물'을 만들자

상징(Symbol)은 나를 지켜주는 수호신입니다.
나만의 상징자산은 영원불멸의 보물입니다.

『주홍글씨』는 미국 작가 나다니얼 호손의 장편소설입니다. 간통한 여자 헤스터 프린에게 한평생 죄인의 표지인 'A'자를 가슴에 달고 살도록 했습니다. 이것이 바로 '주홍글씨'인데 오늘날 지워지지 않는 수치의 상징으로 여겨지고 있습니다.

상징은 브랜딩 전략을 구성하는 중요 요소 가운데 하나입니다. 애플의 사과, 파리의 에펠 탑, 영국의 근위병, 중국의 만리장성, 미국의 자유의 여신상, 일본의 후지산, 링컨의 수염을 상기해 보세요. 이것은 물론 좋은 경우의 예에 해당합니다.

반면에 주홍글씨처럼 잘못된 상징은 문신과 흉터처럼 두고두고 나쁜 인상으로 남게 됩니다. 따라서 상징을 만들어내는 작업인 이른 바 상징화(symbolization)는 주먹구구식이 되어서는 절대 안 됩니다.

상징화는 3S로 구체화되어 그 모습을 드러냅니다. 〈S=3s〉라는 상징화의 공식이 바로 그것입니다. 상징화는 효과를 극대화하기 위하여 인간의 오감을 자극합니다.

S1. Sound의 상징화.

Sound의 상징화는 소리를 통하여 청각을 자극하는 상징체계입니다. 인텔 인사이드를 생각해 보세요. TV-CF 등 동영상에서 '딩디디딩~♬' 하는 익숙한 소리를 들으면 자연스럽게 인텔을 떠올릴 것입니다. 사람도 목소리의 성량, 음색, 강약 조절 등을 통하여 자신을 사운드로 상징화 할 수 있습니다. 사람들은 도올 김용옥 선생님의 목소리만 들어도 '아하!' 하고 금방 알아차립니다. 목소리가 상징화되었기 때문입니다.

S2. Scene의 상징화.

비주얼(Visual)은 강력한 시각적 자극 요소입니다. 또한 가장 보편적인 상징화 영역이기도 합니다. 보여줄 수 있는 모든 것이 Scene의 상징화에 해당합니다. 브랜드에서 사용하는 대표적인 비주얼 상징 수단으로는 심볼, 로고, 캐릭터 등이 있습니다. 사람의 경우에는 안경, 헤어스타일, 복장 등 외면적인 모습으로 나만의 심볼을 만들어서 사용할 수 있습니다. 문학, 스포츠, 예술 등에서의 창작물은 상징화의 극단에 해당합니다. 창작자들은 그 상징물과 함께 영원할 수 있으니까요.

S3. Sentence의 상징화.

말이나 문장을 통하여 사람들의 머릿속을 자극하는 방법입니다. 브랜드에서 사용하는 주요 수단을 보면 슬로건(Slogan)이나 캐치 프레이즈(Catch phrase), 키 카피(key copy) 같은 것이 여기에 해당됩니다. 사람 브랜드의 경우는 명언이 이에 해당할 것입니다. 좋은 명언은 그 사람을 쉽게 떠올릴 수 있게 해줍니다. 마틴 루터 킹 목사는 "나에게는 꿈이 있습니다." 라는 말을 남겼습니다. 그는 그 말과 함께 오래도록 기억되고 있습니다.

상징은 나를 다른 사람들과 연결해주는 중요한 끈입니다. 상징은 나를 든든하게 지켜주는 성(城)입니다. 여러분은 과연 여러분만의 상징물이 있는지요? 우리 모두 지금 하고 있는 일을 눈에 보이는 멋진 상징물로 만들어내야 할 것입니다.

당신의 검색 키워드는 무엇인가요?

어느 강연에서 개인브랜드가 된다는 것은 곧 '검색(檢索)되는 사람'이 되는 것이라고 설명을 했습니다. 그런데 반응이 시원치가 않아서 약간 당황했던 적이 있습니다. 이유인즉슨 '검색'이라는 단어의 의미가 긍정적인 측면보다는 부정적인 뉘앙스가 더 많은 탓이었습니다. 아마도 '검문검색'과 같은 말 때문이 아닌가 생각해봅니다.

그러나 요즈음 세상은 '검색 당하는 사람'이 되어야 합니다. 심혈을 기울인 인선 끝에 국가대표 팀 명단을 발표했다는 기사를 접하곤 합니다. 희비가 엇갈립니다. 누구는 선발되고 누구는 탈락하니까 말이죠. 선발과 탈락이라는 희비의 쌍곡선은 국가대표 급의 인선에만 해당되는 일이 아닙니다.

지금 우리가 일하는 직장에서도 매일매일 크고 작은 인선작업이 진행되고 있습니다. 직장에서 중요한 업무가 생길 때면 흔히 TFT(Task Force Team)가 구성됩니다. 통상 가장 믿고 맡길 수 있는 사람이나 팀이 그 주인공이 되지요.

인선은 검색에 의하여 이루어집니다. 인터넷 시대에서는 무엇을 하든 간에 검색부터 하게 됩니다. 강의 시간에도 학생들은 실시간으로 검색합니다. 궁금한 내용들을 찾는 것입니다. 헤드헌팅 회사에서도 좋은 인력을 찾는 기본은 온라인에서든 오프라인에서든 모든 수단과 방법을 동원하여 행하는 검색입니다. 과연 여러분 자신은 지금 검색되는 존재인가요?

당신이 좋아하는 브랜드는 어디에 있나요?

백화점 진열장에 있나요?

아니지요. 당신이 좋아하는 브랜드는 다름 아닌 당신의 머릿속에 있습니다. 컨시더레이션 세트(Consideration Set). 소비자가 구매를 고려하는 상표 군(群)이라는 의미입니다.

특히 우리 같은 직장인들은 상품 브랜드의 경우와 똑같은 처지입니다. 직장에서의 관리자든 클라이언트든 헤드헌터든 그들의 인식 속에 내가 3위 이내에 들어야 한다는 뜻입니다. 그래야 내가 검색되는 사람이 되니까요. 이는 능동적인 표현으로는 스카우트의 표적이 되는 경우이기도 합니다. 또한 우리 각자가 영향력을 지닌 개인 브랜드가 되는 순간이기도 합니다.

인터넷 검색이나 서핑의 기본은 키워드를 입력하여 진행하게 됩니다. 강남 부근에서 터키식 레스토랑에서 식사를 하고 싶다면 '터키요리, 강남' 같은 키워드를 이용해서 검색합니다. 헤드헌팅 회사에서도 인재를 찾는 구인 업무의 첫 번째는 '키워드 검색'입니다. 사실 이러한 키워드 검색 작업이 인터넷에서만 이루어지는 것은 아닙니다. 이미 오래 전부터 우리의 머릿속에서 진행되어 왔습니다.

한 번 여러분 자신의 이름을 검색해 보세요. 어떤 연관 검색어가 따라 나오는가요? 기억에 저장되지 않거나 무관심의 대상이 되는 경우는 마케팅에서 최악의 상황에 해당할 것입니다. 구매로 연결되기 위한 1차 관문에도 진입하지 못한 경우이기 때문입니다. 자신만의 검색어를 전략적으로 관리해야 합니다.

그렇다면 나 자신의 검색어는 어떻게 준비해야 할까요? 당연히 자신만의 독창성이나 탁월한 가치를 담아 경쟁자나 라이벌과 차별화되도록 구성되어야 할 것입니다.

개인 브랜드의 영향력이 강한 사람들은 "○○ 하면, □□ 씨!"라는 등식을 가지고 있습니다. 다른 사람들이 그렇게 부르고 동시에 주위로부터 그렇게 평가를 받습니다. ○○에 해당하는 것은 검색 키워드이고 □□에 해당하는 부분은 당신이나 나의 이름이 되는 것입니다.

기획서 하면 김 대리. 프레젠테이션 하면 이 부장, 숫자 하면 강 차장, 영화 하면 윤 과장 하며 불리고 검색당하는 경우가 바로 그런 예에 해당합니다. 지금 여러분은 어떤 검색어를 가지고 있는가요? 당신이 아무 검색어도 내세우지 못한다면 안타깝지만 당신은 아직 개인 브랜드가 되지 못한 상태입니다. 더욱 풍부한 상징화 노력을 해야 할 것입니다.

방법6. 나를 '광고'하여 하늘도 나를 돕게 만들자

나를 제대로 알려야 제대로 나를 알아줍니다.
하늘도 스스로 광고하는 사람을 돕는 법입니다.

한 남자가 한 여자를 지독히 사랑했습니다. 그런데 안타깝게도 그 사랑은 짝사랑이었습니다. 그녀를 직접 만나 그녀 앞에서 고백할 자신이 없었던 것입니다. 대신에 마음을 전달하기 위해서 하루도 빠짐없이 편지를 썼습니다. 편지 배달부 역할은 평소 영원한 우정을 다짐했던 그 남자의 친구가 맡았습니다. 그 친구는 정성껏 그녀에게 남자의 편지를 전달해 주었습니다.

짝사랑은 이루어졌을까요?

네, 사랑이 이루어지기는 이루어졌습니다. 그런데 그 여자는 그녀를 짝사랑하던 그 남자가 아니라 바로 편지 배달부 역할을 한 그 남자를 선택했습니다. 이렇듯 눈에 보이지 않으면 마음에도 보이지 않는다고 합니다.

'자기PR 광고 만들기.'

광고제작 수업시간에 제시한 과제였는데 학생들의 반응이 예상 밖이어서 놀란 적이 있었습니다. 학생들이 마치 어려운 수학 문제를 풀듯이 끙끙거렸기 때문입니다. 학생들은 강점이나 특징은 물론이고 자신의 콘셉트를 정하지 못했습니다. 물론 중이 제 머리 못 깎듯이 대놓고 자기 자랑

못 하는 겸연쩍음도 그 이유 중의 하나였습니다.

어찌 학생들뿐일까요?

그러나 자기 브랜딩 관점으로 보면 이것은 하나의 직무 유기에 해당한다고 할 수 있습니다. 퍼스널 브랜딩은 자기소통, 자기표현, 즉 자기광고를 통하여 적극적으로 메시지 기능이 발휘될 때 정점을 이루기 때문입니다.

고객이 오래 전의 TV사극 〈태조 왕건〉에 나오는 궁예처럼 관심법(觀心法)의 소유자였으면 좋겠다는 생각을 해봅니다. 굳이 내가 직접 말하지 않아도 나의 생각이나 심정을 알 수 있기 때문이죠. 이런 경우라면 나를 알리기 위해 꼭 필요한 자기광고 따위는 생각하지 않아도 될 성싶습니다.

그러나 고객은 관심법과는 정반대편에 서 있습니다. 오히려 무관심법의 소유자라고 부르는 것이 더 현실적인 표현일 듯합니다. 사람은 본래 '인지적 구두쇠'이기에 애써 다른 생각을 깊게 하는 것 자체를 싫어하니까요.

자기광고는 커뮤니케이션 모델을 통하여 체계적으로 전개할 수 있습니다. 고전적 모델이지만 간결하여 활용하기가 좋습니다. 바로 라스웰의 'SMCRE 모델'이 그것입니다. 센더(Sender)가 리시버(Receiver)에게 채널(Channel)을 통해 메시지(Message)를 보내고 그 반응(Effect)을 피드백한다는 개념인 것입니다.

개인 브랜딩의 핵심은 이러한 'SMCRE 모델'이 선순환이 될 수 있도록 관리하는 것입니다. 자기를 알리지 않고 가만히 있으면 백마 탄 왕자는 절대 오지 않습니다. 직접 이야기하는 대신 편지를 써서 배달부에게 전하기만 하면 '사랑의 배달사고'만 발생하고 남 좋은 일만 만들어 줍니다. 서둘러서 가장 먼저 해야 할 일은 바로 고객에게 자기의 메시지를 정확하게 전달하는 자기광고입니다.

이제는 웃으면 복이 온다는 '소문만복래(笑門萬福來)'보다는 스스로 자기광고를 해야만 복이 온다는 '광고만복래(廣告萬福來)'의 시대입니다.

당신을 알리는 자기PR광고의 원투펀치는 무엇인가요?

"뭐니 뭐니 해도 야구는 투수 놀음입니다. 단기전은 더더욱 그렇습니다. 특히, 팀의 간판인 '원투 펀치(1. 2 선발)'의 역할이 매우 중요합니다. 따라서 최강의 원투 펀치를 보유하고 있는 팀이 우승할 가능성이 매우 높다고 생각합니다."

야구 실황중계의 일부를 옮겨 왔습니다만 '원투 펀치'는 원래 복싱 용어입니다. 잽으로 선공을 한 뒤에 스트레이트로 이루어지는 콤비네이션을 말하는 것입니다. 가장 기본적이고 교과서적인 복싱 기술이지요. 요즘은 위의 예처럼 야구 용어로 더 익숙한 듯합니다. 야구에서는 한 팀에서 가장 믿음직한 제1 선발, 제2 선발투수를 묶어서 원투 펀치라고 합니다. 확실한 승리 공식인 셈입니다.

광고에도 원투 펀치가 있습니다. 바로 'What to say?'와 'How to say?'가 그것입니다. 광고는 이 두 가지의 역할이 가장 비중 있게 활용되는 분야입니다. 광고의 전부라고 해도 과언이 아닐 것입니다.

좋은 광고는 'what to say?'와 'how to say?'의 행복한 만남을 통해서 탄생합니다. 콘셉트만 있고 크리에이티브가 없다든지, 크리에이티브는 있는데, 콘셉트가 없는 광고는 실패한 광고라는 평을 받는 이유가 바로 양자의 행복한 만남이 없기 때문입니다.

어느 쪽이 원(one)이고, 어느 쪽이 투(Two)인가요?

저의 의견은 'What to say?'를 제1 선발로 기용하고, 'How to say?'를

제2 선발로 기용하는 것입니다. 'What to say?'는 말 그대로 무엇을 말할 것인가 하는 문제입니다. 우선 이 점을 명확히 해야 광고의 틀이 견고하게 만들어집니다. 광고의 골격에 해당하는 부분이고 나무로 치면 뿌리와 줄기에 해당합니다.

흔히들 '배가 산으로 간다.'는 말을 합니다. 중심이 없거나 목적이 없고 방향성도 없으며 리더가 없다는 경우를 빗대어서 말하는 것이지요. 광고가 산으로 가는 경우도 많이 있습니다. 전략이 없을 때입니다. 무엇을 말할 것인가의 메시지보다는 광고의 표현 등 광고의 접근 방법에 더 신경을 쓰는 경우에 그런 일이 많이 발생합니다. 10인(人) 10색(色)이 되기 때문입니다.

무엇을 전달할 것인가?

이 질문에 대답하기란 의외로 쉽지가 않습니다. 자랑하고 싶은 것이 너무 많기 때문이지요. 대답은 '선택과 집중'에 있습니다. 절제와 생략을 기본으로 디자인하는 일본식 정원의 대가 코이치 가나와 박사의 말을 되새겨 보면 좋은 참고가 될 듯합니다.

"핵심을 살리려면 덜 중요한 것들을 제거해야 한다. 디자이너들은 숨기고 감추는 것의 미학을 지켜야 한다. 모든 것을 보여주려고 하면, 결국 모든 것을 잃고 말기 때문이다."

천일야화의 〈알리바바와 40인의 도둑〉 이야기를 잠시 상기해보세요. 여기서 메시지는 '열려라 참깨!'입니다. '열려라 들깨!'가 아니지요. 비슷한 듯하지만 '하늘과 땅'만큼의 차이가 있습니다. 나오는 문을 열지 못해 죽지 않았던가요? 즉 'What to say?'를 제대로 전달하지 못했기 때문입니다.

여러분의 'What to say?'는 무엇인가요? 나를 무엇이라 말해서 나를 멋지게 브랜딩하고 광고할 것인가요? 좋은 나의 'What to say?'는 천 냥을 더 벌어들일 수도 있고 '열려라 참깨!' 같은 주문이 되어서 나의 매력을 새로운 세상에 알릴 수도 있습니다.

광고의 원투펀치에 있어서 'what to say?'가 뿌리라면 'How to say?'는 열매에 해당합니다. 'what to say?'가 논리(logic)의 영역이라면, 'How to say?'는 마술(magic)의 영역입니다. 소비자가 제품이나 브랜드를 구입하기 위해서는 마지막으로 돈 지갑을 열어야 합니다. 지갑을 열고서 "그래 한 번 지르자." 이러한 마음을 갖게끔 하는 것은 상대적으로 'How to say?', 즉 마술(magic)의 영역에 있습니다.

'How to say?'의 영역은 광대하고 창조성의 범위만큼이나 변화무쌍합니다. '어떻게 말할 것인가?' '어떻게 표현할 것인가?'를 분류하는 기준은 한강의 모래알만큼이나 많습니다. 당연히 정해진 기준도 없습니다. 무한대로 만들어질 수 있습니다. '문학은 용기다.'라는 말이 있는데 그 말은 'How to say?'라는 질문에 대한 대답에도 꼭 들어맞는 것 같습니다. 용기가 없으면 선택을 할 수 없으니까 말이지요.

저의 견해로는 '어떻게 말할 것인가?'의 으뜸은 '은유(Metaphor. 메타포)'라고 생각합니다. 여러분의 생각은 어떤지 궁금합니다.

아무튼 우리 각자도 'From logic to Magic.'의 원투 펀치로 무장해야 하겠습니다. 그것이 나 자신을 자기PR 광고의 대가(大家), 나아가서 소통의 대가로 만들 수 있으니까요.

방법7. 늘 '나'를 닦고 조이고 기름치자

나 자신을 반짝반짝 보랏빛이 나게끔 관리해야 합니다.
다이아몬드도 닦고 기름 치지 않으면 녹이 스는 법입니다.

진화론의 창시자인 찰스 다윈은 일찍이 이런 말을 남겼습니다.

"살아남는 것은 가장 강한 종(種)이나 가장 똑똑한 종들이 아니라, 변화에 가장 잘 적응하는 종들이다."

시장 환경은 하루가 다르게 급변하고 있습니다. 기술은 고도화되고, 경쟁은 더욱 치열해지고 있습니다. 이 와중에 소비자의 니즈(Needs)는 갈수록 까다롭게 변하고 있습니다. 그렇지만 브랜드는 이러한 변화에 적응해야만 합니다. 최후까지 살아남는 브랜드는 변화를 리드하는 브랜드뿐입니다.

기업에서는 '브랜드 진단'이라 하여 많은 비용을 들여서 브랜드를 점검하고 관리합니다. 브랜드를 활어(活魚)회처럼 싱싱하게 유지하기 위해서입니다. 그래야만 살아남을 수 있으니까요. 이것은 기업이나 브랜드의 냉엄한 생존 전략 중의 하나입니다.

Branding은 단어에 보이는 것처럼 꾸준한 관리의 의미가 담겨 있습니다. 바로 현재 진행형을 의미하는 '~Ing'가 그래서 더욱 주목을 받는 셈입니다. 이것은 일차적으로는 365일 꾸준히 고객을 사랑해야 한다는 의미입니다. 그런데 더 깊은 뜻은 이처럼 꾸준한 사랑을 가능하게 하려면 또한 365일 철저하게 고객사랑 브랜드로 관리되어야 한다는 의미이기도 합니다.

브랜드 진단은 브랜드 평가를 통하여 진행됩니다. 브랜드 평가는 브랜드 아이덴티티가 제대로 작동하고 있는지 들여다보는 것인데, 크게는 두 가지 방식이 있을 수 있습니다.

우선 브랜드의 가치를 돈으로 따져보는 것입니다. 이른바 브랜드 자산가치 평가 방식입니다. '(LG나 삼성, 구글, 애플의) 브랜드 자산가치가 얼마일까?' 하고 측정하는 식입니다.

다음은 브랜드 자산을 구성하는 구체적인 중요 요소를 평가하는 것입니다. 브랜드의 인지도, 이미지, 개성, 지각 품질을 비롯하여 브랜드와 소비자와의 관계수준을 알아봅니다. 브랜드의 건강성을 체크하는 것이니까 사람의 건강 검진과 같다고 이해할 수 있습니다. 이러한 전략적인 관리를 통하여 브랜드는 브랜드 세계의 이상형인 '러브마크 브랜드'로 변신하고 진화할 수 있습니다.

퍼스널 브랜딩도 다를 바 없습니다. 우리는 살면서 자신이 원하지 않아도 상대평가라는 홍역을 치르고 있습니다. 아마도 직장에서의 인사고과가 대표적인 평가일 것입니다. 실적 평가와 인성 평가가 병행되는데 리더의 위치에 있는 사람은 리더십 평가까지 받게 됩니다. 또한 사정이 생겨서 회사를 옮기려 할라치면 평판조회라는 강을 건너야 합니다. 평소에 철저히 자기관리를 하지 않으면 좋은 평가를 받기가 어렵습니다. 당연지사 좋은 퍼스널 브랜드도 될 수가 없습니다.

귀에 익은 말이지만 다시 한 번 밑줄을 쳐 봅니다.

'닦고 조이고 기름 치자.'

많은 분들이 아는 것처럼 군대 시절 병기 관리의 중요성을 강조하는 복창 구호입니다. 군복을 입었을 때는 지겹다는 느낌이 들었는데, 자기관리의 중요성을 촉구하는 브랜드 슬로건의 관점으로 보면 점수를 높게 주고 싶을 정도로 매력이 있는 문장입니다. 쉽고 리듬도 있고 메시지 전달력도 명확하기 때문입니다.

앞서가는 퍼스널 브랜드들은 스스로 냉정한 자가진단을 합니다. 자신의 퍼스널 브랜딩 요소들이 고객에게 어떻게 인식되고 있고 또한 어떻게 평가를 받고 있는지를 늘 파악합니다. 그리고 자신의 브랜드 아이덴티티가 북두칠성처럼 여전히 빛을 발하고 있는지를 점검합니다. 강점은 살리고 단점은 과감히 버립니다.

가칭 '자가진단 체크리스트'를 만들어서 구체적으로 '나'라는 브랜드를 점검해야 합니다.

-사람들은 나를 뭐라고 부르는가?

-나는 라이벌의 동향을 알고 있으며 차별화 노력을 하고 있는가?

-나는 고객의 Needs & Wants를 알고 있고 또 그것을 충족시키고 있는가?

-내가 현재 하는 일이 나의 비전과 연결되고 있는가?

-나는 사람들에게 나의 슬로건이나 키워드를 어떻게 표현하고 있는가?

-나에게는 사람들이 나를 기억할 수 있는 상징자산이 있는가? 반응은 어떠한가?

-나는 나 자신을 꾸준히 닦고 조이고 기름치고 있는가? 즉 자기관리를 잘하는가?

-'나'라는 브랜드는 지금 성장 및 진화의 변화를 일으키고 있는가?

하늘을 우러러 한 점 부끄럼 없게

영국의 그레고리 베이트슨(Gregory Bateson, 1904~1980)이라는 생태학자는 개구리 실험을 통하여 흥미로운 사실을 발견했습니다. 끓는 물 속에 개구리를 집어넣으면 개구리는 곧바로 뛰쳐나오지만 미지근한 물에 개구리를 넣고 서서히 가열하면 대부분의 개구리들이 죽을 때까지 뛰쳐나오지 않는다고 합니다. 상황적으로 보면 충분히 스스로 벗어날 수 있음에도 불구하고 뛰쳐나오지 못하고 죽어간다는 것입니다.

이러한 개구리 실험은 변화의 필요성을 강조하는 사례로 기업이나 경영자들이 많이 활용하고 있습니다. 국가, 기업, 사회의 각종 조직도 변화에 둔감하면 미지근한 물속에서 죽어가는 개구리 신세가 될 수도 있다는 교훈 때문입니다.

솔직히 말하면 저도 변화가 싫습니다. 익숙한 환경이 주는 편안함 때문이지요. 인지심리학에서는 말하고 있습니다.

"인간은 자기가 보고 싶은 것만 본다."
"인간은 보려 하는 것만 본다."

이 명제는 자기 변화의 어려움을 내포하고 있습니다. 변화의 소리에 귀 기울이라고 말하고 있습니다. 나만의 안테나를 세워서 변화를 감지하고 정보를 수집하고 이를 바탕으로 해서 더 좋은 변화를 도모하라고 촉구하고 있습니다. 변화에 적응하고 나아가 익숙한 것들과 결별하라는 주장으로도 들립니다.

그럼에도 불구하고 가장 좋은 방법은 자기 자신을 변화시키는 것입니다. 두려워하지 말고 당당히 맞서야 합니다. 여기서도 해결책은 철저한 준비뿐입니다. 어떤 변화를 마주하든 미리미리 준비를 시작해야 합니다. 적극적으로 내가 가장 유리한 환경이 되도록 만드는 것입니다.

이것은 꿈의 원칙과 같습니다. 꿈이 확고하면 어떤 환경이 바뀌어도 흔들리지 않는 법입니다. 가장 좋아하고 가장 잘하고 옳다고 생각하는 곳에 집중해야 합니다. 그곳에서는 스스로의 변화가 가능합니다. 변하지 말라고 해도 스스로 변할 테니까요.

스티브 잡스, 김연아, 박지성, 유재석 등 이른바 개인 브랜드들은 누가 시켜서 하는 사람들이 아니었습니다. 스스로 했습니다. 아니 오히려 주위에서 말렸습니다.

"저러다가 사람 잡는 것 아니야?"

주위에서 이런 걱정을 할 정도로 스스로 몰두하고 스스로 변화에 대처했습니다. 왜 일까요? 자신이 가장 좋아하고 잘하는 물에서 놀기 때문입니다. 이런 물에서는 생산성도 높아집니다. 역경을 두려워하지 않고 쉽게 좌절하지도 않습니다. 희망과 믿음으로 두 다리 두 팔을 장착하고 스스로 동기부여를 하여 자가발전이 가속화됩니다.

시장은 끊임없이 변합니다. 브랜드는 그 시장 환경에 적응해야 합니다. 환경을 이기는 브랜드는 곧 '굿 브랜드', '파워 브랜드'입니다. 브랜드도 건강검진을 받습니다. 멋진 말로 표현하자면 브랜드 위상 진단이지요. 브랜드 위상은 브랜드 인지도, 이미지, 품질 수준, 만족도, 충성도 등에 대한 현재의 상황을 말합니다. 브랜드 현재의 위상을 점검해야만 우리 브랜드가 어느 정도의 경쟁력이 있는지, 또는 무엇이 부족한지 알 수 있습니다.

개인 브랜딩에서도 브랜드 진단이 필요합니다. 직장에 다니는 사람들은 회사에서 매년 받고 있는 여러 가지의 평가가 나라는 브랜드에 대한 일종의 진단입니다. 그와는 별도로 개인 스스로를 하나의 브랜드로 가정하고 냉정한 진단 및 평가를 내리고 발전 방향을 모색해 보아야 합니다. 또 다른 방식의 자기관리 방안이 될 수 있습니다.

자가진단에는 책에 나오는 브랜드 에쿼티(Equity) 모델 등을 사용할 수도 있으나 우리에게는 신언서판(身言書判)의 기준이 더 친숙할 것 같습니다. 신언서판은 주지하는 것처럼 조선시대 우수 인재 선발 원칙이자 선비들이 갖추어야 할 덕목입니다. 신언서판은 디지털 시대인 오늘날 다시 각광을 받고 있습니다. 아날로그의 반격이 아닐 수 없습니다. 다시 말해 신언서판은 개인 브랜드, 즉 자기진단을 하는 데 효과적인 진단 툴이기도 합니다.

신(身).

외면의 건강함과 더불어 내면의 건강함을 동시에 갖추고 있는지 따져보자.

언(言).

언은 언행일치를 통하여 완성된다. 조리 있는 말솜씨와 더불어 행동요령도 조리가 있는지 체크해 보자.

서(書).

서는 글씨의 반듯함도 포함되지만 실제는 문장력을 말한다. 적자생존이라고 하지 않았는가? 글쓰기를 생활화하고 있는지 되돌아보자.

판(判).

판단력을 향상시키는 데는 독서를 으뜸으로 친다. 생활 속에 책과 독서가 어느 정도를 차지하고 있는지 짚어보자.

자기관리의 궁극의 단계는 '신독(愼獨)'입니다. 신독은 홀로 있을 때에도 도리에 어그러짐이 없도록 몸가짐을 바르게 하고 언행을 삼가는 것을 의미합니다. 당연히 신독의 단계에 이른 개인 브랜드는 영원불멸합니다.

안중근 의사의 '계신호기소부도(戒愼乎基所不賭)', 윤동주 시인의 '하늘을 우러러 한 점 부끄럼 없는', 몽테뉴(Montaigne, Michel De, 1533~1529)의 "혼자 있을 때에도 부끄럽지 않게 행동하는 것이야말로 최상의 생활이다."라는 말이 그 한 예입니다. 가까이에는 우리 주변의 많은 의인(義人)들이 이에 해당할 것입니다.

그렇다면 나 자신의 신독지수는 몇 점일까요?

정답은 우리 자신의 내면 깊숙한 곳에 자리 잡고 있겠지요.

제4권. 어떻게 이직할 것인가?

■ 시작하며

언제나 선택이란 둘 중의 하나

"또 한 번 옮겨볼까……?"

직장을 옮기는 일은 그 어느 일보다도 중차대한 일입니다. 친구 따라 강남 가는 시대는 끝났습니다. 이직(離職) 명분을 신중하게 따져봐야 합니다. 이제는 명분(名分) 따라 강남이든 어디든 가야 합니다. 지금 당신의 '이직 명분'은 무엇입니까?

우리는 살아가면서 수많은 선택을 합니다. 그래서 '언제나 선택이란 둘 중의 하나'라는 노랫말을 중얼거리게 되는데 이것 또한 선택의 중요성이 그만큼 크다는 방증이 아닐까요? 선택의 두 축은 명분과 실리입니다. 명분(名分)은 정당한 이유이고 실리(實利)는 실제적인 이득을 말합니다. 가장 이상적인 경우는 이 두 가지를 다 취하는 것입니다. 그러나 둘 중의 하나에 상대적인 무게를 두고 선택을 하는 경우가 대부분입니다.

이직의 명분과 실리는 '先명분, 後실리'의 카드가 전략적인 선택이라고 말씀드리고 싶습니다. 명분이 강하면 실리도 따라와서 좋은 결과로 이어집니다. 그렇지만 연봉, 승진 등 눈앞의 실리가 너무 앞서면 명분이 퇴색되어 또 다른 이직을 고민하는 경우가 많았습니다.

산업계의 방랑자

이직의 유형은 크게 두 가지입니다. 하나는 본인이 통제 불가능한 경우이고, 다른 하나는 자신이 통제 가능한 경우입니다. 통제 불가능한 경우는 회사가 망하거나 합병하거나 하는 천재지변 같은 상황입니다. 회사 차원이 아니더라도 사업부가 없어지는 등 현재 소속된 부서 자체가 증발되는 경우도 있습니다. 이 경우는 명분이 끼어들 틈이 없고 명분 운운하는 것 자체가 사치일 뿐입니다.

오늘 말씀 드리는 경우는 스스로 선택하는 이직의 경우에 해당합니다. 명분 없는 이직의 경우는 대개 '욱!' 하는 성질에서 비롯되는 경우가 많습니다. 이는 또 다른 이직의 반복으로 이어집니다. 충동구매만 나쁜 것이 아니라, 충동이직 역시 절대로 해서는 안 될 일입니다. 섣부른 이직의 결과는 '뻔할 뻔자'입니다.

현 직장에서 아무리 노력하더라도 기업문화나 직속 상사와의 관계에서 해결책이 보이지 않는다면 떠나는 게 좋습니다. 그러나 연봉에 눈이 멀고 사람들과 감정적인 마찰이나 잦은 야근 또는 업무 매너리즘 등으로 인한 피로감 때문에 충동적으로 회사를 옮긴다면 이직 성공률은 낮을 수밖에 없습니다.

명분 없는 이직은 예기치 못한 많은 재앙을 안겨줍니다. 얼마 되지 않아서 또 다른 직장의 문을 두드릴 가능성이 높습니다. 이는 경력관리의 둑을 무너트리는 구멍이 됩니다. 빨간 줄의 블랙리스트에 오르게 되어 불신의 아이콘으로 곤두박질하게 만듭니다. 또한 방향을 상실한 떠돌이로 전락할 가능성을 높이기도 합니다.

B의 별명은 '산업계의 방랑자'였습니다. 그가 그런 별명을 얻게 된 것은

다름 아닌 대의명분 없이 이 회사 저 회사로 옮겨 다니기를 반복했기 때문입니다. 그의 이직 명분은 상사와의 다툼이라는 공통점이 있었습니다. 싸우고 옮기고, 옮기고 싸우기를 반복했던 셈입니다. 그 바람에 무궁무진했던 그의 능력을 십분 발휘하지 못했습니다. 명분 없는 이직이라는 빗나간 화살을 함부로 쏘아서는 안 되는 이유입니다.

'이직도 경쟁력'

이직을 고려하기에 앞서 스스로에게 '내가 왜 이직을 해야 하는가?' 하는 질문을 던지고 스스로 답을 찾아야 합니다.

"흐르는 물에는 이끼가 끼지 않습니다. 변화와 도전을 통하여 성장하고 싶습니다."

표면적으로는 훌륭한 이직 명분으로 보일지도 모릅니다. 그렇지만 더 중요한 것은 자신의 마음속에 있습니다. 진정으로 마음속의 거울에 이직의 명분을 비춰봐야 합니다. 그래야만 진정으로 자신을 한 단계 더 성장시키는 이직을 할 수 있습니다.

떠나야 할 때를 아는 것이 중요하다고 했습니다. 요즈음은 '이직도 경쟁력'이라는 말을 합니다. 그렇지만 모든 이직이 곧 경쟁력은 아닙니다. 이직의 경쟁력은 뚜렷한 명분이 함께 할 때 생겨납니다. 매사에 충동성이 강했던 당신이라면 이참에 '충동'을 지워버리고 '명분'이라는 단어를 꿰차서 '명분의 전사'로 거듭나기를 기대해봅니다.

제1장. 헤드헌터

멋진 신세계

우리에게 멋진 신세계는 어떤 곳일까요? 아마도 올더스 헉슬리의 〈멋진 신세계〉에서 그리고 있는 그러한 신세계는 아닐 것입니다. 당신이 찾고 있는 신세계는 더 좋은 회사, 더 많은 연봉, 더 높은 직급이 보장되는 그러한 곳이 아니던가요?

그런데 현실적으로 그러한 조건을 모두 갖춘 회사가 몇 곳이나 있을까요? 제가 경험한 바에 의하면 여러분의 신세계는 지금 여러분이 몸담고 있는 바로 이곳입니다. 현재의 직장에서 최선을 다하는 것이 신세계를 경험할 수 있는 가장 현실적인 방법입니다.

그러나 세상일은 한 치 앞을 알 수 없습니다. 아무리 지금 직장을 신세계라 생각한다고 해도 회사를 옮기고 싶거나 어쩔 수 없이 옮겨야 하는 일이 생기게 마련입니다. 그러한 경우가 생기면 새로운 일자리를 찾는 이른바 구직(求職) 탐험을 시작해야 합니다.

그런데 아직도 많은 사람들이 구직 탐험을 혼자서 외롭게 하는 경우가 많습니다. 당신의 경우는 어떠한지요? 조금만 신경을 써서 주위를 돌아보세요. 당신을 도와줄 또 다른 멋진 세계가 있습니다. 바로 헤드헌팅의 세계입니다.

헤드헌팅의 세계

헤드헌팅 회사의 핵심 3요소는 고객사, 후보자, 헤드헌터입니다.

1. 고객사.

모든 비즈니스가 그렇듯이 고객사(클라이언트)는 헤드헌팅 회사의 존재 이유입니다. 고객사는 헤드헌팅 회사에 일감을 제공하는 회사입니다. 따라서 헤드헌팅 회사는 우량 클라이언트를 고객으로 확보하는 것이 비즈니스의 핵심이 됩니다.

고객사는 '일할 사람'이 필요할 때 헤드헌팅 회사에 좋은 인재를 추천해 달라는 일을 의뢰합니다. 업계에서는 이를 포지션(Position)이란 용어로 지칭하고 있습니다. 고객사에서 충원이 필요한 포지션이 발생하면 그 포지션에 대한 JD(Job Description, 업무기술서)를 작성하여 이것을 헤드헌팅 회사로 전달합니다. 공식적으로 비즈니스가 시작되는 순간입니다.

JD는 해당 포지션에 대한 세부내용을 담습니다. 일에 대한 정의와 함께 그 일에 필요한 사람의 자격 요건을 기술합니다. 나이, 성별, 전공, 학력 수준, 해당업무 경력 수준, 필요 능력, 해당업무에 대한 소개 등등

2. 후보자.

'후보자'라 함은 고객사가 의뢰한 포지션에 대하여 헤드헌터가 추천하는 후보자 군(群)을 말합니다. 객관적으로 보면 이직이나 구직을 원하는 모든 사람들이 여기에 해당한다고 볼 수 있습니다. 통상 고객사에서 충원을 예정하는 인원의 3배수 이상의 인원을 선별하여 최종 후보자로 추천합니다.

후보자는 누가 어떻게 찾을까요?

고객사로부터 포지션 의뢰가 들어오면 헤드헌팅 회사는 그야말로 전투

모드에 돌입하게 됩니다. 최적의 후보자를 찾기 위해 총력을 기울여야 하기 때문입니다.

후보자를 찾는 방법은 크게 세 가지입니다.

하나, 온라인상의 인재 DB를 검색한다.
둘, 헤드헌팅 회사가 자체로 보유하고 있는 인재 DB를 검색한다.
셋, 헤드헌터의 개인적인 네트워크를 통해서 찾는다.

이상의 세 가지 방법 모두 자유자재로 구사할 수 있는 경우라야 좋은 후보자를 찾게 될 것 입니다. 후보자 입장에서는 이들에게 검색을 당해야 이직의 기회를 얻을 수 있습니다.

3. 헤드헌터.

헤드헌터는 고객사와 후보자를 연결하는 역할을 합니다. 고객사의 핵심 니즈(needs)와 원츠(wants)를 파악합니다. 그리고 그 조건에 부응하는 최적의 후보자를 추천하고 최종 합격에 이르도록 지원합니다. 헤드헌터는 과거에는 중매쟁이라고 불리기도 했지만 이제는 인재 코디네이셔너라고 불리는 HR 전문가입니다.

헤드헌터의 자격은 크게 3가지로 요약할 수 있습니다. 만일 여러분이 이직해야 할 시점에 있다면 이점을 꼼꼼히 잘 살펴보고 당신에게 꼭 맞는 헤드헌터를 찾아야 합니다.

하나, 전문성.
헤드헌팅 회사는 회사별로 특화된 전문 분야를 가지고 있는데 그 회사에 소속된 헤드헌터 역시 마찬가지입니다. 금융 분야, 미디어. 광고 분야,

IT 및 ITC 분야, 의료. 제약 분야 등등. 고객회사의 포지션을 이해하고 제대로 알아야만 적합한 후보자를 선별하고 추천할 수 있습니다. 그 핵심은 해당 업종에 대한 전문성에 달려 있습니다.

둘, 정직성.
중매가 깨지는 가장 큰 이유는 신뢰의 상실입니다.
"그 중매 파토가 났어요."
신뢰의 상실은 거짓, 허위, 과장 등에서 비롯됩니다. 헤드헌터도 마찬가지입니다. 일부 헤드헌터들이 연봉, 근무 환경, 직급 등에 대하여 지나치게 희망을 부풀리는 경우가 있는데 그래서는 안 됩니다. 그러한 경우는 말 그대로 희망고문일 뿐입니다. 성과에만 집착하면 소탐대실하는 나쁜 결과를 낳을 가능성이 높습니다.

셋, 고객 지향성.
헤드헌터에게는 고객사와 후보자 모두가 고객입니다. 헤드헌터의 수익 발생은 추천한 후보자가 고객회사에 최종 합격할 때 이루어집니다. 고객회사에게는 꼭 필요한 인재를 연결해주어야 하고 후보자에게는 후보자를 대신해서 경력을 관리한다는 마음으로 대해야 합니다. 고객은 또 하나의 가족입니다. 고객 지향성은 이와 같은 소명의식과 중장기적인 관점을 가져야 발휘될 수 있습니다.

"험한 이직의 다리가 되어"

그렇다면 헤드헌터를 활용하면 구체적으로 무엇이 좋을까요?

하나, 지름길.

오늘날 헤드헌터는 이직 시장의 최전방에서 일하고 있는 '토털 리쿠르트 컨설턴트'입니다. 체계적인 고강도의 훈련을 받고 해당 업종에 대한 높은 이해도와 전문 지식을 갖는 것은 필수입니다. 물론 자부심도 높습니다. 좋은 헤드헌터를 만나면 성공적인 이직으로 가는 지름길을 선택한 것과 같다고 할 수 있습니다.

둘, 동반자.

헤드헌터와 함께 하는 경우는 당신의 대리인, 대변인을 두는 것과 같은 격입니다. 자신의 의견을 편히 말할 수 있고 또한 고객회사에 대한 정보를 요청할 수도 있습니다. 헤드헌터는 최대한 성의를 다해서 도와줄 것입니다.

헤드헌터의 본질은 '매치 메이커'입니다. 기업이나 이직하고자 하는 사람 모두가 자신의 고객이기에 자신의 일처럼 하지 않으면 이익을 만들어 내지 못합니다. 여러분이 헤드헌터를 만나지 못할 이유는 하나도 없습니다.

셋, 경제성.

헤드헌터를 만나면 수고 대비 얻는 것이 많습니다. 요즈음 말로 가성비가 높습니다. 헤드헌터를 만나는 데 드는 수고라고는 이력서 한 장 쓰는 일입니다. 이력서 한 장으로 이 많은 이점을 제공하는 헤드헌터를 만난다는 것은 어쩌면 행운일지도 모릅니다. 당신의 성공적인 이직을 기원합니다.

제2장. 자기소개서

백종원처럼 생각하라.

자기소개서를 검토하는 사람들에게 가장 짜증나고 지루한 존재가 바로 '자기소개서'라고 합니다. 제 경험에 비추어 보아도 그렇습니다. 어떤 이는 권태 수준의 갑갑함이라며 한숨을 넘어 짜증을 내곤 했습니다. 무엇이 이들을 우울하게 만든 것일까요? 하나만을 콕 집어서 말해 보라면 자기소개서의 면면이 재미가 없기 때문입니다.

자기소개서의 내용이 고만고만하다면 마치 똑같은 제복을 입고 행진하는 패션쇼를 구경하는 느낌이 아닐까요? 저마다의 톡톡 튀는 개성이 없다는 지적이지요. 어떻게 해야 할까요? 자기소개서는 본질적으로 상대평가의 속성을 담고 있습니다. 그렇기 때문에 남과 다르게 작성해야 하는 것이 기본 중의 기본입니다. 그렇다면 좋은 자기소개서는 어떤 특징을 담아야 하는 것일까요? 이른바 헤드헌팅 시장에서 잘 통하는 자기소개서에서는 그만의 공통점이 있었습니다.

첫 번째는 역지사지입니다.

자기소개서는 내 입장도 중요하지만 더욱 중요한 것은 자기소개서를 검토하는 사람의 입장에서 작성해야 한다는 사실입니다. 예전에 골목식당이라는 TV 프로그램을 자주 보았는데 그 프로그램이 주목받는 점은 여러 가지가 있을 것입니다. 그런데 그 중에서도 제가 으뜸으로 꼽는 요인은 바로 백종원이라는 출연자입니다. 그의 공감을 이끌어내는 컨설팅 기술 때문입니다. 그는 철저하게 고객의 시각이나 입장을 바탕으로 하여 조언을 하고 있었습니다.

자기소개서 작성도 입장을 바꾸어서 훈수를 두듯이 해보면 큰 효과를 볼 수 있을 듯합니다. 제3자의 입장에서 보면 여유롭게 볼 수 있기 때문에 의외로 '신의 한 수'를 발견할 수도 있는 것입니다. 이는 마치 바둑이나 장기에서 훈수를 두는 경우와 비슷하기에 문제점을 더 잘 볼 수 있게 됩니다.

자기소개서도 마찬가지입니다. 안의 시각이 아닌 밖의 시각으로 작성해야 합니다. 내가 밤을 새워서 애써 작성한 자기소개서는 생면부지(生面不知)의 남이 보기 때문입니다. 첫눈에 그들의 마음에 쏙 들게 하려면 그들의 마음속으로 쏙 들어가 봐야 한다는 사실은 어쩌면 당연히 치러야 할 의식 같은 것일 수도 있습니다.

두 번째는 면접 리허설을 한다고 생각하며 작성해야 합니다.

리허설은 연극, 음악, 방송 등에서 공연을 앞두고 하는 연습을 말합니다. 예행연습, 가상훈련입니다. 리허설을 하는 이유는 분명합니다. 완벽한 공연을 보여주기 위해서입니다. 취업을 하고자 하는 사람들에게는 면접도 일종의 더없이 중요한 공연입니다.

면접 상황을 가정한다는 것은 자기소개서가 더욱더 리얼하게 작성되어야 한다는 뜻입니다. 결과적으로 더 뾰족하고 현장감 있는 자기소개서가 만들어질 수 있습니다. 그렇기 때문에 면접하듯이 자기소개서를 쓰면 1차 관문인 서류전형의 벽을 넘는 것은 물론 본 관문인 대면 면접에서도 자신감을 가질 수 있게 됩니다.

내 앞에 바로 면접관이 있다고 가정하고 자기소개서를 작성하면 암묵적으로 자문자답 식의 문장이 될 가능성이 높습니다. 면접에서 예상 질문에 답변하는 형식이기 때문에 살아있는 말을 사용하게 되고 따라서 설득력도 높아집니다. 이는 또한 자신의 어필 포인트가 날카로워질 수 있다는 의미이기도 합니다. 결과적으로 인터렉티브. 즉 상호교감의 강도가 높아지기에 좋은 자기소개서가 되는 데 도움을 줄 수 있습니다.

실전 면접을 염두에 두고 자기소개서를 작성할 경우 문어체와 구어체가 절묘하게 균형을 맞출 가능성이 높습니다. 말하듯이 쓰는 구어체는 의미의 전달성도 높고 말의 군더더기 없이 자기소개서를 쓸 확률이 높습니다. 결론적으로 문장이 간결하게 정리될 수 있겠지요.

세 번째는 구체화입니다.

구체화의 방법 중 하나는 구조화입니다. 자기소개서의 내용을 구조화된 틀 속에 담아 정리하는 방법입니다. 가장 쉬우면서도 효과적인 구조화 방법은 이니셜을 활용하는 것입니다. 즉 자기소개서의 첫 자에 의미를 부여하여 하나의 커다란 의미 덩어리를 만드는 경우입니다. 예를 들면 다음과 같은 형식이 될 수도 있겠습니다.

자기소개서(自己紹介書)

자(自).

자기소개서의 자는 자존(自尊)입니다. 이는 자기 존중의 근거를 드러내는 일입니다. 보석 같은 나를 선택하지 않으면 상대방이 손해를 볼 것이라는 인식이 들도록 나만의 차별적인 실체나 가치를 담는 것입니다. 이것은 또한 콘셉트로 구체화되어 표현되어야 합니다. 콘셉트는 자기존중과 자기존재를 응축한 것입니다. 이는 자기의 핵심 메시지입니다. 기업이나 브랜드라고 치면 광고의 키 메시지에 해당합니다. 당신을 한 마디로 나타내주는 메시지는 무엇입니까? 반드시 이것을 준비해야 합니다.

기(己).

자기소개서의 기는 기적(奇跡)입니다. 박항서 베트남 축구 감독이 좋은 사례가 될 수 있을 듯합니다. 박항서의 기적은 그의 비전에서 나왔습니다. 그는 베트남 감독 면접 현장에서 남과는 다른 자신의 비전을 이야기했다고 합니다.

"키가 작은 베트남 선수들의 어려움을 잘 안다. 내가 키가 작기 때문이다. 우리만의 맞춤 축구를 할 수 있다,"

자기소개서에는 나의 비전과 회사의 비전이 딱 맞기에 우리는 기적을 일으킬 수 있음을 어필해야 합니다. 우리는 찰떡궁합이고 운명적인 만남이라는 사실을 어필해야 합니다.

소(紹).

자기소개서의 소는 소통입니다. 나 자신이 소통의 대가임을 역설하는 것입니다. 소통의 대상은 크게 두 가지입니다. 내부 고객이 하나이고 외부 고객이 또 다른 하나입니다. 내부 고객은 회사 동료이고 외부 고객은 소비자입니다. 내·외부 고객을 아우르는 소통 능력은 회사가 그렇게 찾고 싶어 하는 주인공으로 당신을 더욱 빛나게 해줄 것입니다.

개(介).

자기소개서의 개는 개혁(改革)입니다. 개혁은 새로움입니다. 나 자신이 개혁의 주체이고 따라서 늘 옹달샘 같은 신선함을 제공할 수 있음을 전달해야 합니다. 새로움은 탐험, 도전에서 얻을 수 있습니다. '백문이 불여일견'이고, '백견이 불여일행'이라고 했습니다. 새로움은 ing 의 노력, 즉 쉬지 않고 계속될 때 더욱 강력해집니다. 당신의 실천 사례와 의지를 분명히 전달하기 바랍니다.

서(書).

자기소개서의 서는 서신(書信), 즉 편지입니다. 편지는 가장 인터렉티브(Interactive)한 글쓰기이고 진정성이 잘 교환될 수 있는 글쓰기입니다. 편지는 상대방을 연구하는 글쓰기입니다.

응시하는 회사에 대한 연구가 필수적입니다. 어설프게 알아서 오히려 모르는 것보다 못한 그런 작은 앎이 되어서는 안 됩니다. 편지는 또한 나에 대한 글쓰기입니다. 나의 모든 것을 가장 진실하게 전달하는 글쓰기입니다. 편지는 너와 나, 즉 우리에 대한 글쓰기입니다. 당신의 자기소개서를 상대방에게 편지를 쓰듯이 정리해보십시오. 훨씬 설득력이 높아지지 않을까요?

"그래서, 뭐?"

예전에 직장생활을 할 때 선배가 자주 던지던 질문이었습니다. 선배는 이 질문이야말로 핵심에 다가갈 수 있는 지름길이라며 어깨를 으쓱하곤 했습니다. 자기소개서도 마찬가지입니다.

"그래서, 당신은 누구요?"

자기소개서는 이런 핵심을 묻는 질문에 자신의 정체성을 막힘없이 써 내려 가는 일인 것입니다. 당신만의 자기소개서를 작성하는 데 유익한 참고가 되었으면 좋겠습니다.

제3장. 지원 동기

상기하자, 'Golden Circle'

그분은 어떤 일이든지 6하 원칙(누가, 언제, 어디에서, 무엇을, 어떻게, 왜)으로 보고하라고 다그쳤습니다. 물론 본인도 6하 원칙으로 질문하기를 즐겨했습니다. 그것이 마치 대단한 노하우(Know-how)인 양 위엄을 더하면서 말입니다. 그러면서 더욱 더 중요한 점은 6하 원칙 중에서도 핵심 요소를 특히 잘 알아야 한다고 강조하곤 했습니다.

핵심 요소는 why(왜), how(어떻게), what(무엇을)이고, 그 셋 중에서도 1순위는 'Why'라고 강조했습니다. 평소 그분은 의리의 형님 같은 정서적인 이미지를 강하게 갖고 있었는데 그 이야기를 듣고 나니 그분 옆에 어떤 전문성의 기운이 아지랑이처럼 피어올랐던 기억이 새롭습니다. 그분은 예전에 함께 근무했던 직장 상사 Lee입니다.

사이먼 시넥(simon sinek). 그는 미국에서 가장 영향력 있는 인플루언서(Influencer) 중의 한 사람입니다. 그런 그가 특히 주목을 받게 된 계기가 있었는데, why, how, what의 중요성을 논한 'Golden Circle' 이론이 바로 그것입니다.

그 이론의 요지는 이렇습니다. 대부분의 사람들이 문제의 접근을 what-how-why의 순으로 하는데 반해서 세상을 바꾸는 기업이나 사람은 why-how-what의 순으로 접근한다는 주장이었습니다. 결론은 세 가지 요소 중에서도 why(왜?)가 핵심이라는 것입니다.

이러한 그의 주장은 여전히 인기 있는 그의 TED(Technology, Entertainment, Design) 강연 동영상과 베스트셀러가 된 그의 책을 통하여 그 설득력이 입증되고 있습니다.

왜, 당신은 이 회사를 선택했는가?

Why의 가치는 제가 일했던 헤드헌팅 직(職), 그리고 제가 연구하고 있는 주제인 퍼스널브랜딩에서도 그 유용성이 매우 높았습니다. 저는 고객 회사에 꼭 필요한 인재를 추천하기 위해서 후보자에 대한 사전 인터뷰를 필수 업무 프로세스로 삼았습니다. 여기에서 면접의 관전 포인트도 '3Why'를 핵심으로 삼았는데 세부 내용은 다음과 같습니다.

하나, 이직 사유 (왜, 당신은 현재의 회사를 떠나려고 하는가?)
둘, 지원 동기 (왜, 당신은 이 회사를 선택했는가?)
셋, 선택 이유 (왜, 우리는 당신을 뽑아야만 하는가?)

이 세 가지 가운데서도 으뜸은 바로 '지원 동기'입니다. 지원 동기를 분명하게 이야기하는 후보자는 합격 가능성이 높습니다. 그리고 새 회사에 연착륙하여 생활도 잘해나갑니다. 물론 그렇지 않은 후보자의 경우는 정반대의 현상이 나타납니다.

지원 동기가 불분명한 후보자는 설령 합격을 했다 하더라도 얼마 지나지 않아 경쟁사로 도망가기 일쑤였습니다. 열 길 물속보다 한 길 사람 속마음을 알기 어렵다는 말도 있지만 그럼에도 그 마음을 읽어내는 최상의 방법은 '왜?'인 것 같습니다.

그렇다면 3Why 중의 으뜸인 '지원 동기'는 구체적으로 어떻게 구성해야 할까요? 결론적으로 누이 좋고 매부 좋은 '시너지 창출'이 지원 동기 구성의 핵심입니다. 기억에 남는 좋은 광고에서 그 답을 구할 수도 있을 듯합니다.

"같이의 가치"라는 어느 금융회사의 기업 이미지 광고 카피가 그것입니다. "같이의 가치" 는 기업이(나) 고객과(너) 함께 '동행'(우리)을 한다는 의미를 전달하고 있습니다.

이직을 원하는 회사에 대한 지원 동기도 마찬가지입니다. 즉 '너와 나, 그래서 우리'라는 맥락이 잘 전달되도록 정리해야 합니다. 이는 곧 자신과 회사가 함께 발전할 수 있음을 선명하게 부각하는 메시지입니다.

1. 나의 가치.

이성적인 측면과 정서적 측면을 함께 감싸서 부각하는 것이 효과적입니다. 우선 이성적 측면의 가치는 기능적 역량의 부각에 의하여 꽃피워질 수 있습니다. 나의 전문성, 노하우, 경력, 경험, 기술, 지식 등이 여기에 해당됩니다.

이러한 이성적 가치는 감성적 가치와의 접목을 통해 지원 동기의 설득력을 한층 더 높일 수 있습니다. 기능적 역량을 바탕으로 그 위에 나의 솔직한 마음을 반영한 스토리텔링(Storytelling)이 가미된다면 모범답안에 가장 근접한 지원 동기가 될 수 있지 않을까요?

2. 너의 가치.

여기서의 '너'는 입사를 원하는 바로 그 회사입니다. 따라서 회사의 가치를 한껏 고양시키는 것이 절대적으로 필요합니다. 그 회사의 기업문화, 핵심 경쟁력, 성장 가능성, 인재상 등이 나의 선택을 이곳으로 이끌었노라고 밝히는 것입니다.

나의 발전이 곧 회사의 발전이고 그것을 이룰 수 있는 곳이 바로 이곳임을 담아야 합니다. 그리고 자신과 회사는 찰떡궁합의 운명공동체임을 강조하는 내용으로 마무리하는 식입니다.

3. 우리의 가치.

지원 동기의 핵심은 '왜 그 많고 많은 회사 중에 우리 회사인가?'라는 질문에 답하는 내용이라야 합니다. 지원의 동기는 일종의 프러포즈입니다. 감동의 프러포즈에 담긴 공통점은 희망을 담고 있다는 사실입니다.

마찬가지로 지원 동기에도 우리가 함께라면 그 어떤 목표도 만들어낼 수 있다는 희망을 담아야 합니다. 나와 회사가 서로에게 행복을 줄 수 있는 소중한 인연임을 부각해야 합니다.

카운터 오퍼를 더욱 조심하라.

'첫 단추를 잘못 끼우다.'라는 말이 있습니다. '왜 이 회사인가?'에 대한 명확한 답이 없으면, 다시 말해 지원 동기가 뚜렷하지 않으면 여러 가지가 뒤틀어질 수 있습니다. 새로운 일을 시작하는 당신은 물론이고 당신을 도왔던 많은 사람들의 단추를 잘못 꿰게 할 수도 있습니다.

카운터 오퍼(Counter offer. 반대오퍼)가 그 역할을 할 수 있습니다. 카운터 오퍼란 이직을 결심하고 현재 직장에 이를 통보할 경우 회사가 당사자를 놓치지 않고 더 붙들어 두기 위해서 무언가 대안을 제시하는 경우를 말합니다.

카운터 오퍼 내용 중에서 가장 핵심 내용은 연봉 인상 등의 금전적인 보상에 관한 제안입니다. 일부의 사람들은 카운터 오퍼를 받아보는 것이 소원이라고 말하기도 합니다. 그러나 좀 더 긴 안목으로 보면 카운터 오퍼는 받지 않을수록 유리합니다.

한 번 들킨 속마음은 그 가치를 다시 되돌려 놓기가 어려운 법입니다. 배신자의 낙인이 찍히게 되니까요. 현실에서는 오히려 카운터 오퍼가 아닌 카운터 펀치(Counter punch)를 맞는 경우가 되어 이직의 KO패를 당하는 일이 비일비재합니다.

Why에 근거한 명확한 지원 동기는 첫 단추를 정확하게 꿸 수 있도록 하는 역할을 합니다. 명확하고 설득력 있는 지원 동기를 갖는다는 것은 개인 브랜드의 매력을 높이는 일이기도 합니다. 그러기에 스스로 냉정하게 이직의 명분을 검증해야 합니다.

일단 붙고 보자는 제멋대로의 계산으로 그냥 둘러대면 안 됩니다. 그럴 거면 아예 지원을 하지 않는 편이 오히려 낫습니다. 곧 민낯이 드러나기 때문입니다. 이직을 꿈꾸는 당신이라면 그 무엇보다도 회사에 대한 지원 동기가 분명한지 반드시 점검해보아야 합니다.

제4장. 면접(interview)

'면접의 신(神)'이 면접에서 낙방하다.

그는 만 55세에 만학의 꿈을 실현하기 위해 야간 대학원에 도전했습니다. 입시 전형은 면접 한 번에 당락이 결정되는 면접 전형뿐이었습니다. 물론 그는 합격을 자신했습니다. 그도 그럴 것이 그가 선택한 학과는 30여 년이 넘는 그의 직장 경력과 연관되기 때문이었습니다. 게다가 그는 평소에 주위 사람들로부터 '면접의 신(神)'이라는 명성으로 주목을 받던 인물이기도 했습니다. 그러나 결과는 낙방이었습니다. 면접 결과의 예측불허에 대하여 씁쓸해하던 그의 모습이 아직도 눈앞에 선합니다.

면접은 헤드헌팅 업계에서 일했던 저 같은 사람에게는 남의 일이 아닙니다. 주로 경력 사원의 이직을 연결해주는 헤드헌팅 업무는 고객회사로부터 인력 추천 요청이 오면 후보자 탐색, 후보자 추천, 서류 전형, 면접 전형, 평판조회 확인, 최종합격 등과 같은 프로세스로 일을 진행하게 됩니다.

이 가운데에서 면접은 후보자의 당락을 결정하는 실질적인 마지막 관문입니다. 헤드헌터는 후보자가 최종 합격에 이를 수 있도록 최선의 서비스를 제공해주어야 합니다. 다시 말해 최고 수준의 족집게 면접 도우미의 역할을 해야만 한다는 말입니다.

면접은 합격의 문을 통과하기 위한 최종 허들과 마찬가지이고, 글쓰기에 적용한다면 마침표에 해당하는 단계입니다. 마침표가 찍혀야 하나의 문장이 완성되고 나아가 한 편의 글이 마무리되는 것처럼 말입니다.

면접은 또한 스포츠에 비유하기도 합니다. 야구에서의 세이브, 골프로 치면 퍼팅과 같이 게임의 승패를 최종적으로 결정짓는 승부수에 해당합니다. 입사라는 게임에 있어서 탈락과 합격을 결정짓는 마지막 승부수가 작동하는 순간이 바로 면접입니다.

좋은 면접 전략이란 무엇인가요?

딱히 정답은 없습니다. 면접 상황이 제각각으로 다르기 때문입니다. 그런데 헤드헌터 경험이 그 어떤 이론서보다 더욱 더 유용한 조언을 드릴 수 있다고 생각합니다. 면접은 헤드헌터에게는 기쁨과 안타까움이 교차하는 매일매일의 의식(ritual) 같은 과정이기 때문입니다.

3C 삼형제.

전략적인 면접은 다음과 같은 3C 삼형제를 동반함으로써 가능해집니다.

- Confidence(자신감)
- Concept(핵심 개념)
- Communication(소통)

1. Confidence(자신감).

자신감은 면접에서뿐만 아니라 우리가 살아가는 데 있어서 지녀야 할 가장 중요한 항목입니다. 자신감은 마음먹기도 중요하지만 보다 실질적인 자신감은 철저한 준비에서 생겨납니다. 준비에 실패하는 것은 곧 실패를 준비하는 것과 다름없습니다.

자신감은 리허설을 통하여 자신의 몸에 착 달라붙게 됩니다. 이러한 단계가 되어야 마음먹은 대로 몸과 생각이 하나가 되고 눈과 혀가 같이 움직이는 것입니다. 자신감이 충만하면 순발력이 생겨납니다. 또한 위기 대응능력과 함께 융통성이 발휘됩니다. 창조적인 애드리브 (ad-lib)는 철저한 준비와 실전을 방불케 하는 리허설을 통한 자신감의 드러남입니다.

2. Concept(핵심 개념).

콘셉트는 당신의 DNA입니다. 당신만의 차별적인 핵심 가치입니다. 당신의 존재 이유이고 면접하는 사람이 당신을 선택해야 할 기준이자 당신이 양보할 수 없는 단 하나의 최후 진술입니다. 그리고 다음과 같은 면접인의 질문에 대한 당신의 대답이기도 합니다.

"당신은 누구예요?"
"우리 회사는 왜 당신을 선택해야 합니까?"

콘셉트는 결론에 해당합니다. 여러 가지를 집어넣은 깔때기에서 최종적으로 빠져 나오는 그 무엇에 해당하는 내용입니다. 콘셉트의 핵심은 차별화입니다. 남다름입니다. 곧 자기다움입니다. 콘셉트는 나를 지탱해주는 큰 나무입니다. 나를 인도해주는 등대이자 북극성입니다.

만일 이것을 준비해가지 못한다면 인터뷰에 임할 이유가 없다고 할 수도 있습니다. 콘셉트는 나 혼자만의 독불장군이 되면 안 됩니다. 면접에 응하는 회사와 부합되어야 합니다. 관련성이 있어서 서로가 윈윈(Win-Win)하는 관계가 되어야 합니다.

3. Communication(소통).

면접도 핵심적인 본질은 바로 소통능력입니다. 면접은 처음 만나는 상대방에게 자신의 가치를 증명해 보이는 자리입니다. 소통이 잘 이루어지지 않으면 면접의 실패는 불을 보듯이 빤한 일입니다.

소통의 첫 단계는 상대방을 아는 것입니다. 너무나 익숙한 '지피지기(知彼知己) 백전백승', '역지사지(易地思之)' 등 좋은 소통을 인도하는 말들을 곱씹는 일은 지루할 정도로 계속되어도 무방합니다. 면접인, 예상 질문, 지원한 회사에 대한 정보 등 모든 관련 정보를 철저하게 분석해서 면접에 임해야 합니다.

제5장. 키워드(Keyword)

꿈속의 인연

K형, 우리 사이가 보통 인연은 아닌가 봅니다. 어젯밤 꿈속에 당신이 나타나서 반가웠습니다. 그런데 오늘 아침 이렇게 당신으로부터 전화가 걸려왔지 뭡니까. 통상적으로 꿈속에도 등장하는 그런 사이라면 대단한 인연이라고 할 수 있겠지요. 그럼에도 불구하고 오랜 시간 연락도 하지 않고 무관심하게 지낸 것 같아 마음 한 편에 죄송함이 가득합니다.

이직(移職)을 검토하고 있다고요?

그날 약 한 시간 동안 나눈 이야기와 보내주신 당신의 이력서를 바탕으로 저의 의견을 드려봅니다. 개인적인 관계를 떠나 사무적인 입장에서 드릴 수 있는 의견이라는 점을 양해 바랍니다. 때문에 다소 듣기에 서운한 말이나 표현이 포함되어 있을 것입니다. 이러한 점은 좋은 약은 입에 쓰다는 고언(苦言)으로 되새겨 주었으면 고맙겠습니다.

선택과 집중

보내주신 이력서의 마지막 장을 덮고 나서 당신의 경력을 관통하는 특징이 무엇인가를 생각해보았습니다. 결론은 '다양성'이었습니다. 25년 동안 8개 회사에서 일했고 담당했던 업무도 비서업무부터 조사, 홍보, 마케팅, 비영리단체의 총괄업무까지 스펙트럼이 매우 넓었습니다.

당신과 같은 다양성이 돋보이는 세칭 팔방미인형의 경력은 얼핏 보면 화려해서 좋아 보이기도 합니다. 그러나 핵심 주특기가 보이지 않는다는 약점도 함께 가지고 있기에 좋은 평가를 받지 못하는 경우가 또한 사실이기도 합니다.

이러한 유형은 자신이 내세우는 경력의 주안점과 객관적으로 인정하는 경력의 평가기준에서 큰 차이가 발생합니다. 당신의 경우도 예외가 아닙니다. 당신은 비영리단체에서의 근무기간이 경력의 절반에 해당함에도 불구하고 자신의 주요 경력을 조사, 홍보, 마케팅으로 강조하고 있으니까요. 자신의 경력도 좁히고 또 좁혀서 자신을 뾰족하게 드러나게 해야 합니다. 선택과 집중은 이직에 있어서도 중요한 전략의 하나입니다.

단어의 법칙

마케팅은 인식의 싸움이라는 말이 있습니다. 산업 전 분야에서 기술 평준화가 진행되었습니다. 따라서 제품의 실체만 가지고는 좋고 나쁨의 우열을 가늠하기가 어려운 시대가 되었습니다. 그렇기 때문에 소비자는 그 제품에 대한 전반적인 이미지, 즉 인식을 기반으로 해서 구매를 하는 시대가 되었습니다.

결국 소비자의 인식을 어떻게 차지하느냐가 경쟁의 관건이 된 셈입니다. 이러한 인식의 싸움에서 으뜸으로 평가받는 전략이 바로 '단어의 법칙'입니다. 차별화된 하나의 단어가 있어야 경쟁제품과의 인식 싸움에서 유리하다는 뜻이지요.

그 단어는 제품의 정체성에서 뽑아낼 수도 있고 새로운 콘셉트를 만들 수도 있습니다. 방법이야 어찌 됐든지 간에 가장 강력한 것은 대체 불가한 나만의 단어입니다. 이 단어가 소비자의 인식 속에 둥지를 터서 제품 구매와 이미지를 이끄는 것입니다. 다음은 제 기억 속에 남아있는 '단어의 법칙' 사례들입니다.

사랑해요 LG의 '사랑'
일등주의 삼성의 '일등'
OK! SK!의 'OK'

이렇게 기업이나 제품의 브랜드 전략에서 활용되고 있는 '단어의 법칙'은 우리 같은 사람 브랜드에게도 똑같이 적용됩니다. 예전에는 직장세계에서 든든한 백(Back)을 동아줄이라고 표현하면서 그것을 잘 잡아야 한다고 말하기도 했습니다.

그러나 이제는 그러한 '동아줄 이론(理論)'은 호랑이 담배 피우던 시절의 옛 이야기입니다. 동아줄은 예전에 썩어 없어졌습니다. 대신에 그 역할을 핵심단어(Key Word)가 대신하고 있습니다. 다시 말해 자신만의 차별화된 키워드를 가지고 있으면 그것이 동아줄을 열 겹 백 겹 겹쳐 놓은 것보다 더욱 더 나를 강력하게 받쳐준다는 말입니다.

강남, 쇼핑, 맛집

키워드는 검색의 시대인 요즈음 더욱더 그 강력함을 더해가고 있습니다. 당신이 이번 주말에 가족들과 함께 강남에서 쇼핑을 하고 어느 근사한 패밀리 레스토랑에서 와인을 곁들인 식사를 할 계획을 가지고 있다고 가정해 보겠습니다.

어떻게 실행을 하시나요? 물론 다른 특별한 방법이 있을 리는 없겠요. 검색 사이트에 접속해서 '강남, 쇼핑, 맛집, 패밀리 레스토랑, 와인' 같은 키워드를 활용해서 정보를 검색하고 선택하지 않을까요?

이와 같은 키워드 검색은 상품을 구입할 때는 물론이고 사람을 찾는 이른바 구인의 과정에 있어서도 마찬가지로 매우 중요하게 이루어집니다. 개각(改閣)을 위해서 장관 후보자들을 찾을 경우, 회사에서 중요한 TFT 구성을 위해 사람을 찾을 경우 등 사람을 찾는 모든 경우에 있어서 인선의 핵심은 바로 키워드 검색입니다.

키워드 검색을 했는데 그 사람에 대한 검색 결과가 나오지 않는다면 그 사람이 섭외될 가능성은 얼마나 될까요? 아마도 극히 낮겠지요. 그렇기 때문에 내가 검색되고 싶은 '키워드'를 가지고 있다는 사실은 굉장히 중요한 일입니다. 이러한 검색 행위는 인터넷에서부터 사람들의 머릿속에 이르기까지 전(全)방위로 지금 이 순간에도 현재진행형으로 실행되고 있습니다.

경력사원들의 이직을 도와주는 헤드헌팅 업계에서는 키워드 검색을 인선의 핵심 프로세스로 활용하고 있습니다. 인재 찾기의 핵심은 회사에서 자체로 보유하고 있는 인재 DB나 외부 인재 포털에서의 키워드 검색에 있습니다. 그렇기 때문에 자신만의 키워드가 없으면 인선이 되지 못한다고 해도 과언이 아닙니다. 인재 검색 전문가들의 의견에 따르면 좋은 키워드 전략, 즉 자신이 검색되는 키워드 전략은 다음의 세 가지 요소를 충족시키는 것이라고 합니다.

하나, 개수.

검색 키워드 선정에 있어서 키워드의 개수도 매우 중요한 역할을 합니다. 결론적으로 세 가지의 검색어로 정리하도록 권합니다. 여기서도 3의 법칙이 적용되기 때문입니다. 3개의 키워드로 요약하는 것은 자신을 함

축적으로 표현하기에 효과적입니다. 뿐만 아니라 고객의 입장에서도 기억하기가 쉽다는 장점이 있습니다. 물론 검색에도 용이합니다.

둘, 연관성.

키워드가 서로 연관성을 가지면서 자신의 핵심 경력을 표출하도록 해야 합니다. 키워드가 너무 많거나 상호간에 연관성이 떨어진다면 경력의 성은 모래성처럼 쉽게 무너지고 존재감도 없어지게 됩니다.

셋, 차별성.

차별성은 모든 경쟁에 있어서 핵심 가치입니다. 자신만의 상품성과 매력을 듬뿍 함유하는 키워드를 찾아야 합니다. 동일한 마케팅 경력을 가졌다고 해도 세부적으로 살펴보면 차별화 요소는 존재합니다. 디테일은 악마에만 있는 것이 아닙니다. 차별화 역시 디테일에 있습니다.

나만의 키워드가 곧 몸값이다.

좋은 키워드 전략기준을 당신에게 적용해 볼 때 우선적으로 필요한 원칙은 '선택과 집중'입니다. 당신의 경우를 보면 비영리단체 경력을 메인 경력으로 내세우면 유리할 것으로 판단됩니다. 가장 오랜 기간 근무를 했고 또한 차별성도 있기 때문입니다. 그런 부분의 경력에서 당신의 키워드를 고르는 것이 검색 당하는 당신을 위한 좋은 전략이 될 듯싶습니다. 이렇게 정리하면 어떨지요?

'비영리, 문화, 예술 마케팅 전문가!'

매년 연말이 되면 이곳저곳에서 이듬해의 소비 트렌드를 예측하는 키워드를 발표합니다. 가성비, 워라밸 등이 그 중의 하나인데 우리의 삶에 적지 않은 영향을 미치는 듯합니다.

　이제는 매년 말에 나만의 키워드를 만들고 점검해보면 어떨까요? 말 한 마디로 천 냥 빚을 갚는다고 했는데 이제는 키워드 하나가 천 냥 빚을 갚고 천 냥 이상을 저금할 수 있게끔 합니다. 나만의 차별화된 키워드가 나의 경쟁력이고, 나의 몸값, 즉 연봉입니다. 바야흐로 이제는 키워드의 시대입니다.

제6장. 포트폴리오

면접은 곧 인사청문회

혹시 국회 인사청문회를 보셨는지요? 저는 청문회를 지켜볼 때마다 정치인들이 희망은 주지 못하고 짜증만 더하게 만든다고 투덜대곤 합니다. 뭘 검증한답시고 질문하는 그도 그렇고, 답변하는 그에게서도 정치인으로서 가져야 할 적합한 자질이 보이지 않기 때문입니다.

특히 청문회 후보 당사자들의 모습이 눈에 많이 걸렸습니다. 그들이 평소에 준비를 잘했으면 저런 지루한 공방은 벌어지지 않았을 것이란 아쉬운 생각도 해보게 됩니다. 무엇을 준비해야 했을까요? '포트폴리오'가 그중의 하나입니다. 당신도 성공적인 이직을 원한다면 지금 당장 당신만의 포트폴리오를 준비하도록 강권하는 바입니다. 이직에 따른 면접도 일종의 인사청문회이기 때문입니다.

포트폴리오 전략

'포트폴리오(Portfolio)'란 원래 예능 분야의 전문가들이 자신의 습작을 모아놓은 '작품집'을 말합니다. 자신의 노력과 발전을 남들이 한눈에 알아볼 수 있도록 활용하는 자료집입니다. 일종의 '자기 자랑 모음'인 셈입니다.

포트폴리오는 자신이 인재임을 증명하는 명쾌한 방법이기도 합니다. 따라서 이제는 직장인들의 이직에 있어서도 꼭 필요한 준비물 가운데 하나가 되었습니다. 이직에 성공한 후보자들은 포트폴리오가 합격하는 데 큰 역할을 했다고 입을 모으고 있습니다.

상대방이 그 사람에 대한 이력과 능력을 일목요연하게 알아볼 수 있다면 이보다 더 유용한 자료는 없을 터이기 때문입니다. 포트폴리오는 이제 채용전쟁에서 승리를 이끄는 핵심 전략무기의 하나인 셈입니다.

신입사원은 물론이고 경력직도 마찬가지입니다. 사무직과 공장 등 현장 근무자들도 다를 바가 없습니다. 그러기에 포트폴리오를 준비하지 못했다면 취업 전쟁에서 빈손으로 전투에 임하는 것과 다를 바 없습니다. 좀 과장되게 표현하자면 자신의 운명을 속절없이 타인의 처분에 맡기는 꼴이 되고 맙니다.

유성룡은 임진왜란을 겪고서 『징비록(懲毖錄)』을 남겼습니다. 21세기로 접어든 오늘날에는 포트폴리오가 징비록이 묻는 질문에 대한 답이 될 수 있습니다. 채용 및 이직에 있어 미리 징계하여 후환을 경계해야 하겠습니다.

그의 승승장구 비결

포트폴리오의 본질도 역시 차별화입니다. 물론 포트폴리오의 기본 주제와 내용은 이력서나 자기소개서와 마찬가지입니다. 그렇지만 포트폴리오는 그것 외에도 또 다른 부가가치를 창출하는 역할을 해야 합니다.

인사 채용 담당자나 면접에 참여하는 사람들이 포트폴리오에 담긴 당신의 열매와 향(香)에 취하여 당신에게 빠져들도록 해야 합니다. 포트폴리오의 차별화는 '돋보기 전략'으로 이루어낼 수 있습니다. 크게 두 가지의 방향을 고려할 수 있겠습니다. 하나는 수직 방향으로, 다른 하나는 수평 방향으로 확대경을 비추는 것입니다.

먼저 수직 방향의 포트폴리오를 생각해 봅시다.

현재 자신의 직무나 전공과 관련된 내용을 더욱 구체적으로 정리하는 경우를 말합니다. 숲과 나무에 비유하자면 이력서나 자기소개서는 숲에 해당하고 포트폴리오는 그 숲을 구성하는 나무에 관한 이야기라고 말씀 드릴 수 있겠습니다. 성공 프로젝트, 수상 경력, 나아가 실패 케이스도 좋습니다. 텍스트, 사진, 동영상 등을 포함하여 내용 전체의 포장(패키징)까지도 세심하게 신경을 써야 합니다.

다음은 수평 방향의 포트폴리오를 생각해 봅시다.

이것은 업무와 직접 관련이 없는 업무 외적인 부분에 대한 내용입니다. 달리 말하자면 나의 '숨어있는 개인기'를 정리하는 경우입니다. 그는 인사 전문가로 불렸는데 그에게는 탁구라는 또 다른 비장의 개인기가 있었습니다. 그는 탁구를 그의 이력에 부가가치요소로 부각시켰습니다. 그는 CEO 자리까지 올랐는데 그의 승승장구에는 자신만의 차별화된 스토리를 담은 포트폴리오가 큰 역할을 했던 셈입니다.

포트폴리오의 3요소

좋은 평가를 받는 포트폴리오에는 다음의 세 가지 시사점이 담겨 있었습니다. 포트폴리오를 작성할 때 가이드라인으로 삼아 당신의 포트폴리오가 더욱 더 풍성해졌으면 좋겠습니다.

하나, 시작의 법칙.
시작이 반이라는 말이 있듯이 포트폴리오도 우선 시작하고 볼 일입니다. 포트폴리오라는 그릇을 만들게 되면 자연스럽게 거기에 담을 내용을 준비하게 마련입니다. 결국에는 채워 넣어야 하고 결국에는 채워 넣게 될 테니까요. 이러한 문제의식을 가지게 되면 평소에 일을 대하는 자세가 예전과는 확연히 달라집니다. 그만큼 자신의 경쟁력도 달라지게 마련입니다.

둘, 기록의 법칙.

기록(記錄)하면 이루어진다는 말이 있습니다. 기록과 기억은 하늘과 땅만큼의 차이가 납니다. 기록의 대상은 그 사실이 지니는 의미나 깨달음입니다. 의미나 깨달음의 축적은 당신의 경력을 하나의 작품으로 만들어주는 밑거름입니다.

셋, 일관성의 법칙.

파워는 선택과 집중을 통해서 생겨납니다. 성과는 일관된 이미지나 키워드로 나타납니다. 그렇기 때문에 포트폴리오에는 이른바 당신의 핵심 아이덴티티가 담겨야 합니다. 그래서 상대방이 당신의 포트폴리오를 보고서 당신의 매력을 쓱 한눈에 쉽게 알 수 있도록 해야 합니다.

'제로 PPT(파워포인트. 프레젠테이션용 소프트웨어)'를 선언한 기업들이 늘어난다고 합니다. 예쁘고 보기 좋게 외양을 꾸미는 데 치중하는 대신 문제의 발견 및 해결과 같은 본질에 중점을 두기 위해서랍니다.

포트폴리오도 마찬가지입니다. 본질에 바탕을 두지 않는 포트폴리오는 아무리 겉모습을 멋지게 장식해도 별 소용이 없습니다. 실력과 명성이 일치해야 한다는 명불허전(名不虛傳)의 의미는 포트폴리오 작성에도 예외가 아닙니다. 포트폴리오와 함께 당신의 가치가 더욱 빛이 나기를 기대해봅니다.

제7장. 시간관념

당신 이런 사람이었어?

마땅히 기분이 좋아야 할 어느 날이었습니다. 그런데 그 날은 그렇지 못하고 우울한 마음만 가득했습니다. 시간 약속을 지키지 못했기 때문입니다. 지각에 대한 벌칙 차원으로 생텍쥐페리의 〈어린왕자〉에 나오는 여우와 어린왕자의 대화를 들어야만 했고 또한 약속 시간에 관한 프랑스 속담도 들어야만 했습니다.

"만약 네가 오후 4시에 온다면 나는 3시부터 행복해지기 시작할 거야!"
"사람은 자기를 기다리게 하는 자의 결점(缺點)을 계산한다."

대학 선배와 저녁 번개 약속을 했습니다. 약속 장소는 강남 대치동의 포스코 빌딩 근처였습니다. 최적의 이동 방법을 고민하다가 버스를 선택했습니다. 화요일 저녁이라 교통사정이 그리 나쁘지 않으리라고 판단했던 것입니다.

그런데 예상이 완전히 빗나가고 말았습니다. 최악의 교통 상황으로 버스가 움직이질 않았습니다. 늦게 도착할 것 같아 죄송하다는 문자를 무수히 날려야만 했습니다. 그런데 갑자기 버스 앞쪽에서 시끄러운 소리가 들려왔는데 제가 하고 싶은 말을 그대로 하고 있었습니다.

"버스가 왜 이렇게 느려? 공사를 하고 있었군. 공사는 밤에 해야지, 왜 이런 시간에 하느냔 말이야, 미친 XX들."

"운전기사 양반, 여기서 내려주면 안 되나, 약속 시간에 30분이나 늦었단 말이야."

운전기사 분에게는 미안한 마음이 들었지만 속은 시원했습니다. 결국 약속시간보다 30분이나 훌쩍 넘는 시간에 가까스로 도착할 수 있었습니다.

"당신 이런 사람이었어?"

기다리던 선배가 어이가 없다는 표정과 함께 던진 일갈을 속수무책으로 받아야만 했습니다.

돌연변이 후보자

급히 경력사원을 충원해야 하는 일이 발생했습니다. 때마침 적합한 후보자가 나타나서 이 역시 급히 면접일정을 잡아야 했습니다. 특히 후보자의 개인사정을 감안하여 날짜를 정하느라 고객 회사의 여러 공식 일정을 재조정한 끝에 가까스로 면접시간을 잡았습니다.

그런데 그 면접은 이루어지지 못했습니다. 후보자가 정해진 면접시간에 도착하지 않았기 때문입니다. 이런 황당한 일로 인해서 그런 후보자를 추천한 헤드헌팅회사와 그를 최종 후보자로 압축했던 고객사의 실무팀장 모두가 엄청난 비난을 받아야만 했습니다.

이와 같은 후보자의 시간관념 상실 사태가 만일 CEO의 면접단계에서 발생했다면 문제의 심각성이나 파급효과는 더욱 컸을 테지요. 하나를 보면 열을 알 수 있으니 두 말이 필요 없겠죠. 이런 경험을 한 이후에 회사에 엄격한 기준 하나가 더해졌습니다.

"시간관념이 없는 사람들은 무조건 뽑지 마세요!"

헤드헌터들은 시간약속과 관련한 이슈들을 자주 접하곤 합니다. 저희 회사 헤드헌터들은 후보자에게 시간관념의 중요성을 강조해 왔기에 대부분의 후보자들은 약속된 시간보다 일찍 도착해서 면접에 임합니다. 따라서 클라이언트의 만족도도 매우 높았습니다.

그런데 돌연변이는 어디에나 꼭 있는 법입니다. 어느 날 클라이언트로부터 날벼락 같은 말이 들려왔습니다. 최고경영진 면접 날에 저희 회사에서 추천한 후보자가 시간약속을 지키지 않았던 것입니다. 면접이 제대로 진행될 리가 없었습니다. 결국 그 후보자는 낙방을 했고 요주의 블랙리스트에 등재되었습니다. 저희는 고객회사로부터 엄중 경고를 받아야만 했고요.

"왜 그런 후보자를 추천했습니까? 저희를 너무 우습게 보는 것 아니에요?"

시간약속의 황금종려상
몇 해 전의 어느 날이었습니다. 톨스토이의 단편 소설 〈이반 일리치의 죽음〉을 읽으며 죽음에 대한 여러 가지의 상념에 잠겨 있었습니다. 그러던 중에 LG 구본무 회장의 별세 소식을 접했습니다. 소설에서는 '나만 죽지 않으면 돼.'라며 타인의 죽음에 철저하게 무관심한 인간상을 그리고 있습니다.

그런데 구 회장의 별세 소식은 소설 속의 그런 것과는 달리 가족의 상실처럼 마음이 아팠습니다. 아마도 구 회장의 여러 선행이나 인간미가 알려져서 더욱 그런 느낌이 들었는지 모르겠습니다. 그 중의 하나가 시간관념인데 구 회장은 공식적인 약속이든, 사적인 약속이든 정해진 시간보다 20분 정도 먼저 와서 기다렸다고 합니다. 고인이 보여준 시간관념에서 그분이 지닌 삶의 품격을 한층 더 높이 느낄 수 있었습니다.

핑계 없는 무덤은 없다고 했는데 불확실성의 시대인 요즈음은 핑계가 더욱 많아지는 듯합니다. 그렇지만 그렇다고 해서 시간을 제때 지키지 못하는 것이 용서될 수는 없을 테지요. 대부분의 사람들은 시간을 지키기 때문입니다.

약속시간 등 시간 관리에 약한 사람들은 이것을 극복할 수 있는 실천 방법들을 찾아야 합니다. 어떤 방법들이 있을까요? 정답은 오직 그 사람의 마음속에 있는 셈입니다. 다만 타산지석의 사례로 시간 관리의 귀재라는 평을 듣는 지인 K의 경우를 소개해 봅니다.

하나, 앞당긴다.

스스로 시간을 앞당기는 방법입니다. 10시가 회의 시간이라면 9시 45분이라 스스로 정하고 행동하는 방법입니다. 우선 마음을 제대로 고쳐먹어야 행동도 제대로 고쳐지게 마련입니다.

둘, 손익을 따진다.

최선보다는 최악의 상황을 가정하고 움직이는 방법입니다. 시간약속을 지키지 못할 경우에 발생할 수 있는 여러 종류의 불이익을 크게 확대해 보는 것입니다.

셋, 일의 우선순위를 매긴다.

시간약속을 지키지 못하는 원인은 대개 일 처리의 미숙함에 있다고 합니다. 일의 우선순위를 정하지 못하거나 상대적으로 하찮은 일을 구분하지 못하면서 우물쭈물하다가 타이밍을 놓치는 경우입니다.

"돈이 곧 다리미야, 돈이 주름살을 쫘~악 펴주지."

칸 영화제 황금종려상 수상작인 〈기생충〉에 나오는 대사입니다. 시간약속을 잘 지키지 못하면 당신의 몸에 주름살이 생깁니다. 첫 인상이 구겨져서 주름살이 되고 당신이라는 브랜드의 가치가 추락하여 또 다른 주름살이 생길 겁니다. 출근 시간, 미팅 시간, 면접 시간 등 삶은 시간약속의 연속입니다. 시간약속에서 황금종려상을 받는 당신이었으면 좋겠습니다.

제8장. 리허설(rehearsal)

진인사대천명(盡人事待天命)

한국여자프로골프 중계방송을 보고 있는데 신인 유망주라는 선수가 필승의 각오를 다지며 이런 말을 했습니다. 또한 단골로 다니던 치과에 신입 보조원이 들어왔는데 그가 새 출발을 다짐한다며 이런 말을 했습니다.

"오직 진인사대천명(盡人事待天命)할 뿐입니다."

고개를 갸우뚱하지 않을 수 없었습니다. 이 말은 시니어 세대나 쓰는 말인 줄로만 알았는데 젊은이들이 시의 적절하게 사용하고 있었기 때문입니다. 고사성어도 고전과 같이 유통기한이 없다는 사실을 새삼 깨달았습니다. 인간으로서 해야 할 일을 다 하고 나서 하늘의 명을 기다린다는 뜻인데, 여기서 최선을 다한다는 진인사(盡人事)의 모습은 구체적으로 어떤 것일까요?

"생방송 같은 리허설 덕분이죠."

오랫동안 기억에 남는 한 편의 영화가 있습니다. 바로 미국 영화 〈세상을 바꾼 변호인〉가 그것입니다. 1970년 당시 매우 드물었던 한 여성 변호인이 국가를 상대로 일전을 벌이는 내용이었습니다. 여느 법정 영화처럼 이 영화 역시 관전 포인트는 죽느냐 사느냐의 물러설 수 없는 변론 대결이 었습니다.

주인공은 승리하기 위해서 치열한 준비를 합니다. 일명 드림 팀을 구성하여 가상으로 상대 편 역할을 하도록 합니다. 그리고 실전을 방불케 하는, 불꽃이 튀는 변론 대결을 펼칩니다. 영화의 결론은 예상대로 주인공이 승리합니다. 관련법이 바뀌고 세상이 바뀌게 됩니다. 변론 승리의 요인은 해야 할 일을 다 하는 철저한 준비인데 그 핵심은 바로 실전 이상의 치열한 '리허설'에 있었습니다.

어느 날 후배가 경쟁 프리젠테이션에서 승리했다고 알리면서 고맙다는 말을 전해왔습니다. 그 후배는 경쟁 프리젠테이션을 준비하면서 저에게 몇 차례 조언을 구한 바 있었습니다. 그때 마다 저는 생방송 같은 '리허설'의 중요성을 강조했습니다. 후배 역시 승리의 비결은 '리허설' 이었다며 흥분을 감추지 못했습니다.

어떤 프리젠테이션이든 프리젠터는 준비할 때 많은 부담을 안게 마련입니다. 프로젝트의 리더이자 최종 전달자이기 때문입니다. 후배는 준비한 콘텐츠를 고객이 수용할 수 있도록 설득해야 했기에 '리허설'을 반복했다고 했습니다. 그 결과 막상 실전 무대에 오르니 오히려 자신감이 생겼다고 어깨를 으쓱 했습니다. 그러면서 다음의 멋진 말도 덧붙였습니다.

"성공과 실패의 갈림길은 누가 100%의 완벽한 준비를 하느냐에 달려 있다. 리허설이 그 마무리 역할을 한다."

추천 후보자 Y가 최종 합격을 했다는 즐거운 소식이 전해졌습니다. 그럼에도 불구하고 박수와 환호도 없이 오히려 담담하기까지 했습니다. 그 누구도 그녀의 합격을 조금도 의심하지 않았기 때문입니다.

그녀는 사전 인터뷰 때부터 이른바 싹수가 달라보였습니다. 복수의 다른 후보자들과는 다르게 예상 질문에서 막힘이 없었습니다. 태도도 당당했습니다. 준비된 대통령이라는 말이 있는데 그녀야말로 '준비된 합격자'의 모습 그 자체였습니다. 그녀는 그만큼 특별했습니다. 그녀는 이렇게 대답했습니다.

"리허설을 하고, 하고 또 했습니다."

그녀의 특별함은 실전 같은 리허설에 있었던 것입니다.

인생은 오히려 리허설이다.

리허설이야말로 한 삼태기의 흙까지도 가득 채워서 태산 쌓기를 완성하는 완벽한 마무리와 같습니다. 리허설(rehearsal)의 사전적인 의미는 'Live'를 위한 '예행연습(豫行演習)'입니다. 연극, 방송, 공연 등을 실행하기 전에 실제처럼 하는 행위를 말합니다. 회사 등 직장에서는 프레젠테이션이나 신제품 발표회 등을 앞두고서 반드시 거쳐야 하는 장엄한 의식이기도 합니다.

"인생에는 리허설이 없다."

이런 말을 들어본 적이 있는지요? 이 말이 강조하는 것은 한 번뿐인 인생을 열심히 살아야 한다는 뜻입니다. 인생은 재공연을 할 수 없고 또한 재미가 없다고 중간에 그만둘 수도 없으니까요. 저는 이 말에 대하여 총론적으로는 공감이 가지만 각론에서는 생각을 달리하고 있습니다. 아니 오히려 인생은 리허설을 해야 한다고 강조하고 싶습니다.

인생이라는 퍼즐은 하루하루의 조각으로 채워집니다. 즉 하루하루가 성공적이면 인생이 성공적인 공연이 아닐까요? 하루하루의 성공은 그날 필요한 리허설에 달려 있습니다. 특히 직장이라는 인생의 무대는 리허설의 중요성이 태산처럼 높고 바다처럼 깊은 곳입니다. 매사 리허설을 생활화하여 성장과 변화의 주인공으로 거듭나는 당신이 되었으면 좋겠습니다.

제9장. 셀프(self) 리더십

"사람 마음 정말 모르겠어요."

헤드헌팅의 핵심 업무는 크게 두 가지인데 하나는 인재(人才) 써치 (Search)이고, 또 다른 하나는 인재에 대한 평판조회(reference check) 입니다. 사람에 관련된 일이다 보니 말 그대로 별의별 사람들을 다 만나게 됩니다. 특히 평판조회는 한 사람의 됨됨이를 객관적으로 알아보는 일입 니다. 그 때마다 이런 말을 하게 됩니다.

"사람 마음 정말 모르겠어요."

만일 당신이 이직 후보자라고 한다면 당신에 대한 평판을 조회하기 위 해서는 인터뷰 대상자가 필요합니다. 당신을 객관적으로 평가하기 위해서 입니다. 평판조회를 위한 인터뷰 대상자들은 크게 두 그룹으로 나뉩니다.

하나는 당신이 인터뷰 대상자를 알지 못하는 경우이고, 또 다른 하나 는 당신이 인터뷰 대상자를 직접 추천하는 경우입니다. 당연히 당신이 추 천하는 인터뷰 대상자는 당신에게 좋은 이야기를 해줄 것이라고 확신하 거나 기대하는 사람들입니다. 그렇기 때문에 그들을 이른바 전략적인(?) 지인들이라고 말하는 것입니다.

그런데 일반적인 예상과는 다른 의외의 평판조회 결과를 접하면서 많이 놀라곤 합니다. 어느 후보자 한 사람을 놓고 인터뷰하면 전혀 다른 평가를 하기 때문입니다.

"그 사람 인간미가 없는 것이 약점입니다."
"그 사람은 인간미가 넘쳐서 오히려 일에 소홀하지요."

심한 경우에는 후보자의 장점을 말하기는커녕 오히려 약점 등 후보자에게 도움이 되지 않는 말을 많이 쏟아내기도 합니다. 후보자는 이들을 자기편이라고 생각하는 사람들인데 믿는 도끼에게 발등 찍힌다는 말이 이 경우에 해당될 성싶습니다.

특히 평판조회를 진행하는 여러 항목 중에서 '리더십 부문'의 인터뷰 과정에서 그러한 경향이 짙게 나타나곤 했습니다. 그러면서 과연 어떤 리더십이 좋은 리더십인가를 많이 생각하게끔 해주더군요. 여러분은 어떤 리더십이 좋은 리더십이라고 생각하는지요?

좋은 리더십이란 어떤 것일까요?

우리 주변에서는 아직도 리더십은 곧 독단적인 카리스마라고 생각하는 경향이 많은 것 같습니다. 이러한 유형의 리더십 소유자들은 대부분 과격한 방식으로 자신의 권위를 과시하고 싶어 합니다. 반면에 사람의 마음을 대하는 감성지수는 높지 않다는 공통점이 있습니다.

평판조회 경험에 의하면 이른바 카리스마 넘친다는 전통적인 리더십은 이미 해가 서쪽 바다로 저물었다는 평가를 받기에 충분합니다. 다시 말해 그러한 리더십에 대하여 나쁜 이야기를 많이 합니다. 당연히 최종 단계에서 불합격을 하는 데 결정적인 요인으로 작용하게 됩니다.

만일 당신의 현재 리더십이 이런 유형에 속한다면 당장 뜯어 고쳐야 할 것입니다. 좋은 리더십을 구축하기 위해서는 '자기가 인식하는 자신의 모습'과 '남들이 바라보는 자신의 모습' 간의 차이를 인식하고, 더불어 그런 간격을 개선하기 위해 노력을 경주해야 합니다.

"물이 셀프(Self)이듯이 인생도 셀프다."

한 지인이 식사 후에 툭 내뱉듯이 한 말인데 고개가 끄덕여졌습니다. 그는 다음과 같은 주장도 이어갔습니다. '리더십 중의 리더십은 셀프리더십'이라고 말입니다. 물론 그도 헤드헌팅 업계에 종사하는 사람입니다. 특히 그는 CEO 및 중역들을 대상으로 하는 헤드헌팅을 전문적으로 하고 있기에 자의반타의반 리더십 전문가라고 불리고 있는 사람입니다.

셀프리더십의 사전적인 정의는 이렇습니다.

"자율적 리더십 또는 '자기리더십'이라고 한다. 타인에 의해 영향을 받는 것이 아니라 자기 스스로가 자신의 리더가 되어 스스로를 통제하고 행동하는 경우를 말한다.'

"내 인생의 주인공은 나다. 내가 곧 1인 기업이 되는 것이다. 자기가 자기를 스스로 고용하는 것이다. CEO에서 CMO, CFO까지 내가 모두 다 맡아서 하는 것이다."

우리는 종종 인생 최고의 시점이 빨리 왔으면 하고 희망하곤 합니다. 그런데 마냥 그것을 그리워만 하지 말고 지금 이 순간을 내 인생의 찬란한 순간으로 만들어가는 것이 더 소중하지 않을까요? 그러기 위해서는 셀프리더십을 갖추는 것이 한 방법일 수 있습니다.

세상사 모든 일이 다 그렇듯이 셀프리더십은 그냥 생기는 것이 아닙니다. 하나의 방법으로 방탄소년단의 노래에 귀를 기울여보면 어떨까요? 전 세계를 열광시킨 바로 그 노래, 〈Love Myself〉. 그렇습니다. 셀프리더십도 나를 아끼고 사랑하는 데서부터 시작합니다.

그 다음에는 구체적으로 무엇을 구비해야 할까요?

저의 답은 필살기(必殺技)입니다. 필살기는 그 단어에서 풍기는 뉘앙스가 무시무시하지만 생활 속에서는 '죽여주는 자신만의 개인기'라는 의미로 사용됩니다. 물론 '죽여준다.'라는 말은 '최고'라는 의미의 또 다른 말이기도 합니다.

그림이라면 자신만의 화풍, 운전이라면 자신만의 운전 스킬, 글쓰기라면 자신만의 필력을 쌓아야 하듯이 직장인이라면 기획, 영업, 생산, 관리 등 자신의 분야에서 이른바 죽여주는 기술을 갖추어야만 셀프리더십이 발휘될 수 있을 것입니다.

"The Best is yet to come."

셀프리더십을 구축해서 주위의 사람들뿐만 아니라 조직에게까지도 좋은 영향력을 주는 사람들을 관찰해보면 그들만의 공통점이 있습니다. 바로 죽여주는 기술을 얻는 비법인데 그것에 대한 핵심은 다음의 세 가지로 간추릴 수 있었습니다.

1. '선택(Choice)'

죽여주는 기술은 자신이 죽여주게 잘하는 것에 집중하면서부터 시작됩니다. 우연히 본 일일 드라마의 한 장면을 예로 들어 보겠습니다. 아들과

부모 사이에 심각한 갈등의 강이 흐르고 있습니다. 갈등의 핵심은 아들의 진로 때문이었습니다. 아들의 꿈은 미용사인데, 부모님의 기대는 공무원 아들이었습니다. 당신이라면 어떤 선택을 하겠습니까? 저라면 아들의 선택을 응원하겠습니다. 선택과 집중의 원칙에 더 부합하기 때문입니다.

2. '땀(Effort)'

낙숫물이 바위를 뚫는다고 했습니다. 죽여주는 기술을 얻기 위한 두 번째 요소는 꾸준함입니다. 포기하지 않고 목표를 이룰 때까지 땀을 흘리는 것 말입니다. 천재적인 재능을 타고난 사람들은 극소수인데 그들도 열심히 노력합니다. 그러기에 보통 사람들에게는 꾸준한 노력이 더욱더 요구됩니다.

우리에게 바위를 뚫는 낙숫물은 곧 '1만 시간의 법칙'을 실행하는 것과 같은 노력입니다. 내 속에 잠재되어 있는 가능성을 한 점 남김없이 다 쓰는 사람이 가장 멋진 사람이 아닐까요? 100도씨의 끓는 물처럼 말입니다.

"내 사전에 포기란 없다."

전성기를 한참 지나고 나서 50 가까운 나이에 타이거 우즈가 마스터스 우승컵을 다시 들어 올리며 한 말입니다. 죽여주는 기술도 역시 갈무리를 짓는 그 순간까지 포기하지 않아야 비로소 완성되는 것입니다.

3. '가치(Value)'

꾸준히 땀 흘린 노력을 그대로 놔두면 안 됩니다. 보배로운 결실로 만들어야 합니다. 다시 말해 상품성을 입혀야 합니다. 상품성은 가치의 객관화를 말합니다. 고객의 입장으로 보면 "죽이는데! 돈 주고 살 만하다." 이런 인식이 들도록 만드는 일입니다.

이는 의미 덩어리를 굴리는 경우와 같은데 우리는 이것을 브랜딩이라고 합니다. 말하자면 타인이 인정할 수 있도록, 나아가 경쟁자와 비교해서도 "더 좋은데!"라는 상대적 우위의 인식을 갖도록 하는 꽃을 피우고 열매를 맺게 하는 것입니다.

"The Best is yet to come."

〈마이웨이(My Way)〉로 유명한 미국의 전설적인 가수 프랭크 시나트라 (Frank Sinatra)의 노래이자 묘비명입니다. "나의 전성기는 아직 오지 않았다."라는 뜻인데 그렇다면 전성기는 언제 오는 것일까요? 제 생각은 셀프리더십이 그 질문에 대한 답이라고 생각합니다.

차별적인 셀프리더십을 만드는 것이야말로 자신의 전성기를 앞당겨 주는 일입니다. 실제로 전성기를 구가하고 있는 많은 사람들은 자신만의 독특한 셀프리더십을 발휘하고 있는 중입니다. 지금 당신의 셀프리더십 지수는 100점 만점에 몇 점인가요?

제10장. 평판조회

당신은 왜 탈락했을까요?

J~!

당신은 자신이 최종 단계에서 왜 탈락되었는지 여전히 그 이유를 모른다고 했지요? 제가 확인해 본 바에 의하면 당신은 이직 절차의 마지막 관문인 '평판조회' 과정을 통과하지 못했기 때문입니다. 당신이 그렇게 분위기가 좋았다고 흥분했던 최고경영진과의 인터뷰가 마지막이 아니었습니다.

특히 당신 같은 경력직원들의 이동에서 평판조회야말로 채용 프로세스의 최종 단계에 해당합니다. 평판조회는 소리 없는 면접입니다. 소비자 조사를 통하여 상품 브랜드에 대한 평판 조회를 하듯이 퍼스널 브랜드인 우리도 주위 사람들을 통해서 됨됨이를 평가받는 것입니다. 당신의 성과를 감안한다면 당신의 실망감을 이해하지 못하는 것은 아닙니다만 혹시 그 성과는 남들은 알지 못하는 당신만의 자화자찬(自畵自讚)은 아니었는지요?

평판(評判)은 사전적인 의미가 '세상 사람들의 비평'입니다. 그러니까 평판조회(Reference Check)는 어느 사람에 대한 세상 사람들의 비평을 알아본다는 뜻입니다. 당사자 입장에서는 참 곤혹스런 일이 아닐 수 없습니다. 그러나 어쩝니까? 본인이 바라보는 자신의 모습과 타인이 바라보는 자신의 모습에는 커다란 차이가 존재하는 것이 엄연한 현실이니 말입니다.

기업이 인재 확보에 욕심을 갖는 것은 당연합니다. 그러기에 채용 후보자에 대한 다면평가는 필수적입니다. 스펙이나 이력을 가지고도 어느 정도는 판단할 수 있습니다. 그러나 많은 채용 담당자들은 이렇게 말하고 있습니다.

"찝찝합니다. 불안합니다. 아쉽습니다."

물론 평판조회가 유일한 답은 아닐 겁니다. 그러나 정성적인 측면을 살펴볼 수 있다는 측면에서는 매우 유용한 방법이기도 합니다. 특히 금융업과 같이 정직과 신용의 자질을 더욱더 중시하는 업종에서는 평판조회 결과가 당락에 결정적인 영향을 주기도 합니다. 업무 능력이나 실력도 중요하지만 그 사람의 인성이나 태도가 더 중요하기 때문입니다. 앞으로 평판조회의 중요성은 더욱 커질 가능성이 높습니다.

"그 사람 어때요?"
"다른 회사로 가는 것을 막고 싶은 사람입니다."

J~!
당신에 대한 평판조회의 결과가 위와 같은 모습이라면 얼마나 행복하겠습니까! 평판이란 나의 성과를 다른 사람들이 어떻게 인식하는가의 문제입니다. 본인은 직장에서 나름대로 일을 잘한다고 생각하는데, 주변에서 함께 일하는 상사, 동료, 부하 직원이 그렇게 느끼지 못한다면 좋은 평판은 당신에게서 점점 멀어지게 되겠지요.

100점 만점의 평판관리

그렇다면 좋은 평판을 얻기 위해서는 무엇을 어떻게 해야 할까요? 이제 직장인들도 연예인이 자신의 팬들을 관리하는 것처럼 각자의 평판관리를 해야 합니다. 저는 직업상 하루에도 수건의 평판조회 업무를 처리해오고 있는데 좋은 평판은 다음의 3가지 요소에 의해서 형성되는 것 같습니다.

1. 정체성.

평판은 타인이 당신을 어떻게 평가하느냐 하는 것입니다. 그렇기 때문에 최우선의 전제 조건은 당신의 정체성(Identity)을 세우는 일입니다. 이것은 상대방이 나를 이렇게 인식해 주었으면 하는 바람이기도 합니다.

평판의 최고 수준은 당신이 희망하는 정체성과 그것에 대하여 타인이 인식하는 이미지가 서로 일치하는 단계입니다. 직장에서의 정체성은 핵심 업무능력으로 표출됩니다.

'영업의 신!'
'기획의 달인!'

자신이 원하고 상대방도 그렇게 인식하고 있으면 그 사람의 평판조회는 100점 만점에 100점이 되지 않을까요?

2. 평소의 신뢰.

세상의 진리는 유행가에 다 들어 있다는 어느 선배의 말을 떠올려 봅니다.

"있을 때 잘해."

그 선배는 늘 이 말을 강조했습니다. 널리 알려진 톨스토이의 '세 가지 질문'도 핵심은 '지금 여기서 있을 때 잘해.'라는 말이나 마찬가지의 뜻입니다. 평판은 하루아침에 만들어지지 않습니다. 평소 당신의 언행, 태도, 마음가짐 등을 통한 신뢰가 밑바탕이 되어야 합니다. 역시 평소에 잘하는 것 그 이상의 방법은 없습니다.

3. 소통.

고인 물은 썩지만 흐르는 물은 이끼가 끼지 않습니다. 나 혼자만의 외로운 성(城)을 쌓고 있으면 좋은 평판은 기대하지 말아야 합니다. 보지 않으면 마음속에서 잊혀지는 법입니다. 진정성 있는 소통으로 인맥의 네트워킹을 해야 합니다.

미국의 응급차는 'ambulance'란 말을 옆구리에는 제대로 써 놓았지만 앞 범퍼에는 뒤집어 놓았다고 합니다. 앞선 차량은 백미러를 통해 뒤에 사물을 인식하죠, 즉 앞선 차량에 대한 배려 때문입니다. 이는 소비자 중심의 소통철학이기도 합니다. 소통이란 무릇 화자(話者) 중심이 아니라 청자(聽者) 중심이 되어야 한다는 점이 핵심입니다. 당신에 대한 평판은 상대방인 청자 즉 듣는 사람이 하는 것입니다.

평소에 있을 때 잘해!

세상만사 무엇이든 제대로 확실히 해야 뒤탈이 없는 법입니다. 한계치를 넘는 노력이 있어야 합니다. 물이 100도 씨에서 끓는 것처럼 당신의 인간관계도 100도 씨를 넘어서 펄펄 끓는 단계까지 이르러야 합니다. 그렇지 않으면 어느 순간에 배신의 평판조회라는 망치를 맞고 괴로움에 빠질지도 모릅니다.

평판조회는 당신에 대하여 오픈 인터뷰 대상자(당신이 아는 사람)와 블라인드 인터뷰 대상자(당신이 모르는 사람)를 대상으로 각각 실시하여 종합적으로 판단합니다. 가족을 제외한 모든 사람 앞에서 방심은 금물입니다.

당신이 아는 사람조차도 반드시 우호적인 대답을 해주지는 않습니다. 정말로 알다가도 모르는 게 사람의 마음이라는 말을 실감하게 됩니다. 방법이 무엇일까요? 답은 평소에 다져놓은 제대로 된 인간관계 그 이상도 이하도 아닙니다. 있을 때 잘해야 하겠습니다.

제11장. 연봉협상

연봉협상은 게임이자 전투

연봉협상은 가장 흥미진진한 이벤트 가운데 하나입니다. 농부인 제 아우는 한 해 동안 땀 흘리고 고생한 보람을 가을 추수로 보상받습니다. 직장인에게 있어 한 해의 농사는 1년 동안에 받는 연봉(年俸)입니다. 따라서 연봉협상을 어떻게 하느냐에 따라 한 해의 삶의 질이 달라지게 마련입니다.

기업의 임금체계가 연공서열식 호봉제에서 성과주의 연봉제로 바뀌었습니다. 자신의 능력(성과)을 바탕으로 자신의 몸값을 당당히 요구해야 좋은 대우를 받을 수 있는 환경이 조성되고 있기도 합니다. 이제 연봉협상은 직장인이 반드시 획득해야 할 또 하나의 중요한 핵심기술이 된 셈입니다.

연봉협상은 직장을 옮기는 이직(移職)의 경우에 있어서도 중요한 승부처로 작용합니다. 연봉 협상은 채용의 마지막 관문입니다. 다시 말해 '기(起) 승(承) 전(轉) 연봉협상'입니다. 까다로운 면접과 평판조회의 고비를 잘 넘으며 최종 피니시 라인을 향해 달려오던 후보자도 연봉협상이라는 마지막 관문을 통과하지 못하고 낙마하는 경우도 허다한 것이 현실입니다.

그런데 더욱 안타까운 일은 이처럼 중요한 연봉협상인데도 딱 부러지는 연봉협상 전략이 없다는 사실입니다. 연봉협상은 일종의 게임이자 전투입니다. 연봉체계에 대한 정보와 전략이 없으면 무기 없이 전장에 나가는 것과 다를 바가 없습니다. 그래서 이직 후보자들의 사례를 바탕으로 가칭 직장인의 연봉협상전략을 고민해 보았습니다.

최고의 연봉협상 전략은 철저한 준비뿐

연봉은 물론 회사별, 직급별로 상황이 많이 다르기에 사실상 표준화하기도 힘들고 일반화하기도 힘듭니다. 그래서 아마도 가장 중요한 전략은 회사의 현실 사정을 정확히 아는 것이 아닐까 합니다. 그래야 현실적인 주장도 할 수 있고 대안을 마련할 수 있으니까요.

우선 총론적인 측면인데, 데이터에 기초한 연봉 협상안을 준비하는 것이 그 무엇보다도 중요합니다. 연봉은 자신의 가치를 객관화시키는 일인만큼 구체적인 성과자료에 근거해야 합니다. 이견이 있을 경우, 준비한 자료를 보여주면서 차근차근 설득해야 한다는 뜻입니다.

그런데 상당수 직장인이 이런 접근에 실패합니다. 사전준비가 부족하기 때문입니다. 해마다 연봉협상이 끝나는 시점이면 이직시장이 활성화되는데, 이는 많은 직장인이 회사로부터 '공정한 보상'을 받지 못했다고 여기기 때문인 듯합니다. 이는 경력직 공채나 헤드헌팅을 통해서 이직을 하는 경우의 협상에서도 크게 다를 바가 없습니다.

다음은 각론적인 측면으로, 분명한 선택 대안을 가지고 협상에 임하라는 말씀을 드리고 싶습니다. 연봉협상에 대한 선택 대안은 대부분 세 가지의 경우로 좁혀져 최종 협상 테이블 위에 올라오게 됩니다. 그 세 가지는 결과적으로는 지극히 상식적인 결론입니다.

'수용한다.'
'거부한다.'
'절충한다.'

당신이라면 이 세 가지 중에서 어떤 선택을 할 수 있을까요?

〈전권 위임형〉

일명 통 큰 양보를 하는 것처럼 하여 회사의 안을 전격 수용하는 형입니다. 명분론이 강한 사람들이 사용하는 전략입니다. 돈보다는 일, 회사의 이미지 등이 중요함을 역설합니다.

Y의 채용 사례는 독특했습니다. 고객회사에서 당장 뽑고 싶은데 연봉이 문제라고 했습니다. 후보자가 연봉이 성에 차지 않을 것 같다는 걱정이 있었습니다. 결론적으로 그는 우려를 뛰어넘는 선택을 했습니다. 자신은 일이 중요하다고 했습니다. 합격하고 나서 열심히 일한 결과로 보상받겠다고 했습니다. 참 멋진 모습이지만 보기 드문 경우입니다. 그는 새 직장에서 활기차게 생활하고 있습니다.

〈모 아니면 도 형〉

어릴 적에 부러운 친구 한 녀석이 있었습니다. "나는 지각할 바엔 그냥 수업을 거부해." 물론 실상은 잘 모르지만 저와는 다른 칼 같은 시원함이 묻어났기 때문입니다. 연봉협상의 경우도 그런 경우가 있습니다.

"단 1원도 양보 못 한다."

이러한 경우는 반드시 대안이 있어야 합니다. 그렇지 못하면서 이러한 주장을 한다면 정신 줄 끊어진 사람으로 평가받게 될 것입니다.

후보자 K의 채용절차는 일사천리로 진행되었습니다. 그는 고객회사에서 원하는 요건을 두루 갖추었기에 합격을 확신했습니다. 마지막 고비인 연봉 문제도 협의 가능이라는 유연한 자세를 취했던 그였기에 더욱 낙관적인 생각을 하고 있었습니다.

그러나 막상 뚜껑을 열고 보니 상황이 정반대로 전개되었습니다. 연봉의 갭이 너무 컸던 것입니다. 후보자의 의지가 확고해서 한 발도 뒤로 물러서지 않았습니다. 결국 그는 불합격했습니다. 물론 믿는 구석이 있었습니다. 다른 곳에 동시에 합격하고 양다리를 걸치고 저울질을 했던 것입니다. 확실한 대안이 없으면 절대 해서는 안 될 선택입니다.

〈현실적 밀당 형〉

연봉협상에 있어서 상당수의 경우가 여기에 해당합니다. 몇 번씩의 랠리를 주고받지만 서로 조금씩 양보해서 절충점을 찾는 방식입니다. 우리는 메시나 호날두가 아닙니다. 치밀한 논리 및 정량, 정성적인 전략을 함께 가지고 밀당의 묘를 살려야 합니다.

현실에 맞는 연봉협상이 중요합니다. 턱도 없는 금액을 주장하다가 망신을 당하는 경우가 있습니다. 소탐대실의 의미를 되새겨야 하는 경우입니다. 어차피 그 회사의 한 식구가 되고 싶다면 말입니다.

연봉은 가장 소중한 노동의 대가

"노동의 대가를 기대하지 않는다면 그 사람은 '바보'일 것이다."

영국의 위대한 문인 사무엘 존슨이 남긴 말입니다. 그의 말은 오랜 세월이 지났어도 공감의 폭이 깊어진다는 평가를 받고 있습니다. 이는 그가 실제로 먹고 살기 위해 글을 쓴 뼈저린 글 노동자였기 때문일 듯싶습니다.

연봉은 가장 소중한 노동 대가입니다. 최고의 고수는 싸움을 하지 않고 이기는 경우라고 했습니다. 연봉협상도 마찬가지입니다. 진정한 연봉협상 전략은 평소에 만들어야 합니다. 바로 자신을 가치 덩어리로 평가받을 수 있는 개인 브랜드가 되는 것입니다.

그러면 현재 직장에서 매년 씨름하는 연봉체결에도 문제가 없고 설령 이직을 한다 해도 크게 신경 쓸 필요가 없습니다. 당신의 브랜드 평판에 이미 당신의 몸값, 다시 말해 풍부한 연봉이 담겨있기 때문입니다.

제12장. 인성검사

"오 마이 갓!"

중요 파트너인 L사에서 급히 인재추천 의뢰를 요청해왔습니다. 회사의 핵심 업무인 분석컨설팅 직무 자리이니 특별히 신경을 써달라는 주문도 여러 차례 이어졌습니다. 전사적으로 총력을 기울여서 좋은 후보자를 추천했습니다.

그는 서류전형, 면접, 평판조회 등의 채용 허들을 순조롭게 넘었습니다. 모두가 그의 최종 합격을 믿어 의심하지 않았습니다. 그러나 마지막 허들을 넘지 못했는데 불합격 이유가 참으로 허망했습니다.

"인성검사 부적격자예요."

그때 저희들 모두 이런 탄식을 쏟아낼 뿐이었습니다.

"오 마이 갓!"

많은 사람들이 인성검사를 짧은 거리의 골프 퍼팅처럼 가볍게 여기고 있다는 느낌을 지울 수가 없습니다. 저만의 기우이기를 바라는데 인성검사 때문에 불합격하는 사례가 줄어들지 않으니 꼭 기우로만 여길 일은 아닌 듯합니다.

인성검사란 무엇인가요?

인성검사의 실행항목이나 실시방법은 각 기업마다 차이가 있기에 표준화하기는 어렵습니다. 말도 많습니다. 검사를 위한 검사다. 즉 요식행위라는 말이죠. 혹시 지금 당신이 생각하는 경우가 이와 같은 것은 아닌지요? 그러나 현실적으로 인성검사는 분명 채용에 영향을 미치는 또 하나의 냉정한 벽입니다.

"인성검사에서 떨어지는 경우는 거의 없어요. 기본적인 사항을 보는 것이라서 형식적인 절차라고 생각하면 돼요."

어느 회사의 채용 담당자조차 이런 말을 하는 경우도 있는데 정말로 큰일 날 소리입니다. 만일 입사 후보자 당사자가 이런 생각을 가지고 있다면 그거야말로 낭패 중의 낭패가 아닐 수 없습니다.

인성검사의 목표는 첫 번째가 도덕성이나 윤리성에 대해서 알아보는 것이고 두 번째는 과연 이 사람이 조직생활에 적합한 사람인지를 살펴보는 것입니다. 어렵거나 복잡한 내용도 없습니다. 어쩌면 기본 중의 기본인 사항을 묻는 것이 대부분의 인성검사입니다.

물론 이러한 내용을 가지고 그 사람을 전반적으로 평가할 수는 없을 것입니다. 그러나 하나를 보면 열을 안다고 어떤 판단의 근거로 삼기에는 충분한 기준이 됩니다. 특히 탈락을 염두에 둔 평가라면 치명적인 악재로 작용할 공산이 크겠지요. 그러기에 절대로 인성검사를 소홀히 해서는 안 됩니다.

더구나 인사 관계자들의 의견을 들어보면 시사(示唆)하는 바가 큽니다. 입사 하루 만에 퇴사하는 등 별의별 사람들을 볼 수 있고 또한 멀리 보면 인성검사 부적격 인력들은 결국 문제를 일으킨다는 것입니다. 그들은 특히 조직의 융합보다는 개인 플레이를 우선한다고 합니다.

인성검사 준비 가이드라인

지금 당신의 인성검사 준비는 잘 진행되고 있는지요? 당신의 판단과 준비에 도움을 드리기 위해서 몇 가지의 기준점을 제시해드립니다.

첫 번째는 매우 현실적인 차원의 내용입니다. 먼저 취직을 희망하거나 이직을 하고 싶은 기업의 정보를 얻어서 철저하게 준비하는 것입니다. 다행히 대기업에 관한 인·적성검사 정보는 책으로도 나오는 등 접근하기가 용이합니다. 그러나 중소기업에 대한 정보는 상대적으로 접근하기가 어렵습니다. 노출이 많지 않기 때문입니다. 결국 당사자가 발품을 많이 팔아야 합니다. 지금 당신의 경우는 어떤 것입니까?

그 다음의 방법은 평소 일상생활을 통해 준비하는 내용입니다. 어찌 보면 이것이 핵심입니다. 준비된 좋은 인성은 어느 기업에서든지 널리 환영을 받을 테니까요. 우리는 자기를 가르쳐 이끌어주는 사람을 스승이라고 합니다. 마찬가지로 좋은 인성도 좋은 스승과의 만남에서 피어납니다.

저는 스승을 두 가지 유형으로 분류합니다.

우선 인류의 영원한 스승입니다. 부처님, 예수님, 공자님과 같은 성현(聖賢)이 그들입니다. 사실 그들의 말씀에 모든 답은 다 들어있을 터입니다. 그 다음의 스승은 우리 곁에 있는 스승입니다. 너무도 많을 텐데 저는 특히 두 분의 가르침에 주목하고 있습니다.

한 분은 김형석 교수이고 또 다른 분은 고(故) 신영복 교수입니다. 한 분은 100세의 인생 경험에서 체득한 지혜를 지금도 전해주고 있습니다. 또 다른 한 분은 남다른 삶을 통한 남다른 깨달음을 남겨주었습니다. 사형수, 무기수를 거쳐 20년 20일의 수형생활을 통한 깨달음이 그것입니다. 그분들이 말하는 삶의 자세 즉 좋은 인성에 대한 시사점을 세 가지로 정리해서 제안을 드려봅니다.

하나, 좋은 인성의 시작은 '나' 자신입니다.

그렇기 때문에 무엇보다도 나를 귀하게 여겨야 합니다. 예전에 TV 예능 프로 〈효리네 민박〉을 재미있게 본 기억이 있습니다. 자존감 넘치는, 말하자면 효리의 좋은 인성이 곳곳에서 묻어났기 때문입니다. 그녀는 말합니다.

"내가 나를 예쁘게 안 봐서 그런 거야. 사람들이 예쁘게 안 보는 게 아니라……"

좋은 인성은 자신을 가치 있는 사람으로 만들기 위해 치열하게 노력할 때 형성된다는 의미인 듯합니다. 『백 년을 살아보니』에서 김형석 교수는 다음과 같은 말을 했습니다.

"자신에게 주어진 재능과 가능성을 유감없이 발휘한 사람은 행복하고 성공한 사람이지만 그렇지 않은 사람은 성공했다고 인정할 수 없다. 가령, 60의 재능을 타고난 사람이 65나 70의 결실을 거두었다면 성공한 사람이다. 하지만 90의 가능성이 있음에도 70의 결과를 얻었다면 실패한 사람이다. 같은 70의 결과라도 삶의 가치를 따진다면 성공과 실패는 달라진다."

좋은 인성은 자신의 가능성을 유감없이 발휘하는 데서 틔어지고 나아가 그것은 성공의 뿌리도 되는 것입니다.

둘, 좋은 인성은 타인의 거울을 통해서 빛이 납니다.

사람은 관계로 이어지는 사회적 동물입니다. 일찍이 '까마귀 노는 곳에 백로야 가지 마라.' 라고 했습니다. 성악설보다는 성선설이 떠오를 수 있도록 하라고 했습니다. 동양 고전 묵자(墨子)에 '무감어수감어인(無鑒於水鑒於人)'이라는 말이 있습니다. '자신의 모습을 물에 비추지 말고 다른 사람에게 비춰 보라.'는 뜻입니다. 스스로의 행동도 중요하지만 자신의 모습이 타인에게 어떻게 보여지는지를 아는 행위는 곧 좋은 인성을 함양하는 프로세스이기도 합니다.

셋, 좋은 인성은 공부를 통하여 향상됩니다.

"내가 자살하지 않은 이유가 '햇볕'이라고 한다면, 내가 살아가는 이유는 하루하루의 '깨달음과 공부'이었습니다. 햇볕이 '죽지 않은' 이유였다면, 깨달음과 공부는 '살아가는 이유'이었습니다."

신영복 교수가 『담론』에서 한 말인데 많은 사람들이 신영복 교수를 가장 본받고 싶은 '시대의 스승', 즉 '좋은 인성의 스승'으로 기억하고 있습니다. 아마도 '깨달음과 공부'의 효과적인 실천 방법 중의 하나는 책을 읽는 것입니다. 책에는 많은 인물이 등장하는데 그들에게 배우는 것입니다. 나를 그들과 대비하여 객관화시켜 보는 것입니다. 그러한 과정을 통해서 당신의 인성은 성숙함이 더해질 것입니다.

인성검사 준비는 단기적으로는 취업을 위한 준비라고 할 수 있습니다. 그런데 좀 더 길게 생각해 보면 인생을 사는 자세를 새롭게 재구성하는 일이기도 합니다. 인성검사를 계기로 현재의 자신을 되돌아보기 바랍니다.

인성검사는 자기개조 또는 자기혁명을 시작하는 소중한 전환점이 될 수도 있습니다. 당신의 좋은 인성이 입사 합격과 함께 많은 사람들에게 좋은 꽃향기로 전해질 수 있기를 기원합니다.

■ 마무리하며

'직장(職場)에서 직업(職業)으로'

그는 많은 사람들이 부러워하는 국내 굴지의 금융그룹에서 일하고 있던 30대 중반의 젊은 회사원이었습니다. 그런 그가 이런 고민을 털어놓았습니다.

"가끔은 사춘기 소년 같은 열병을 앓습니다. 취업하기 전과 취업 후의 마음이 너무도 확연하게 달라진 것에 대하여 스스로 깜짝 놀라곤 합니다. 지금 다니고 있는 이 회사에 합격했을 때 얼마나 기뻤는지 모릅니다. 지금까지의 제 평생에서 가장 감격스러운 순간이었습니다. 그런데 지금은 마음이 바뀌었습니다. 비유하자면 조강지처를 버리고 새 애인에게 달려가고 싶은 마음입니다. 그렇다고 쉽게 벗어날 수도 없습니다. 들어오기 전에는 못 들어와서 안달을 했는데 막상 들어오고 나니 도망가지 못해 안달하는 것 같아 괴롭습니다. 자세히 설명하기는 어렵지만 아무튼 이 길은 제 길이 아닌 것 같습니다. 제 갈 길을 가고 싶은데 어떻게 해야 할까요?"

후보자의 고민스럽다는 그 말이 오랫동안 귓가에 맴도는 이유는 그의 말속에 직장생활의 본질적인 문제점이 담겨 있기 때문입니다. 돌이켜보면 우리의 직장생활 환경은 어렵지 않은 때가 단 한 번도 없었던 것 같습니다. 무한경쟁은 너무도 당연한 것으로 여겨졌기에 피가 바싹 바싹 마르는 나날이었습니다.

어느 날 갑자기 정든 동료들과 헤어져야 했고 또 다른 어느 날 낯선 또 다른 동료들을 만나곤 했습니다. 누구는 마치 쫓겨나듯이 떠밀려서 회사를 떠났고 반면에 누구는 연봉을 하늘만큼 높여서 우리 회사로 왔다고 자랑하듯 말했습니다. 그럴 때마다 쓴 소주를 털어 넣으며 직장생활에서 요구되는 지혜의 부족함을 한탄하며 큰 푸념을 토해내곤 했습니다.

"여기가 진정 내가 원하는 직장인가?"
"나는 몇 년 동안 여기에서 일할 수가 있을까?"

직장의 본질을 제대로 알지 못하면 끔찍한 결과에 도달할 수도 있습니다. 비유하자면 나와 직장의 관계란 연애이지 결혼이 아니라는 것입니다. 사귀는(다니는) 동안 열심히 사랑(일)하고, 때론 더 좋은 상대(다른 직장)가 생기면 떠나는 것입니다.

직장은 나를 끝까지 책임져 주지 않습니다. 그런데 많은 직장인들은 자신의 직장을 무한 짝 사랑하고 있습니다. 물론 CEO가 되는 사람들도 있습니다. 그러나 그 숫자는 많지 않습니다. 당연히 더 많은 사람들은 원치 않는 이별을 마주해야 합니다. 그리고 남은 것은 상처뿐인 영광도 아니고 오로지 상처뿐입니다. 제가 직장생활의 긍정적인 측면을 굳이 제쳐두고 끔찍하다고 과격하게 표현한 이유가 여기에 있습니다.

'Shop in Shop'

이제는 '직장(職場)'보다는 '직업(職業)'에 초점을 집중해야 합니다. 자신만의 직업이 있다는 것은 직장을 다니는 상태라기보다는 직장을 떠나서도 독립해서 일을 할 수 있다는 상태를 뜻 합니다. 직장은 나를 보호해줄 수 없지만 직업은 나를 보호해줄 수 있습니다. 자기만의 전문적 기술이 있는 사람은 어디를 가서도 생존할 수 있습니다.

그렇다고 멀쩡히 잘 다니고 있는 직장을 지금 당장 떠나서 직업을 찾으라는 이분법적인 말이 아닙니다. 'shop in shop'이 돼야 합니다. 매장 안에 또 다른 매장을 만들어 상품을 판매 하듯이 현재의 직장에서 자신만의 직업을 발견하고 그것에 집중해야 한다는 사실을 강조하고자 하는 뜻입니다. 즉 '직업 in 직장'입니다.

J의 사례.

J는 원래 미디어부서에서 일했습니다. 어느 날 영업부서 주위에서 기웃거리는 자신을 발견했습니다. 부서를 옮기겠다고 결심했습니다. 그는 현재 '영업 전문가'로 일하고 있습니다.

K의 사례.

K는 원래 카피라이터였습니다. 그런데 어느 순간부터 연구하고 가르치는 일이 자신의 본업임을 느끼기 시작했습니다. 회사를 그만둔 다음 경제적인 어려움을 무릅쓰고 주경야독했습니다. 그는 지금 교수로 일하고 있습니다.

Y의 사례.

Y는 평범한 회계 부서원이었습니다. 그의 가슴에는 영화라는 업의 DNA가 살아 숨 쉬고 있었습니다. 영화시나리오 공모전 도전을 멈추지 않았습니다. 그는 영화감독이 되었습니다.

사례에서 보는 이들은 그들이 찾은 업(業)을 기준으로 하여 현재의 직장에서 변화, 성장하기도 하고, 다른 곳으로 이직을 하고 또한 직장을 나와 독립하기도 했습니다. 직장은 직업을 만들기 위한 최소한의 단위입니다. 100세 시대에 접어드는 요즈음 직장인들이 절실히 자문해야 할 질문은 바로 이런 것입니다.

"나의 평생 업(業)은 무엇인가?"

내 업(業)의 씨앗을 뿌려라.

무라카미 하루키는 에세이 『직업으로서의 소설가』에서 '직업'에 대한 주목할 만한 통찰을 밝혔습니다. 자신이 좋아하는 그 일을 하는 방법(How to do)에 대하여 말하고 있는데 다음과 같은 것입니다.

하나, 끈질김.
일을 정하면 끝장을 보라는 것입니다. 아주 끈질기게 독하게 말입니다.

"링에 오르기는 쉬워도 거기서 오래 버티는 것은 쉽지 않다. 소설을 한두 편 써내는 건 그다지 어렵지 않지만 오래 지속적으로 써내는 것, 소설로 먹고 사는 것, 소설가로서 살아남는 것은 지극히 어려운 일이다"

둘, 독창성.
'오리지낼리티(originality)'. 창작 영역에서는 지녀야 할 당연한 요소인데 그 방법론이 독특합니다. 꾸준히 묵묵히 최선을 다해서 쌓아 올려야 자신만의 스타일이 만들어진다는 거죠.

"요컨대 한 사람의 표현자가 됐든 그 작품이 됐든 그것이 오리지널인가 아닌가는 '시간의 검증을 받지 않고서는 정확히 판단할 수 없다.'는 얘기입니다. ……"

셋, 건강함.

자신만의 독창성을 만드는 일이나 매일 글을 쓰는 끈질김의 원천은 건강임을 강조하고 있습니다. 물론 육체적인 건강과 정신적인 건강 모두를 잘 유지해야 합니다. 하루키는 마라톤을 그 실천 방안으로 삼았습니다.

지금, 여러분은 어떠한 업(業)의 씨앗을 뿌리고 있는지요?

에필로그

"사느냐 죽느냐 그것이 문제로다."

제가 자주 가는 순대국집이 있습니다. 그곳은 대학생, 직장인, 부자지간 혹은 모녀지간 등 남녀노소를 비롯하여 각양각색의 사람들로 늘 붐빕니다. 거기에서 그들의 사는 이야기를 엿듣는 일은 저의 소소한 재미 가운데 하나입니다.

어느 날 장년 남자 4명이 옆 테이블에서 술잔을 기울이고 있었습니다. 퇴직한 회사 동료 같기도 하고 학교 친구 같기도 했는데 그들의 대화가 이심전심으로 제 마음속의 그것 같아서 귀를 쫑긋 세우지 않을 수 없었습니다. 그들이 주고받은 대화는 대략 이런 내용들이었습니다.

"직장은 누구에게는 개미지옥이고 누구에게는 젖과 꿀이 흐르는 땅이다. 그런데 어느 누구든 스스로 아니면 타의에 의해서 언젠가는 떠날 곳이다. 다행이 정년이 되어 그만두더라도 또한 어쩌다가 사장을 했다고 해도 떠나야 함은 마찬가지다."

"그럼에도 다음과 같은 말들을 귀에 달고 애써 지키며 지냈다. 주인정신을 가져라, 평생직장으로 삼아라, 가족 같은 회사를 만들자. 과연 직장은 말 그대로 또 하나의 가족인가? 그럴 수도 있고 아닐 수도 있다. 각자가하기 나름이니까. 그렇지만 한 가지 사실은 분명하다. 회사는 결코 안전한커뮤니티가 아니라는 사실이다. 이 사실을 좀 더 냉정하게 인식했다면 아노미 상태에 빠질 위험을 막을 수 있었을 것이다. 결국 내 것이 없으면 아무 것도 아니더라. 냉정하게 직장을 바라볼 필요가 있다. 스스로 선택하는 자기결정권이 없으면 자유인이 아닌 노예일 뿐이다."

저 자신을 포함하여 상당수의 직장인들에게는 명확한 이미지가 하나 있습니다. 바로 햄릿의 모습입니다.

"사느냐 죽느냐 그것이 문제로다."

그런데 가만히 살펴보면 햄릿만 흉볼 일이 아닙니다. 우리 가운데 많은 사람들은 햄릿과 같은 결정 장애를 안고 있는 것이 사실입니다. 자유의 핵심은 스스로 선택하는 자유, 즉 개별성의 자유라고 하는데 그것을 누리는 사람은 많지 않을 듯합니다.

직장인을 위한 책은 무수히 많습니다.
그러나 유용성이나 현실성이 떨어지는 것 같아서 아쉬움이 많았습니다. 이런 점에 문제의식을 가지고 그것을 극복하고자 노력했습니다. 저 역시 30년 가까이 평범한 직장인으로 살아왔습니다. 그리고 헤드헌팅 회사에서 일을 하면서 직장인들의 애환을 지켜보기도 했습니다. 또한 퍼스널 브랜딩을 연구과제로 삼고 직장인들의 커리어컨설팅이나 차별적인 포지셔닝에 도움을 두고자 지금도 노력하고 있기도 합니다.
그렇기 때문에 이 책에 담긴 저의 생각이 직장인 여러분에게 체감할 수 있는 실용적인 안내서가 될 것이라고 생각합니다.
직장은 무엇이고 어떻게 직장생활을 해야 할까요?
직장생활을 함에 있어서 필수 역량 중의 하나가 쓰기와 발표하기입니다.

어떻게 기획서를 잘 쓰고 멋지게 발표할 수 있을까요?

직장인에게 가장 필요한 것은 자기관리입니다.

어떻게 남다르게 자기관리를 할 수 있을까요?

현 직장에서 전심전력을 기울여서 일을 한다고 해도 이직할 수 있습니다.

어떻게 성공적으로 이직을 할 수 있을까요?

이 책이 열심히 일하는 직장인들에게 작은 응원이 되었으면 좋겠습니다. 힘에 겨워서 혹시 모를 '포기'를 할까 하는 사람들에게 그러지 말라고 다독이는 격려가 되었으면 좋겠습니다. 그래서 그들이 인생 드라마의 주인공으로 우뚝 서는 데 작은 도움이 됐으면 좋겠습니다.

이태원 글 농장에서
이 땅의 직장인들을 생각하며

김정응 올림

이 책을 출간하는 데 있어 물심양면으로 지원을 아끼지 않아준 온보드그룹 이현종 대표, 더베이컨 권율선 대표에게 감사의 마음을 드립니다. 아울러 멋진 표지 디자인을 해준 온보드그룹의 이효룡 CD에게도 고맙다는 말을 전합니다.

**모두출판
협동조합**

책을 집필하고, 만들고, 읽는 사람들이 함께 모여 협동조합을 만들었습니다. 부지런히 한마음
한 뜻이 되기 위해 노력하면서 새로운 책 문화를 만들어 나갈 수 있도록 해보겠습니다. 한 번
조합원으로 가입하시면 가입 이후 modoobooks(모두북스)에서 출간하는 모든 책을 평생 동
안 무료로 받아 볼 수 있습니다.

***조합가입비** (1구좌)500,000원
***조 합 계 좌** 농협 355-0048-9797-13 모두출판협동조합
***조합연락처** 전화 02)2237-3316 팩스 02)2237-3389
이메일 ssbooks@chol.com

조합원

강석주 강성진 강제원 고수향 권 유 김완배 김욱환 김원배 김정응 김종탁 김철주 김헌식 김
효태 도경재 문 웅 박성득 박정래 박주현 박지홍 박진호 박평렬 서용기 성낙준 성효은 신광
영 심인보 양영심 오대환 오신환 오원선 옥치도 원진연 유별님 유영래 이승재 이영훈 이재욱
이정윤 이지행 임민수 임병선 전경무 정병길 정은상 조현세 채성숙 채한일 최중태 허정균 홍
성기 황우상

법인 조합원

㈜농업회사법인 포프리(대표 김회수)/ ㈜농업회사법인 길선(대표 이동현)/ ㈜디자인 아이넥스(대
표 이지행)

"사느냐 죽느냐 그것이 문제로다." 271